MARIANNE FREDRIKSSON

Anna,
Hanna
och
Johanna

Wahlström & Widstrand

Tryckt hos ScandBook, Falun 1994
ISBN 91-46-16533-9

Fädernas missgärningar hemsöker barnen intill tredje och fjärde led. Det lärde vi som gick i skolan när man ännu läste bibelkunskap. Jag minns att vi fann det fruktansvärt orättvist, primitivt och löjeväckande. För vi hörde ju till de första generationerna som fostrades till "självständiga" människor, sådana som skulle ta sitt öde i egna händer.

Så småningom, i takt med den ökade kunskapen om det sociala och psykologiska arvets betydelse, fick bibelordet tyngd. Vi ärver mönster, beteenden och reaktionssätt i mycket högre grad än vi har velat erkänna. Det har inte varit lätt att se och ta åt sig detta, så mycket "glömdes" bort, försvann i det omedvetna när far- och morföräldrar bröt upp från gårdar och bygder där släkterna bott i generationer.

Om mödrarnas gärningar finns inga bibelord trots att de troligen har större betydelse än fädernas. Urgamla mönster förs vidare från mödrar till döttrar som får nya döttrar, som får . . .

Kanske finns här en förklaring till att kvinnor haft så svårt att stå på sig och utnyttja de rättigheter som jämställdhetens samhälle erbjuder.

Jag är stort tack skyldig Lisbeth Andréasson, intendent vid Bengtsfors Gammelgård, som gjort en omfattande kulturhistorisk granskning av boken om Hanna, försett mig med litteratur om Dalsland och sist men inte minst översatt repliker från rikssvenska till dalsländskt gränsmål. Vidare vill jag tacka Anders Söderberg på W&W för hans kritik, uppmuntran och härliga entusiasm inför projektet. Ett tack också till mina vänner Siv och Johnny Hansson som ryckt ut varje gång jag lyckats förvirra min nya dator. Och det blev många gånger. Till sist vill jag tacka min man för att han stått ut!

En sak till. Det finns inga självbiografiska inslag i min bok. Anna, Hanna och Johanna har ingen likhet med mig, min mor eller min mormor. De är gestalter sprungna ur min fantasi och har ingenting med den s k verkligheten att göra. Det är just det som gör dem verkliga. För mig. Och förhoppningsvis för dig som läser och börjar fundera på vem din mormor var och hur dina mönster format livet.

ANNA

Inledning

Det var klart som en vinterdag i hennes sinne, en dag så tyst och skugglös som om där just fallit nysnö. Hårda ljud trängde igenom, skrällar från tappade rondskålar och skrik. Det skrämde henne. Liksom gråten från sängen bredvid som skar sig in i vitheten.

Det var många som grät där hon var.

För fyra år sedan hade hon förlorat minnet. Bara några månader senare försvann orden. Hon såg och hörde men varken ting eller människor kunde namnges och förlorade därmed sin mening.

Det var nu hon kom till det vita landet där tiden inte fanns. Hon visste inte var hennes säng stod eller hur gammal hon var. Men hon fann ett nytt sätt att förhålla sig och vädjade om barmhärtighet med ödmjuka leenden. Som ett barn. Och som barnet var hon vidöppen för känslor, allt som vibrerar utan ord mellan människor.

Hon hade klart för sig att hon skulle dö. Det var en vetskap, inte en tanke.

Det var de anhöriga som höll henne fast.

Mannen kom varje dag. Med honom fanns ett möte i ordlösheten. Han var över nittio så han var nära gränsen han också. Men han ville inte, inte dö och inte veta. Eftersom han alltid haft kontroll över sitt och hennes liv förde han en hård kamp mot det oundvikliga. Han masserade hennes rygg, böjde och sträckte hennes knän och läste högt ur dagens tidning för henne. Hon hade inget att sätta emot. De hade haft en lång och komplicerad gemenskap.

9

Svårast var när dottern kom, hon som bodde långt borta i en annan stad. Den gamla som inte visste något om tid eller avstånd var alltid orolig före besöket. Det var som om hon redan när hon väcktes i gryningen hade anat bilen som tog sig ner genom landet och kvinnan vid ratten som hade en orimlig förhoppning.

Anna förstod att hon var anspråksfull som ett barn. Men det hjälpte inte, så snart hon gav efter slant tankarna iväg: Bara en gång till ett möte och kanske ett svar på en av de frågor som jag aldrig hann ställa. Men när hon efter dryga fem timmar körde in på sjukhusets parkering hade hon godtagit att modern inte skulle känna igen henne den här gången heller.

Ändå skulle hon ställa frågorna.

Jag gör det för min egen skull, tänkte hon. För mammas del gör det ju detsamma vad jag pratar om.

Men hon hade fel. Johanna förstod inte orden men var öppen för dotterns plåga och sin egen maktlöshet. Hon mindes inte att det var hennes uppgift att trösta barnet som alltid ställt orimliga frågor. Men kravet fanns kvar och skulden för otillräckligheten.

Hon ville fly till tystnaden, slöt ögonen. Det gick inte, hjärtat slog och bakom ögonlocken var mörkret rött och smärtsamt. Hon började gråta. Anna försökte trösta, såja, såja, torkade den gamlas kinder och skämdes.

Men Johannas förtvivlan gick inte att hejda, Anna blev rädd, ringde på hjälp. Det dröjde som det brukade men sedan stod den blonda flickan i dörren. Hon hade unga ögon, utan djup. I den blå ytan fanns förakt och för ett ögonblick kunde Anna se det hon såg: En halvgammal tant, ängslig och tafatt, bredvid den urgamla, herregud!

– Såja, såja, sa hon också men rösten var hård, lika hård som händerna som strök den gamla över håret. Ändå lyckades hon. Johanna somnade så plötsligt att det tycktes overkligt.

11

– Vi får inte göra patienterna upprörda, sa flickan. Nu får du sitta tyst en stund. Om tio minuter kommer vi för att byta blöjor och bädda om.

Anna smög som en skamsen hund ut genom sällskapsrummet på flykt mot terrassen, fann sina cigaretter och drog röken djupt ner i lungorna. Det lugnade, hon kunde tänka. Först ilskans tankar: vilken förbaskad slyna, hård som flinta. Vacker, förstås, och avskyvärt ung. Hade mamma lytt henne av rädsla, fanns här en disciplin som de hjälplösa gamla kände och föll undan för?

Sen kom självförebråelserna, den där flickan gjorde hennes jobb, allt det hon enligt naturens lagar borde göra. Men inte kunde, inte skulle förmå sig till, ens om tid och plats funnits.

Allra sist kom den häpnadsväckande insikten: mamma hade på något sätt berörts av frågorna hon ställt.

Hon släckte cigaretten i den rostiga plåtburken som placerats på bordet längst bort, en motvillig eftergift för de förtappade. Gud så trött hon var. Mamma, tänkte hon, lilla underbara mamma, varför kan du inte visa barmhärtighet och dö?

Skrämd kastade hon en blick över sjukhusparken där lönnarna blommade och doftade honung. Hon drog in lukten i djupa andetag som om hon sökte tröst i våren. Men hennes sinnen var stumma, jag är också som en död, tänkte hon när hon vände på klacken och gick med bestämda steg till avdelningssköterskans dörr. Knackade, hann tänka: Låt det vara Märta.

Det var Märta, den enda hon kände här. De hälsade som gamla vänner, dottern satte sig i besöksstolen och skulle just börja fråga när hon överraskades av känslorna.

– Jag vill inte lipa, sa hon och så gjorde hon det.

– Det är inte lätt, sa systern och sköt över asken med pappersnäsdukar.

– Jag vill veta hur mycket hon förstår, sa dottern och berättade om hoppet om att bli igenkänd och frågorna hon ställt till modern som inte begrep men ändå gjorde det.

Märta lyssnade utan förvåning:

– Jag tror att de gamla förstår på ett sätt som vi har svårt att fatta. Som nyfödda. Du har ju själv haft två spädbarn och vet att de tar in allt, oro och glädje, ja du minns väl?

Nej hon mindes inte, mindes bara sin egen överväldigande känsla av ömhet och otillräcklighet. Men hon visste vad sjuksystern talade om för hon hade barnbarn som lärt henne mycket.

Sedan talade Märta om den gamlas allmäntillstånd i tröstande ordalag, de hade fått bukt med hennes liggsår, så kroppsliga plågor hade hon inte.

– Men hon är lite orolig om nätterna, sa hon. Det verkar som om hon hade mardrömmar, hon vaknar och skriker.

– Drömmar . . .?

– Men det är klart att hon drömmer, det gör alla. Det sorgliga är att vi aldrig kan få veta vad de drömmer, våra patienter.

Anna tänkte på katten de haft därhemma, det vackra djuret som for upp ur sömnen och fräste med utdragna klor. Sen skämdes hon även för den tanken. Men Märta såg inte hennes förlägenhet.

– Med tanke på Johannas dåliga kondition vill vi helst inte ge något lugnande. Jag tror också att hon kan behöva sina drömmar.

– Behöva . . .?

Syster Märta låtsades inte om förvåningen i den andras röst utan fortsatte:

– Vi tänker ge henne eget rum. Som det nu är stör hon de andra på salen.

– Eget rum, är det möjligt?

– Vi väntar ut Emil på sjuan, sa sjuksystern och fällde blicken.

Först när dottern backade ut från parkeringsplatsen förstod hon innebörden i talet om Emil, den gamle pingstprästen vars psalmer hon hört genom åren. Hon hade inte tänkt på det i dag, att det varit tyst från hans rum. I åratal hade hon hört honom sjunga om livet i dödsskuggans dal och Herren som väntade med sina fruktansvärda domar.

13

Johannas hemliga värld följde klockan. Den öppnades vid tretiden på natten och slöts igen i gryningen klockan fem.

Den var bildrik, fylld av färger, dofter och röster. Andra ljud också. Forsen brusade, vinden sjöng i lönnarnas kronor och skogen jublade av fågelsång.

Denna natt skälver hennes bilder av spänning. Det är sommar och tidig morgon, sned sol och långa skuggor.

– Du ä ju för helvitte ente klok, skriker rösten hon känner bäst, faderns. Han är röd i ansiktet och skrämmande i sin upprördhet. Hon blir rädd, slår armarna om hans ben, han lyfter upp henne, stryker henne över håret och säger:

– Tru han ente, flecka.

Men hennes äldste bror står mitt i kammarn, han är skön med blanka knappar och höga stövlar och han skriker han också.

– Te grotta ska ni, allehop, og dä i denne da. Redan i morn kan de va här.

Nu hörs ännu en röst, den rådiga.

– Men hör på, pojk. Skulle Axel og Ole frå Moss og Astrids pojka frå Fredrikshall komme sättanne hit för å skjute oss?

– Ja mor.

– Je trur du ä galn, säger rösten men nu är den osäker. Och fadern ser på soldaten, blick möter blick och den gamle kan inte stå emot allvaret i den unges ögon.

– Ve gör väl som du mener då.

Sen växlar bilderna, blir rörliga. Fötter trampar, bördor lyfts.

14

Hon ser jordkällare och viste tömmas. Den stora tunnan med saltfläsket bärs ut, silltunnan, potatisbingen, hjortronkrukan, smöret i sin träbytta, de hårda brödkakorna, alltsammans ut på backen. Ner mot ekan. Säckar fyllda med filtar och kläder, allt ylle stugan rymmer går samma väg, utför branten ner mot sjön. Hon ser bröderna som ror, tunga årtag bortåt udden, lättsamma tillbaka.

– Fotogenlampera! Det är modern som ropar på väg in i stugan. Men soldaten hejdar henne, ropar han också:

– Nä, mor, ljus får I va utta.

Barnet är storögt och ängsligt. Men sen landar en citronfjäril på hennes hand.

Så skiftar bilden, dagen sparar på ljuset och hon sitter på fars axlar och bärs som ofta i kvällningen uppför branterna till bergsjöarna. De är hemlighetsfulla och inåtvända, helt annorlunda än den stora sjön med sitt ljus och sitt blå glitter. Men just ovanför kvarnen bryter den största av de mörka sjöarna stillheten och skulle med all sin kraft kasta sig ut i forsen om inte dämmet fanns.

Far kontrollerar dammluckan som alltid om kvällarna.

– Norskvattnet, säger han och det tynger i rösten. Kom ihåg dä, Johanna, att vattne som ger oss brö kommer frå Norge. Vattne, säger han, ä möcke klokere än menskera, dä skiter i gränsera.

Han är ursinnig. Men hon är inte rädd så länge hon får sitta på hans axlar.

Nu skymmer det. Mödosamt och tungt tar han sig ner för branterna, går till kvarnen, känner på låsen. Flickan hör honom muttra de fula svärorden innan han fortsätter stigen ner mot båten. I grottan är det tyst, bröderna har somnat men modern rör sig oroligt på den hårda bädden.

Flickan får sova på faderns arm, så nära hon kan komma. Det är kallt.

Senare, nya bilder. Hon är större, hon ser det på fötterna som

15

springer mot grottöppningen, i träskor för nu är det halt i branterna.

– Far, ropar hon, Far.

Men han svarar inte, det är höst, det blir snart mörkt. Så ser hon ljuset i grottöppningen och blir ängslig, det skrålar från grottan och där finns Rudolf, smeden som hon är rädd för. Hon ser att de raglar, både han och far.

– Gå hem mä dej, onge, skriker han och hon springer och gråter, springer och faller, slår sig men smärtan från såren på knäna är inget mot det onda i bröstet.

– Far, skriker hon. Far.

Och sen är nattsyster där, bekymrad: "Såja, såja, Johanna. Det var bara en dröm, sov nu, somna." Hon lyder som hon brukar, får sova någon timma innan dagskiftets röster spränger in i kroppen och far som is genom hennes ådror. Hon skakar av köld men ingen ser det, fönstren åker upp, de byter på henne och hon fryser inte längre och känner ingen skam.

Hon är tillbaka i den vita intigheten.

Anna fick en natt med krångliga och klargörande tankar. De började med känslan som vaknat när syster Märta frågade om hennes egna spädbarn: Ömhet och otillräcklighet. Det hade alltid varit så med henne att när känslorna blev starka förlorade hon kraft.

Först vid tretiden hade hon fallit i sömn. Drömt. Om mamma. Och kvarnen och forsen som kastade sig ner i den ljusa sjön. I drömmen hade det stora vattnet varit stilla och blankt.

Drömmen hade tröstat henne.

Herregud så mamma kunnat berätta! Om älvorna som dansade över sjön i månljuset och häxan som var gift med smeden och kunde trolla vettet ur både folk och fä. När Anna blev äldre växte sagorna till långa berättelser om liv och död hos folket i det magiska gränslandet. Då hon blev elva och kritisk hade hon tänkt att det var ljug alltihop, att det märkvärdiga landet bara fanns i mammas fantasi.

En dag när hon var vuxen och fått sitt körkort hade hon satt modern i bilen och kört henne hem till forsen vid den långa sjön. Det var bara tjugofyra mil. Hon kunde ännu minnas hur arg hon var på pappa när hon mätte avståndet på kartan. Han hade haft bil i många år, nog kunde han kört de få timmarna med Johanna och flickan, som hört så mycket berättas om detta barndomsland. Om viljan funnits. Och insikten.

Men när de nådde målet, hon och modern den soliga sommardagen för trettio år sedan, hade ilskan blåst bort. I högtidlighet och förvåning stod hon där och såg: det stämde, här låg

17

det, sagornas land med den långa sjön i botten, forsen med sin fallhöjd på dryga tjugo meter och de stilla norsksjöarna uppe i bergen.

Kvarnen var riven, här hade byggts ett kraftverk, ur bruk nu sedan kärnkraften tagit över. Men den vackra röda stugan fanns kvar, sommarhus sedan länge för någon okänd.

Stunden var för stor för orden så de hade inte sagt mycket. Mamma hade gråtit och bett om ursäkt för det: "Jag är så dum." Först när de plockat matsäckskorgen ur bilen och slagit sig ner med kaffet och smörgåsarna på en flathäll vid sjön hade Johanna börjat tala och orden fallit just som de brukade när Anna var liten. Hon hade valt historien om kriget som inte blev av:

"Jag var ju bara tre år när unionskrisen kom och vi flyttade till grottan. Där borta, bakom udden. Kanske tror jag att jag minns därför att jag hörde historien berättas många gånger när jag växte upp. Men jag tycker mig ha så klara bilder. Ragnar kom hem, han var så stilig där han stod i blå uniform med blanka knappar och förkunnade att det skulle bli krig. Mellan oss och norrmännen!"

Förvåningen hade funnits kvar i rösten, barnets förundran inför det obegripliga. Treåringen hade som alla i gränsbygder släkt på andra sidan norsksjöarna där mors syster gift sig med en fiskhandlare i Fredrikshald. Kusinerna hade tillbringat många sommarveckor i kvarnstugan och själv hade hon för bara någon månad sedan följt med modern på besök till stan med den stora fästningen. Hon kom ihåg hur fiskhandlarn luktade och vad han sagt när de stod där och såg på fästningsmurarna.

– Där sköt vi'en, svenskjäveln.

– Vem?

– Den svenske kongen.

Flickan hade blivit rädd, men mostern som var av mjukare sort än mor hade lyft upp henne och tröstat:

– Dä va så länge sen. Å folk förr i tin hade så dåligt vett.

Men kanske var det nåt i morbroderns röst som satte sig i sinnet, för en tid efter norgebesöket frågade hon sin far. Han skrattade och sa i stort som mostern, att dä var långt tillbake i tin när folk lät sig styras åv konger og galne officerere.

18

– Men dä va ente en norsker som sköt. Dä va en svensk, en okänder hjälte i historien.

Hon hade inte förstått, men mindes orden. Och långt senare när hon gick i skolan i Göteborg hade hon tänkt att han hade haft rätt. Nog var det ett välsignat skott, det som gjorde slut på Karl XII.

De hade blivit sittande länge på klipphällen den gången, mamma och Anna. Sen vandrade de långsamt vägen runt viken, genom skogen till skolan som ännu stod kvar men var mycket mindre än Johanna mindes. Mitt i skogen fanns ett klippblock, jättekastet, tänkte Anna. Mamma hade stannat en god stund vid stenen, förvånad: "Så liten den var." Anna som själv laddat sina barndomsberg med magi hade inte skrattat.

Hela den långa lördagen lyckades Anna vara en god dotter. Hon lagade sin fars älsklingsrätter, lyssnade utan synbar otålighet till hans ändlösa historier och körde honom till bryggan där båten låg, satt där och småfrös medan han kontrollerade fendertar och suffletter, provkörde motorn och matade ejder med brödsmulor.

– Ska vi ta oss en tur?

– Nej, det är för kallt. Och jag måste ju åka till mamma.

Han såg försmädlig ut. Anna hade aldrig lärt sig att sätta ett segel eller dra igång en aktersnurra. Nog för att han . . . men det var bäst att vara försiktig.

– Du, sa han, har aldrig gjort nåt annat i hela ditt liv än hängt med näsan i böckerna.

Det var avsett att såra och han lyckades.

– Jag har försörjt mig gott på det, sa hon.

– Pengar, sa han och nu dröp försmädligheten i mungiporna, pengar är inte allt här i världen.

– Det är sant. Men rätt mycket för dig som du klagar på pensionen och vänder på vartenda öre.

Nu sprack masken på den goda dottern, tänkte hon, förbannade sin sårbarhet och kröp ihop inför det oundvikliga grälet. Men han var oberäknelig som vanligt. Det är det som gör honom så svår, tänkte hon.

– Du kan aldrig förstå hur det är att vara hungrig och fattig, sa han. Jag fick lära mig tidigt att ta vara på vartenda öre.

Hon lyckades le, sa att jag skojade bara, pappa lilla. Och molnet gick förbi och hon hjälpte honom i land och in i bilen.

Han har bara två sidor, ilska och sentimentalitet, tänkte hon. När den ena fått pysa är det dags för den andra. Sedan tänkte hon att hon var orättvis. Förresten hade han rätt, hon hade aldrig svultit.

På sjukhuset gick det också bättre i dag. Anna gjorde som hon skulle, jollrade med den gamla, höll handen, matade när lunchen kom: En sked för pappa, en sked för mamma. Mitt i ramsan hejdade hon sig, skämdes. Detta var att förnedra.

Den gamla somnade efter maten, Anna satt kvar och såg på det lugna ansiktet. När hon sov var hon sig nästan lik från förr och Anna som höll på att sprängas av sin ömhet och sin oförmåga gick ut en stund på terrassen för att röka. Med cigaretten i handen försökte hon tänka på moderns svåra sidor, självutplåningen och skuldbeläggandet. En hemmafru med ett barn och hur mycket tid som helst att avguda det.

Det var fånigt, det hjälpte henne inte. Ingenting gör så ont som kärlek, tänkte hon. Felet med mig är att jag fått för mycket, det är därför jag inte kan styra mig, varken när det gäller mamma eller Rickard. Och aldrig någonsin när det gäller barnen.

Tanken på de två döttrarna gjorde också ont. Utan anledning, hon hade inga skäl att vara orolig för dem. De hade haft en otillräcklig mamma de också. Och inget kunde göras ogjort.

När hon kom tillbaka till sjukrummet vaknade modern och såg på henne, försökte le. Det var bara ett ögonblick och kanske hände det aldrig. Ändå blev Anna så lycklig som om hon mött en ängel.

– Hej lilla mor, sa hon. Vill du veta vad jag drömde i natt. Jag drömde om Norskvattnet, om allt du berättat.

Ögonblicket var sen länge förbi men Anna fortsatte att tala, lugnt och med långa meningar. Som man talar till vuxna.

– Det påminde mig om när vi var där första gången, du och

jag. Du minns säkert, det var en vacker sommardag och jag var så förvånad över att allt var som du berättat. Vi satt på den stora hällen nere vid sjön, kommer du ihåg? Du talade om grottan dit ni flydde när ni trodde det skulle bli krig med Norge, hur ni bodde där och hur alla frös. Utom du som fick sova i din pappas armhåla.

Kanske var det önsketänkande men Anna tyckte sig se att det kom liv i den gamlas ansikte, det skiftade från förvåning till glädje.

Hon log.

Jag inbillar mig, det är inte möjligt, men jag ser ju att det är möjligt, håll kvar, mamma, håll kvar.

Hon fortsatte att tala om vattenfallet och skogen, ansiktet försvann igen. Men så sa hon:

– Jag har ofta funderat på hur det kändes att sova där i grottan. När det var så fuktigt och ni inte fick göra upp eld, bara äta kall mat.

Nu var det ingen tvekan, ansiktet skiftade igen, den här gången mot munterhet.

Hon försökte le mot Anna, det var en stor ansträngning och hon lyckades inte, det blev en grimas. Men sen hände undret igen, de bruna ögonen såg rakt in i Annas, en stadig och meningsfull blick.

I nästa ögonblick sov hon. Anna satt kvar länge. Efter en halvtimma öppnades dörren och den blåögda sa: "Det är dags att byta på patienterna."

Anna reste sig, viskade ett tack i moderns öra. När hon lämnade rummet började den gamla i sängen bredvid skrika.

21

Anna tog omvägen om stranden, satt en stund i bilen och såg ut över udden där hon lärt sig simma. Där myskgräs och strandglim, nävor och käringtand blandat sig med det sträva saltgräset bland klipporna fanns ett båtvarv, de enkla egnahemmen var uppsnyggade med mexitegel och tillbyggda så okänsligt att de knappast gick att känna igen. Bort mot bergen där barndomens ängar brett ut sig med smultron, blåklint och kor låg radhuslängorna som omkullvräkta höghus.

Bara havet därutanför var sig likt. Och öarna som tecknade sina låga profiler mot den grå horisonten.

Förlorat land, förlorad barndom.

Här gick vi en gång över strandängen, hand i hand. Med badlakan och matsäck, smörgåsar, kaffe till dig och saft till mig. Jag håller på att bli vuxen, tänkte hon och kände sorgen. Och ilskan. Varför måste det bli så fult, så barbariskt.

Min mamma var vacker som landskapet här en gång. Nu förfaller hon. Och jag försöker lära mig att acceptera det. Det är på tiden för också jag är gammal, snart gammal.

Måste hemåt.

Men hon hade inte behövt ha bråttom för fadern sov.

Tyst som en tjuv strövade hon igenom huset och fann till slut det hon letade efter. Fotoalbumen. Men bilderna väckte inga minnen, var mer ett konstaterande utifrån. Ja, så såg vi ut.

Försiktigt drog hon ut lådan för att lägga tillbaka det gamla albumet. Det kom snett och det dröjde en stund innan hon såg varför. Under det blommiga papperet som mamma för åratal sedan klätt lådorna med låg ännu ett fotografi, glasat och med ram. Mormor!

Hon drog fram bilden, såg förvånad mot väggen där den alltid hängt vid sidan av farmor och farfar, barn och barnbarn. Det stämde, bilden var borta och den oblekta fläcken på tapeten visade var den suttit.

Så konstigt, varför hade han tagit bort mormor? Hade han inte tyckt om henne? Men visst hade han?

Vad vet jag egentligen? Vad kan man veta om föräldrar? Om barn?

Och varför är det så viktigt? Varför känns det som en brist att inte minnas och inte ha förstått? Hos mig är det som ett hål som måste fyllas. Som om jag inte haft en barndom, bara en berättelse om den, om det som hände och kanske inte hände.

De var goda berättare, främst mamma med sin förmåga att ge bild åt allt.

Förgyllda bilder?

Att pappa skarvade, la till sånt som gav effekt och drog ifrån sånt som komplicerade, hade hon förstått redan som liten. Och ursäktat för att det var spännande med dramatiken och roligt med poängen.

Långsamt smög hon uppför trappan till sitt gamla flickrum, la sig på sängen, kände hur trött hon var. Alldeles på gränsen till sömnen fick hon för sig att hon gjort en viktig upptäckt. Kanske hade hon så få barndomsminnen därför att hon levt i en beskrivning. En berättelse där hon aldrig riktigt kände igen sig.

Var det så främlingskänslan föddes?

Hon vaknade när den gamle skramlade i köket med kaffekitteln, for upp, jagad nerför trappan av dåligt samvete.

– Jaså där är du, sa han och log. Jag trodde jag drömt att du var här och hälsade på.

– Du hade glömt?

– Jag glömmer så lätt nu för tiden.

Hon tog kaffekitteln ur hans hand, sa:

– Sätt dig på kökssoffan så fixar jag kaffet.

Hon hittade kanelbullar i frysen, tinade dem i ugnen, stod

och såg hur det varma vattnet bubblade genom pappersfiltret, kände doften av kaffe, hörde inte på den gamle som var långt inne i en skildring av hur han mött val en gång när han seglade från Skagen. Det var en gammal, gammal historia, hon hade hört den många gånger. Med nöje.

Nu hade han tappat förmågan att förmedla spänning och hålla i tråden. Hans berättelse sniglade sig fram, tog omvägar, kom bort sig: Var va det jag va?

– Utanför Varberg.

– Ja, så va det, sa han tacksamt men den tråd han fick upp från Varberg hörde till en annan historia om en flicka och en dans på borggården till den gamla fästningen. Mitt i avbröt han sig, sa förvirrat att det nog var på Kungälvs fästning han dansat en ljus sommarnatt. Och råkat i slagsmål med flickans fästman.

När han beskrev sin enastående seger över fästmannen var han klar och distinkt, berättelsen lyfte, fick glans. För att strax falla samman i ett virrvarr av andra minnen när han slagits och vunnit, stoppat en skenande häst och räddat livet på en unge som fallit i vattnet i en hamn någonstans.

Hon tog kanelbullarna ur ugnen och hennes förtvivlan var outhärdlig. Det var hemskt, det oblyga skrytet och den förfallna hjärnan som sprutade osorterade minnen.

Minnen förresten? Kanske var det bara skrönor som växt sig allt större genom åren.

Jag vill inte bli gammal, tänkte hon. Och när hon slog upp kaffet i kopparna: Hur ska jag någonsin kunna bli sann? Men högt sa hon:

– Den börjar bli sliten din vaxduk. Vi får fara och köpa en ny i morgon.

Efter kaffet gick den gamle till teven, välsignade, avskyvärda TV. Där i den nedsuttna fåtöljen somnade han som han brukade, hon kunde förbereda middagen och hann med en kort promenad i ekdungen mellan bergen och huset.

De tog sig genom middagen, pannbiff med gräddsås och lingon.

– Sån här mat får jag bara när du är här, sa han. Jänterna som springer här har inte tid att laga riktig mat.

Det fanns förebråelse i orden. När hon inte tycktes förstå det, strök han under:

– Du kan ju lika gärna sitta här och skriva.

– Jag har man och barn.

– De kan ju komma ner och hälsa på, sa han och hon tänkte att i sak hade han rätt. Jag skulle mycket väl kunna skriva färdigt min rapport däruppe i det gamla rummet. Sann, tänkte hon och log mitt i allt sitt elände, hur blir man sann? Tänk om jag sa som det är, att jag inte har ett ögonblicks ro i ditt hus, pappa, att jag just nu inte förstår hur jag ska kunna uthärda två dagar till utan att bli galen.

– Jag skulle inte störa dig, sa han.

Det fanns en bön i orden och hon var nära gråten. Men hon började tala om datorerna som hon behövde för sitt arbete, dessa maskiner som inte kunde flyttas.

Sann, tänkte hon där hon satt och ljög sin far rakt i ansiktet. När han reste sig från bordet och tackade för maten fanns det frost i hans röst. Jag tycker inte om honom, tänkte hon. Jag är rädd för honom, jag står inte ut med honom, jag avskyr honom. Det svåra är att jag älskar honom.

Hon diskade. En granne kom, en man som hon tyckte om, en älskvärd man. Han var glad som han brukade, strök henne över kinden och sa: "Det är inte lätt, jag förstår." Hon kände en obegriplig rädsla när hon mötte hans blick, som om det gick en skugga genom köket.

– Gå in till pappa du, så gör jag i ordning en grogg, sa hon och hörde själv att rösten svajade.

Med osäkra händer dukade hon brickan, ginflaskan hon haft med sig, tonic, en skål med jordnötter. Föraningar? Nej! Jag är trött och en idiot. Hon sa det halvhögt och flera gånger, trött och idiotisk. Han är ännu ung, frisk och glad, en sån människa som lever länge. När hon serverade drinkarna sa hon som i förbigående:

– Och hur mår du, Birger?

Han såg förvånad på henne och sa att han mådde bra som alltid. Hon nickade men vågade inte möta hans blick på hela kvällen.

Det blev läggdags tidigt, vid niosnåret blev den gamle plötsligt trött. Hon hjälpte honom i säng, mjukt och så undfallande hon kunde. Hans värdighet var sårbar.

Hon tog med sig en kopp te upp på rummet, det hörde till. Mamma hade alltid insisterat på det, en kopp te med honung innan de somnade. När hon drack den söta drycken kom barndomen till liv, de minnen som hennes sinnen ägde. Doften av honung i te, en blåblommig kopp och utanför fönstret fiskmåsarnas skrik som föll från himlen i fräck livsglädje.

Hon slog upp sitt fönster och följde den skränande flocken med blicken. Den drog till havs, över Asperö och Köpstadsö. I nästa stund hörde hon koltrasten sjunga från ekarna där maj låg nyutslagen.

Det blev för mycket, ett sådant vemod gick inte att uthärda. Beslutsamt tog hon en sömntablett.

Det gyllene ljuset väckte henne tidigt. Kanske inte bara ljuset för in i nattens drömmar hade hon hört fågelsången från trädgården, skön och stark som våren själv. En stund låg hon stilla och försökte urskilja rösterna, bofinkens jubel, talgoxarnas muntra signaler och svalornas dirr under lågflygningen in mot takpannorna.

Svalorna har kommit och bygger bo under tegelpannorna, tänkte hon och kunde för en stund känna att allt var som det skulle.

Hon smög sig ner i köket, ljudlös som en ande gjorde hon i ordning en kopp kaffe, stal en kanelbulle och smög igen på tysta fötter uppför trappan, kom ihåg att sjätte trappsteget knarrade, hoppade över det och klarade sig. Den gamle snarkade i sängkammarn.

Hon mediterade, fågelsången hjälpte henne in mot den egna tystnaden och vissheten att ingenting är farligt trots att allt är lidande. Ett tag lyckades hon till och med tro att mamma inte hade det svårt, att hon nått bortom smärtan. Och att pappas minne var så kort att han inte kunde hålla kvar förbittringen.

Sedan tog hon fram fotografiet av mormor och tittade länge på det.

Hanna Broman. Vem var du? Jag kände dig, konstigt nog, nästan bara genom hörsägen. Du var en legend, storslagen och tvivelaktig. Så enastående stark, sa mamma.

Jag måste ju ha egna bilder, du levde tills jag blivit vuxen,

27

hunnit gifta mig och fått barn. Men fotografiet liknar inte mina minnen av dig. Det går att begripa, bilden är tagen när du är ung, en kvinna i sin bästa ålder. Jag såg dig bara som gammal, som en främling, orimligt stor och tjock, insvept i väldiga veckrika svarta klänningar.

Så här såg du alltså ut i din krafts dagar, då när du gick en mil med en femtiokilos mjölsäck från kvarnen vid forsen till samhället vid gränsen. Där bytte du mjöl mot kaffe, fotogen, salt och annan nödtorft.

Kan det vara sant? Du bar den tunga säcken på ryggen, sa mamma. Men bara vår och höst. På sommaren rodde du, på vintern drog du släde över isen.

Vi föddes i olika världar, du och jag. Men jag kan se nu att vi är lika, samma panna och samma hårfäste med djupa flikar. Samma långa mun och korta näsa. Men du har inte min haka, nej din är stark och envis. Din blick är stadig, dina ögon håller avstånd. Jag minns att de var bruna.

Länge ser vi på varandra. För första gången ser vi på varandra!

Vem var du? Varför lärde vi aldrig känna varann? Varför var du så ointresserad av mig?

Plötsligt hör Anna en fråga. Barnet som säger:

– Varför är hon ingen riktig mormor? Som man kan sitta i knät på och som berättar sagor.

Och moderns röst:

– Hon är gammal och utsliten, Anna. Hon har haft nog av ungar. Och sagor fanns det aldrig tid för i hennes liv.

Finns det en bitterhet i rösten?

Jag måste gå till det jag själv minns.

Mormor kom på besök på förmiddagarna ibland när jag var liten och hon ännu orkade gå den långa vägen från busshållplatsen till huset vid havet där de bodde. Hon satt i kökssoffan, det doftade kakor och nybakat vetebröd och var fint med duk på bordet och de vackraste kopparna. Hon förde trivsel med sig, hon var som en katt som slår sig till ro i en soffhörna och spinner. Hon spann också, det minns jag, hon knarrade som en kornknarr i natten. När hon inte pratade.

Även pratet gav trevnad, ett lustigt språk, halvnorska, lättsamt, ibland obegripligt.

Ve sjolve, sa hon, här i vala och ackurat. Hon lyckades alltid överraska sig själv och andra därför att hennes ord flög ur munnen innan hon hunnit tänka. Sen såg hon förvånad ut, tvärtystnade, skämdes eller skrattade.

Vad talade de om?

Grannarna i landshövdingehuset. Om barn som det gick illa för, om karlar som söp och kvinnor som var sjuka. Men också om bröllop och nya barn som föddes och fester och mat och hur i allsin dar folk hade råd.

För barnet var det som att lyfta på taket till ett dockhus och se ett myller av figurer. Som en lek. Men för de båda kvinnorna var det verklighet och allvar. De hade ett levande intresse för Höglunds klena ungar och målarmästar Johanssons fyllor. För att inte tala om fru Niklassons konstiga sjukdom.

Skvaller. Inte elakt och inte snällt heller. Först nu tänker Anna att det ändlösa pratet var en orgie i känslor. De vältrade sig i andras olyckor, vojade sig och levde ut sin personliga nöd utan att någonsin bli personliga. Att tala om sig själv var omöjligt. Skamligt.

Mormor hade lätt för att rodna.

– Gråter du aldrig, mormor?

– Nä. Dä nötter ente, sa hon och blev flammande röd.

Också mamma blev generad och bannade barnet. Det var mycket man aldrig fick fråga mormor som nog ansåg att närgångna ungar skulle hutas åt och att Johanna inte hade pli på sin bortskämda tös.

Du var så förbaskat praktisk, sa Anna till fotografiet.

Kanske har jag fel, tänkte hon när hon lät blicken vandra från fotografiet till havet utanför fönstret. Den fick söka sig en lång sträcka förbi alla småhus, där de anonyma nya människorna bodde plank vid plank och knappast ens kände varann till namnet. Kanske var det så att ni båda hade en sorgsen längtan tillbaka till byn som ni kom ifrån? Och att ni försökte återupprätta

29

samband och bykänsla när ni kom till storstan.

Vid den förklaringen kunde Anna höra mormor fnysa. Hon gillade stan, det elektriska ljuset, det rinnande vattnet, butikerna som låg i samma kvarter och rättigheten att stänga dörren om sig.

Mormor kom på söndagsmiddag, hämtad i bil av pappa. Hon hade långa svarta strasshalsband och vitt krås i halsen, teg vid bordet tills hon blev tillfrågad och var undfallande mot svärsonen.

Plötsligt mindes Anna. Ett alldeles klart minne, tänkte hon förvånad. Runt middagsbordet talade undrande röster som vände och vred på skolfrökens tal om att Anna var begåvad.

Begåvad? Det var ett ovanligt ord. Fröken hade talat om läroverket. Mormor rodnade och fnös, fann talet oanständigt. Hon kastade en lång blick på flickan och sa:

– Va skulle dä tjäne te? Dä e ju bare e tös. Högfärdig blir ho å ente slepper ho unna, ho häller.

Kanske var det de orden som avgjorde Annas framtid. "Bara en tös" väckte pappas ilska, han som aldrig skulle erkänna sorgen för att hans enda barn var en flicka.

– Anna får bestämma själv, sa han. Vill hon studera ska hon få det.

Hur har jag kunnat glömma den söndan, det samtalet, tänkte Anna, gick tillbaka till sängen och såg återigen på fotografiet. Du hade fel din gamla häxa, sa hon. Jag studerade, jag tog examen, jag blev framgångsrik och rörde mig i världar som du aldrig kunnat drömma om.

Högfärdig blev jag också, som du sa, som alla sa. Och vad dig beträffar blev du ett fossil, en primitiv kvarleva från en svunnen tid. Jag uteslöt dig ur mitt liv, du var bara en pinsam påminnelse om ett ursprung som jag skämdes för.

Det är därför jag inte lärde känna dig och inte har några minnen av dig. Men det är också därför som ditt fotografi talar så starkt till mig. För det säger alldeles tydligt att du var en begåvad flicka, du också.

Du hade andra fördomar än jag, det är sant. Men du hade rätt ibland och särskilt när du sa att jag inte skulle slippa undan jag heller. Även på mig väntade kvinnolivet.

Jag bar inga mjölsäckar från kvarnen till samhället, mormor. Ändå gjorde jag det.

HANNA

född 1871, död 1964

Hannas mor hade barn i två kullar. De fyra första dog i soten under svältåren i slutet av artonhundrasextiotalet. Maja-Lisa själv gick i stå och vågade tro att hon skulle slippa nya ungar.

Men artonhundrasjuttio kom våren med regn som den skulle, den brända jorden drack och det blev åter bröd på bordet. Det var inte tal om överflöd men till hösten hade de kålrötter och potatis i jordkällaren. Och kor som fått såpass bete att de gav mjölk igen.

Och Maja-Lisa var med barn.

Hon förbannade sitt öde men August, mannen, sa att de skulle va tacksamme. Ondåra hade ente dreve dom frå gårn, de nötte ente dra längs väjane i tattarkärra som månge anre småbönner på Dal.

Hanna föddes som äldsta barn i den nya kullen, sen kom där ytterligare en flicka och tre pojkar. Vad modern lärt av det som hänt var att inte fästa sig vid de nya barnen. Samt att frukta lort och dålig luft.

Det senare hade hon lärt i kyrkan.

Vid tiden för nödåren hade de haft en ung och mildögd präst, som så gott han förmådde sökte leva i Kristi efterföljd. Han delade sitt bröd med de gamla och vart han kom hade han med sig mjölk till barnen, trots att det var ont om mat även i prästgården. Om dagarna jordfäste han barn och gamla och skrev kyrkpapper till alla som flydde västerut till Norge och Amerika. Om nätterna bad han för det arma folket.

35

Eftersom bönerna inte hade synbar verkan bytte han dem allt oftare mot skrifterna han fått från sin bror som var läkare i Karlstad. Det var på det sättet hans predikningar kom att handla om vikten av renlighet. Lungsoten bodde i smutsen och engelska sjukan i mörkret, förkunnade han. Alla barn skulle ut i dagsljuset. De dog inte av att frysa utan av mörker och snusk, dundrade han. Och mjölk måste de få.

Det var ett budskap som hans församling skulle ha fnyst åt om tiderna varit som de skulle. Nu lyssnade mödrarna i ångest och Maja-Lisa hörde till dem som tog talet om renlighet på allvar.

Det blev mycket bråk i hennes hem innan hon lärt mannen att han inte fick spotta på trasmattorna. Men hon var obeveklig för hon fann att prästen haft rätt. De nya barnen var ovanligt starka och friska.

Men den mildögde prästen försvann och ersattes av en som var svårt begiven på brännvin. Det var med prästbytet som med det mesta i trakten, det blev sämre efter nödåren. Rädslan hade blivit bofast, det var ont om glädje men gott om missunnsamhet. Långt mellan husen blev det också när skogen tog tillbaka åkrar och ängar kring övergivna gårdar.

Och på vintrarna drog tiggarföljena genom bygderna och påminde.

När Hanna var tio år kom den nye prästen till Bråten på husförhör och sa att de borde tacka Gud för att de fick bo på en så vacker plats. Hanna tittade förvånad ut över sjön och de höga bergen. Hon förstod inte vad han talade om, prästen. Än mindre begrep hon när han försäkrade att Gud sörjde för sina barn. Gud hjälpte bara den som hade hårda nypor och lärt att ta vara på varenda smula.

Vid tolv års ålder sändes flickan till gården vid åmynningen för att tjäna piga. Då hade hon gått i skola såpass att hon till nöds kunde räkna och skriva. Dä va nock, sa fadern.

På Lyckan som gården hette härskade Lovisa, snål, känd för

hårdhet och högfärd. Gården ansågs rik här i fattigbygderna, neråt slätten hade den varit ett ynka småbruk. Lovisa hade oturats med sina barn, två döttrar hade hon legat ihjäl när de var späda, en son hade krympts ihop, vanförts och dött av engelska sjukan. Nu fanns bara en kvar, en vacker pojke, van att ta för sig. Han var olik vanligt folk även till utseendet, mörk och svartögd.

Elaka tungor talade om ett zigenarsällskap som dragit fram genom bygden sommaren innan han föddes. Men sansat folk påminde sig att Lovisas farfar var spanjor, en skeppsbruten som räddats till livet på Orust.

Gårdarna var släkt, husfadern Joel Eriksson på Lyckan var bror till Hannas mor. Morfadern bodde kvar på Framgården men hade delat sina utgårdar mellan barnen. Joel, sonen, fick ägorätt till Lyckan. Maja-Lisa och hennes man fick bli åbor på Bråten, som var magrare och mindre.

Som om där ändå fanns rättvisa i livet fick Maja-Lisa en bra och arbetsam karl, August Nilsson, född och uppvuxen i Norge. Medan sonen Joel råkade ut för den svåra Lovisa från Bohuslän.

Lovisa var from. Som många av den sorten fann hon glädje i att hålla sina medmänniskor i Herrans tukt och förmaning och kunde dagligdags unna sej att vara grym med gott samvete.

Nu var Hanna van vid långa dagar, hårt arbete och mycket skäll. Så hon klagade inte och fick aldrig höra att grannarna ömkade henne, sa att Lovisa slet henne som ett djur. Flickan fick äta sig mätt och en dag i månaden var hon glad. Det var när hon kunde gå hem till mor med en skäppa mjöl.

När mörkret tätnade i oktober fick hon mens. Det gjorde ont, hon blödde mycket, hon blev rädd. Men hon vågade inte gå till Lovisa. Hon tog sitt mest slitna lintyg, rev det i remsor och knep ihop benen för att hålla den blodiga trasan på plats. Lovisa såg misstänksamt på henne och skrek:

– Du rör dej som e kubent kvige, sätt fart på bena, flecka.

Först på lördan när hon kom hem till mor kunde hon gråta. En skvätt bara, för modern sa som vanligt att gråt alri nytter. Så fick hon hjälp med riktiga virkade bindor och ett band att ha

37

runt midjan. Två dyrbara säkerhetsnålar letades fram ur moderns sylåda. Det kändes förmöget. Sen sa Maja-Lisa:

– Nu får du förstå att dä ä farlit. Släpp alri e kar närmere än på två alners håll.

Så kom den kvällen när hon somnade på höskullen. Hon hade sovplats i köket men där fanns ingen ro, där grälades om kvällarna. Oftast om sonen som modern skämde bort och fadern ville göra folk av. Hanna var så trött att hon nog kunnat sova trots de hemska orden som flög över halmmadrassen i pigkistan. Men i kväll slogs husbondfolket inne i kammaren och genom köksdörren trängde ljudet av tunga slag och hemska skrik. Hanna tänkte att nu har han ihjäl'na, Joel. Men sen hörde hon svarte Rickard ropa. Det var ett hemskt och upphetsat skrik som ett vrål från underjorden.

De har väckt han, gu hjälpe.

Det var då hon smet ut i lagårn. Hon var dödsens rädd för pojken som börjat nypa i henne så fort hans mor hade ögonen någon annanstans.

Nu sov hon på höskullen som ett trött djur och vaknade inte förrän han rev av henne kjolen. Hon försökte skrika men han tog strupgrepp på henne och hon förstod att hon skulle dö. Inför den insikten blev hon stilla. Han var tung som en tjur när han vältrade sig över henne och när han trängde in i henne och hon gick sönder kunde hon mitt i den ohyggliga smärtan be Gud att Han skulle ta emot'na.

Sedan dog hon och blev förvånad när hon vaknade efter nån timma, blodig och sönderriven. Hon kunde röra sig, först händerna, sen armarna och slutligen benen. Till slut kunde hon fatta ett beslut eller åtminstone forma en tanke: Hem te mor.

Hon gick långsamt genom skogen, lämnade ett blodigt spår efter sej. Den sista kilometern kröp hon på alla fyra men när hon skrek utanför stugdörren var rösten stark nog att väcka modern.

För första och enda gången i livet fick Hanna se sin mor gråta. Flickan las på köksbordet, modern tvättade och tvättade men kunde inte stoppa blodflödet.

– Goe Gud, sa Maja-Lisa, gång på gång sa hon det, innan hon samlade sig och sände äldste pojken efter Anna som var var traktens jordemor och hade hjälpt Maja-Lisa genom de många barnsängarna. Hon var skicklig på att stämma blod också:
– Skynne, skynne, skrek hon efter pojken.
Sen skulle hon till att dra av flickan de sönderrivna kläderna, men hejdade sig. Hon hade i vild vrede kommit att tänka på att Anna inte bare va jordemor, ho va också den som rände me byns svåre hemlegheter frå stuga te stuga.
Hanna sov eller var medvetslös, Maja-Lisa kunde inte avgöra. Köket såg ut som en slaktarbod och allt mer högljutt ropade hon till Gud om barmhärtighet medan barnen runt henne höll för ögon och öron.
Så äntligen kom Anna, handfast och lugn. Hon hade finriven vallörtsrot med sig, blandade den med lomme i ister och smorde in flickans underliv med salvan.
Hanna vaknade under behandlingen och började sakta gråta. Barnmorskan böjde sig över barnet och frågade.
– Vem?
– Svarte Rickard, viskade flickan.
– Kunne ackurat tru dä, sa Anna bistert. Sedan gav hon barnet en dryck kokt på mistel och vitplister. Dä skulle stanne blödninga og ge en sömn djub som dön, sa hon. Men Gu ved om ho nånsin kan få onger. Og geft blir ho alri.
Maja-Lisa såg inte ledsen ut och anade inte att Annas båda spådomar skulle komma på skam. Nu sände hon barnen i säng i kammarn, satte på kaffe, städade köket och upptäckte att bössan var borta från väggen och August försvunnen.
Då skrek hon igen, ungarna kom farande ur kammarn men Anna som följt hennes blick fnös:
– Karer! Lugne dej, menske, dä ä inge ve kan göre.
– Han hamner på fästing, skrek Maja-Lisa.
– Je trur knappt han löckas.
I detta blev hon sannspådd. När August nådde Lyckan var sonen försvunnen. De båda bönderna lugnade sig med brännvin och bestämde att pojken skulle tvingas till giftermål så fort Han-

39

na blivit giftasvuxen och att hon till dess skulle respekteras som dotter i huset.

Men det blev inte mycket av överenskommelsen. Hanna sa att hon hällre geck i älven än gefte sej mä Rickard, Maja-Lisa knep ihop om sin vanmakt och Lovisa fick på hemliga vägar bud till sonen att han för Jesu Kristi skull måste hålla sig borta från gården. Gamla Anna talade om länsman och sa, att när je va litta hade dä talats om e kar som dömts till dön sen han mörkränt e legopige.

Men varken August eller Maja-Lisa ville ställa till sånt förtret för släkten på Lyckan.

Tungorna gick varma i stugorna, folk började undvika Lovisa och Lyckan. Tills det stod klart en dag att Hanna var med barn och allt fler kom till slutsatsen, att så ovilli hade ho nock ente vart, tösa. Å tale om att ho va svårt fördärva va lögn. Gamle Anna hade ränt me truten som ho brokte.

När mensen uteblev för andra månaden i rad sa Maja-Lisa till sig själv väl hundra gånger om dan, att dä va för att tösa ble fördärva i underlive. Men en morgon började barnet kräkas.

Maja-Lisa gick till Anna med flickan. Jordemodern klämde på magen, gjorde stora ögon och sa att Guds väjar förstog ho sej ente på. Sen sökte hon upp gläntan i skogen där vildpersiljan växte, lagade en brygd på örten men fick konstatera att den inte bet på ungen i Hannas buk.

– Dä e gått för långt, sa hon.

Knappt tretton år gammal, den femte juli, födde Hanna sin horunge, en präktig pojke med svarta ögon. Han hade svårt att släppa taget så förlossningen blev långdragen och svår. När han äntligen var framme greps hon av en besynnerlig ömhet för pojken.

Trots att han var lik sin far.

Känslan var så förvånansvärd att den fick henne att böja sig för de beslut som måste fattas. Hon visste ju att föräldrarnas gård inte kunde mätta två munnar till. Hon måste tillbaka till Lyckan. Husbonden där lovade dyrt och heligt att hon skulle behandlas som en dotter och så långt han förmådde höll han sitt löfte. Han fäste sig vid pojken som växte snabbt och skrattade mot världen. Det var konstigt nog ett lyckligt och kraftfullt barn.

Hanna arbetade lika hårt som förut och Lovisa var inte vänligare trots att hon talade mycket om barmhärtighet sen hon hade blivit frälst av missionsförbundarn, han som kom en gång i

41

månaden och samlade sina får i granngårdens lada.

Alla tre väntade de på Rickard men ingen sa nånsin ett ord om den försvunne. Sen hördes ett rykte på byn att han hade setts i trakten.

Det var då Hanna beslöt sig för att gå till runmästarn i skogen bakom Djävulsklyftan uppströms älven. Hon hade funderat länge på det, men skrämts av onda viskningar om den gamle och hans trollkona.

Nu bad hon husbonden att ta hand om barnet. Det var söndag och hon sa, att ho skulle gå te körka. Han nickade uppmuntrande, dä va bra att nån frå gårn sökte Gud där Han fanns, sa han med en elak blick mot sin hustru. Lovisa skrek efter henne att ho ente feck glömme horkluten om ho skulle te Guds hus.

Det var en dryg mil till kyrkan vid älvstranden och sen brant uppförsbacke förbi forsen. Men där i lugnvattnet fann hon vadstället och sen var det bara en halvtimmas vandring genom skogen till ryggåsstugan vid stigens slut. Hon hittade, hade varit där som barn med mor och fått svära att aldrig berätta det för någon. Hjärtat bultade av rädsla men de båda gamla tog emot henne utan förvåning. Ho velle ha en runstav, förstog de. Flickan vågade inte tala, men nickade och såg i skräck mot stugans hörn där runfolket enligt ryktet förvarade den avskurna lemmen av en mördare som hängts på galgbacken för många år sen.

Hon såg genast att det inte var en manslem. Nej, den kom från en hingst och kunde inte skrämma henne. Hon hade sett såna förr, i hemliga hörn i stugor där moran inte fick barn.

Den gamla kvinnan la sina händer på Hanna, pannan först och hjärtat sedan. Under tiden talade hon med mannen på ett vilt och främmande språk. Han nickade, täljde, den ena runan las till den andra på den lilla staven. När han var färdig såg han glad ut och log när han sa, att dä ho mest va rädder för ente skulle hänne å att skammen hennes skulle bli borte.

Hon betalade med de fattiga slantar hon sparat, neg djupt och sprang med den hemliga runstaven gömd mellan brösten

42

den långa vägen hem, fick en örfil för att hon varit borta för länge, tog emot utan knot, svalde till och med talet, att ho kanske va löpsk igen. För e hora va ho, sa Lovisa. Som sett en underlig glans i hennes ögon.

Två dar senare kom Rickard hem, grann som en tupp i långa stövlar och uniform med blanka knappar. Han kråmade, skrattade åt föräldrarnas förvåning och skroderade på soldaters vis. Högt talade han, särskilt högt när han förkunnade, att han alri skulle bli bonne og slite sej fördärva på denne ulianes gårn. Hanna kunne slå han ur hågen, han gefte sej ente me horer.

Bara en gång sviktade han. Det var när fyraåringen dök upp i köksdörrn och skrattade honom rakt i ansiktet. Men sen vände soldaten på klacken och försvann.

Lovisas gråt blev till höga skrik. Men bonden såg på barnet och sen på Hanna. Båda hade svårt att dölja sin lättnad och ingen sa ett tröstens ord till Lovisa.

Hanna kramade sin runstav under bluslivet. Och sen den dagen vaknade hon varje morgon med en känsla av att något sällsamt skulle hända henne.

Till midsommar kom en man till byn, en värmlänning. Mjölnare, sa folk som talat med honom, en mjölnare med planer på att sätta den gamla kvarnen vid Norskvattnet i stånd. Han va reden gammel, sa de unga. Han va en kar i sine bäste år, sa de äldre. Att han var förtegen och tyst om sitt liv, var de eniga om. Bara till gamla Anna hade han sagt, att hustru å barn hade döet för han däroppe i Värmlan. Å att han ente orka bli kvar ve sin kvarn mä ensamheta.

Han söp för å slippe minnes, det hade han också sagt.

Nu gick han runt i gårdarna för att efterhöra behovet. Överallt togs han emot av bönder som försäkrade att de skulle mala vid Norskvattnet som de gjort förr och som far och farfar alltid gjort. Till slut förstod han att om han rustade kvarnen skulle han ge dem nytt mod.

Ändå tvekade han. Detta var ett tyngre och ordknappare folk än han var van vid. Det var ont om glädje i stugorna och kaffet de bjöd honom liknade lortigt smältvatten och smakade bränd råg.

Han kom från en fetare bygd, sällskapligare och pratsammare. Ett av de spöken som skrämt honom hemifrån var avundsjukan, som iakttog, mätte och jämförde. Här där naturen var snål och fattigdomen svårare hade samma hemska sjuka drabbat hårdare, fått näring av nödåren och förgiftade varje möte.

Så var det kvarnen, det krävdes mycket arbete för att få den i stånd. Räckena längs forsfåran hade brutits sönder, bryggan var rutten och trapporna inne i kvarnhuset i bedrövligt skick. Men

44

trätrumman av ek hade hållit liksom skovelhjulet och damm-
luckan uppe vid sjön. Och de två stenparen var nya och av na-
tursten från Lugnås och såg ut att ha god skärpa. Han beräknade
fallhöjden i forsen till dryga trettio alnar vilket lovade säker
drift.

Visthusbod och lagård fanns. Och boningshuset var väl hål-
let, ett rejält hus med dagligstuga mot sjön, liten kammare och
stort kök.

Så var det läget.

Han hade sett många granna landskap i Finnmarkens skogar
och längs Klarälvens stränder. Men aldrig förr en trakt av sådan
vild skönhet. Han såg på de lodräta bergen som reste sig mot
himlen, såg pilgrimsfalkarnas bon i klippväggarna och kungsör-
nens flykt över branterna. Han lyssnade till forsens dån och det
stilla sorlet i de mörka norsksjöarna, såg också eftertänksamt på
de mjuka kullarna där fåren betade. Han blundade inte för att
åkrarna var fattiga och skogen vanskött, i stora stycken ogenom-
tränglig. Som om den stått orörd sen urtiden, tänkte han.

Ändå, dä va grant.

Han var en lyhörd människa och kunde höra bergen och sjön,
forsen och de höga lönnarna på kvarntomten tala till honom
med hemlighetsfulla röster.

Ende näre grannen var smeden som verkade va en bra karl.
Och tillgång till smedja var nödvändig för kvarnhackornas skull.

Det tyngsta skälet var ändå pengarna. Han hade sålt en egen
kvarn i Värmland och denna skulle han få leja. Erik Eriksson på
Framgården var snål som alla bönder men hade motvilligt gått
med på att bidra till de nödvändiga reparationerna.

Den enda han kom på förtrolig fot med i bygden var gamla An-
na, jordemodern. Hon kokade bättre kaffe också, så han sågs allt
oftare i hennes kök. Det var hon som gav ord åt det han länge
tänkt men visat bort:

– Han måste ha ett kvennfolk, e arbetsam og tåli menske. Dä
går inte å rede sej utta e mora där oppe på skogen.

Det blev tyst länge sen hon talat. Han satt där och kände

45

plötsligt hur trött han var. Och gammal, alltför gammal för att börja på nytt.

– Je har nock inte den rätte lusten längre, sa han till slut.

– Onge karn, sa hon.

– Je har blett fyrtio.

– En kar i sine bäste år.

– Je har otur me kvennfolk, sa han.

När han kom tillbaka nästa kväll hade Anna tänkt. Hon var slug så hon började lite som i förbigående att tala om Hanna, fleckstackarn som for så ille i live. Stor skam va dä, sa hon, flecka va ändå barnbarn te Eriksson på Framgårn. Mjölnarn blev tagen av historien om den svåra våldtäkten, hon såg det i hans ansikte och förstod det när han bröt av:

– Ho har väl ente en hallköpp.

Han fick sitt brännvin och var väl lite osäker på benen när han så småningom drog hemåt i mörkret. Vad han tänkte sa han inget om men Anna hade en skamsen känsla av att ha blivit genomskådad.

När John Broman kom till den övergivna kvarnstugan såg han för första gången hur grisigt det var i rum och kök. Den upptäckten födde praktiska tankar, nog behövde han e mora. När han kom i säng växte behovet till lust, blodet dunkade i hans ådror och lemmen stod styv. Herregud, så längesen, så längesen dä va sen han hade ett kvennfolk.

Han tänkte på Ingrid och lusten övergav honom, lemmen slaknade. De hade ente haft'et gott tillsammens i säng å kök. Hur såg ho ut? Han kom ente på dä, mindes bare hennes evige tjat om penger som ho ente feck te å räcke. Å om brännvine, dä som han unna sej på lördas.

Om hustruns bild var töcknig var minnet av Johanna klart som om han såg henne framför sig. Han hade haft en dotter som lungsoten tog när hon fyllt åtta år.

Som han sakna den ongen.

När han vaknade nästa morgon hade han praktiska tankar. Flecka skulle bli stor tack skyldi. Han kunne räkne me välde overa. Att ho hade en onge va bra, han töckte om ongar men ville alri mer ha egne. Dä va ente dumt att flecka va släkt mä storgårn.

Fram på morgonen styrde han stegen till Lyckan.

Hanna vaknade som vanligt med sin underliga förväntan och knäppte händerna runt runstaven som i bön. Sen väckte hon pojken som låg där på halmmadrassen bredvid henne i utdragskistan i köket.

– Ragnar lelle, sa hon.

Hon var glad för namnet, för att hon haft kraft att driva igenom det. I båda gårdarna hade det varit invändningar, i ingen av släkterna hade namnet funnits. Sen hade de tigit och tänkt, att dä ä som dä ska, oäkting ska ente bäre släktnamne.

Men Hanna mindes en pojke i skolan.

Nu visste hon att hon lyckats i sitt uppsåt. För hennes son liknade skolkamraten, solig och jämn i sinnet. Redan så här i gryningen och nyväckt skrattade han mot henne.

Hon städade köket och lagade frukost. Husbonden kom så snart gröten kokat, satte sig tungt vid bordet och åt. Hon stod bakom honom vid spisen och åt som hon brukade med pojken på armen: E ske te Ragnar og e te mor.

Både hon och Joel Eriksson tyckte om den här stunden på morgonen. Lovisa deltog inte, hon hade så många böner att rabbla.

Någon timma senare kom främlingen. Flickan iakttog och tyckte att han var ståtlig med de breda axlarna och det korta tvärskurna skägget. Som en herreman. Ögonen plirade mot henne, det var värst vad han glodde.

Det gjorde han och fann att hon var grann att se på och att blicken var vaken. Ho ä en av de uppmärksamme, e som ser,

48

tänkte han. Kraftfull, ho har gått unnerlit oskadd genom mörkre å skamma.

Så ung, tänkte han, sjutton år, ente mycke äldre än Johanna skulle vart om ho fått leve.

Han skämdes plötsligt för kvällens drömmar och morgonens praktiska tankar. Men han kom ur förlägenheten när barnet stormade in i köket, en liten pojke med ögonen på skaft, nyfikna och orädda. Han såg på sin mor och skrattade. Det var ett stort skratt, så ovanligt att det verkade utmanande här i fattigbygden.

Mjölnaren satte sig på huk, sträckte fram handen och sa:

– Godda på dej. Ja hetter John Broman.

– Godda, godda, godda, sa pojken och la båda sina händer i hans.

Det var första gången någon uppträtt hövligt mot pojken och Hannas ögon lyste. Sen kom Joel Eriksson stampande in i köket och sa:

– Du får skynne dej på me rovera. Ta pojken mä dej.

Ögonblicket efter var Lovisa där och skrek om kaffet som Hanna glömt sätta på. Flickan försvann genom dörren, John Broman såg efter henne, la märke till att hon var mycket rak i ryggen där hon gick över åkern med barnet vid handen. I det ögonblicket fattade han sitt beslut: Bort frå gårn skulle de, både ho å pojken.

Sen drack han lankkaffe och fick försäkran om att också Lyckan skulle mala sitt mjöl i kvarnen vid Norskvattnet.

Han tog hemvägen om Anna och sa kort, att du får dä nock som du velle, gamle käring. Men du må se te så ja får tale mä flecka.

Det var inte lättordnat, sen Hanna blivit dotter på Lyckan var hon aldrig ledig. Men Anna gick till Maja-Lisa, som skickade en av pojkarna med bud att Hanna skulle komma hem till helgen och hälsa på sina föräldrar.

49

På lördag morgon steg Broman upp tidigt och städade sitt hus. Han hade inte många möbler, ett bord och en fållbänk var allt, så det var snart gjort. Och rent blev det även om det såg torftigt ut.

Det stod ett gammalt lerkrus vid spisen, han tog det, skurade det och gick ut för att plocka blommor. Det var redan september men han fann ruggar av vit och skär rölleka, skar en gren av björken vid förstukvisten och gick upp mot norsksjöarna där han sett stora bestånd av blå och vit campanula. De var lite slitna men han drog av vissnade blad och utblommade klockor.

Till slut var han riktigt nöjd med sin bukett.

På lördagsmiddan hämtade gamla Anna flickan på Bråten. Till Maja-Lisa sa hon att de två, Hanna og ho, skulle gå på skogen. Anna behövde växter te sine mediciner, sa hon. Maja-Lisa såg förvånad ut men Hanna blev glad. Hon tyckte om att ströva i markerna.

Så kom de två till kvarnstugan där John Broman väntade. Anna skulle söka etter bolmört i knipa ve norra bäcken, sa hon och försvann.

Han visade Hanna runt, hon fann allt storslaget i det präktiga huset med kök, kammare och en dagligstuga med två fönster mot den granna utsikten över sjön. Övervåning fanns också för nattstuga och förvaring.

John talade, hon hörde kanske inte så noga på orden men hans avsikt var klar. Han behövte ett kvennfolk i huse å ho krama i hemlighet sin runstav unner bluslive.

50

När han började tala om giftermål blev hon som förstenad av förvåning.

– Men pojken . . ., sa hon till slut.

Han nickade, han hade tänkt på dä. Pojken skulle ho ha mä, han töckte om ongar. Så snart de bestämt sej skulle han ordne så han feck överta ansvare för ongen.

Hon förstod inte och han förklarade tålmodigt, att han skulle tale me Hannas far å me prästen å få skreftligt på att John Broman ble pojkens förmyndare.

– Vi känner ente varandre, sa han.

Då log hon för första gången och sa att vi har ju tia på oss.

– Dä blir ett tungt liv, sa han. Möcke arbet.

– Je ä van ve å slite og ente stor i maden.

Det var som om hon blivit rädd att han skulle ångra sig, det hörde han och sa lite kort:

– Nock ska både du å pojken få äte er mätte.

Då log Hanna för andra gången och tänkte på talet hon hört som barn. I mjölnarns stuga fattes alri brö, sas det. Men sen såg hon mot den ruttna bron och mindes hur han dött, den gamle mjölnaren. Han hade trampat igenom en natt och fallit i forsen.

Sen var Anna tillbaka och talade om hur hemlit dä måste va. Ente ett ord te nån förrn lysning förkunnats i körka. Ve de lage skulle förmyndarpappret va klart og Erikssons på Lyckan uta möjleghet å få tag i Rickard og förmå han å erkänne faderskapet.

– Du får raske dej å tale mä August, sa hon. Han ä en tystlåten kar.

Hanna gick hemåt genom skogen i en hisnande känsla att det var för mycket. Hon skulle bli mora i eget hus, lika stort och fint som på Lyckan. Pojken skulle bli som en son, hade Broman sagt. Dä va slut på skamma, tänkte hon. Ingen kunne längre skälle di horunge og hora.

Dä ä för stort, sa hon sig. För hon visste ju att lyckan var utmätt och att det stod en dyrt om man fick för mycket av den. Men sen sträckte hon på sig, kastade med huvudet och tänkte, att ho redan hade betalt.

51

– Rättvise, sa hon högt, alri hade je trott att Gud kunne va rättvis.

Hon var bekymrad för möblerna som saknats där i huset och för mattor och handdukar och annat som hon inte ägde. Inte en tanke ägnade hon åt mannen som hon skulle dela liv och säng med.

När hon kom till föräldrahemmet för att hämta barnet kände hon att ho höll på att spränges av sin märkvärdege hemleghet. Ho måste iväg, fort, tillbake te helvitte på Lyckan.

Där kunde hon lättare hålla inne med glädjen och när hon bäddat på halmmadrassen i utdragskistan i köket och fått pojken i sömn tog hon ut sin triumf i förskott. Hon till och med svor: Fan, viskade hon, fan va je ska skratte den dan je kan säje va je tycker te de högfärdige svina.

Sen blev hon rädd och bad ivrigt Gud om förlåtelse för de onda tankarna.

Innan hon somnade funderade hon på blombuketten. Alri hade ho sett eller hört talas om en kar som plocke blommer og satte i vas. Konstit va dä, men vektit, dä försto ho. Nock skulle ho se te att dä fanns blommer på John Bromans bord. Åtminstone om sommern.

På natten drömde hon om pelargoner, blommorna i kruka som hon sett en gång i prästgårdens fönster.

Några dagar senare sa ryktet att mjölnaren återvänt till Värmland och att det inte skulle bli något av med kvarnen vid Norskvattnet.

Di ljuger, tänkte Hanna.

Men när veckan gått utan bud från John Broman gav hon upp. För första gången i sitt liv sjönk hon i förtvivlan. Detta var svårare än skammen och hon förstod att det är hoppet som gör människan sårbar. En skulle ente hoppes. Eller tru att Gud var rättvis.

– Sätt fart på bena, skrek Lovisa.

– Du ä vit i syna som e spöke, skrek hon. Ska du lägge dej sjuk får du gå hem te mor din.

Men Hanna orkade inte gå genom skogen med barnet.

Hösten kom tidigt med stormar som slet löven av askarna. På söndagens morgon prasslade det under fötterna när hon gick till lagårn för att mjölka. Där i mörkret väntade August på henne:

– Far, sa hon. Va gör I här så bitti?

Han pekade på gården, hon viskade:

– Di sover.

Så fick hon då höra att John Broman sökt upp fadern redan i måndags, berättat om giftermålet och bett August gå till Hanna med bud. Då hade han varit hos prästen för att ordna med kyrkpapper på pojken.

– Je skrev på så när dä lyser i körka ä Broman förmyndare, sa August med hämndens sötma i rösten.

Sen hade Broman återvänt till Värmland där han skulle häm-

53

ta möbler och annat bohag till kvarnstugan vid Norskvattnet. Han skulle vara tillbaka om några veckor och då skulle Hanna och han ta ut lysning.

– Varför dröjde I mä bude?

– Vi har ente haft e stunn over, mor og je. Så tile som hösta kommer våger vi ente ha potätera kvar i jola.

Hon nickade, hon kunde inte förebrå honom. Hon satt tungt på mjölkpallen och nickade igen när han stannade i lagårsdörrn och sa åt henne att skynne på me mjölkninga. Men hon grät, tårarna föll utmed ansiktet och blandades med den varma mjölken.

En sak hade veckan lärt henne. Ho skulle alri mer hoppes.

På hemvägen i det svaga gryningsljuset kom August att tänka på, att han glömt å säje att både han og pojkera skulle ha arbete i vinter. Broman hade bett han å hjälpe te mä å reparere kvarna.

– Han va väll snickerkunni?

– Jo.

Och virke hade August, väl torkade stockar fällda före nödåren, då när han ännu hade trott att han skulle få råd att bygga en riktig lagård.

Hanna skötte sina sysslor som hon brukade. När frukosten var aväten sa hon lugnt till Joel Eriksson, att ho skulle gå hem te sine föräldrer og ta pojken mä. Han nickade buttert och sa åt henne, att skynne på så ho kom iväg inna Lovisa vakne.

– Se te så du ä hemme i tia för kvällsmjölkninga, sa han.

Det var bitande kallt när hon gick stigen fram genom skogen. Men Hanna kände inte av den pinande vinden, hon var varm av tacksamhet.

För första gången tänkte hon på Broman, på va sätt ho skulle löne han. Ho va ordnengsam og stark, ho hade lärt va som krävdes åv e mora på e gård. Pengar hade ho alri skött, men ho kunne räkne, ho var bra på räkninga hade lärarn sagt. Ho skulle sköte allt så han kunne va stolt over hemme og henne.

Möbler, tänkte hon. Va kunne de va för möbler han hämte i Värmlan? Fine, finere rent åv än dä på Lyckan. Sen tänkte hon på att hon hade lovet sej sjölv å ente hoppes.

Pojken kinkade, han frös, hon lyfte upp honom och slog ylle-sjalen om honom när stigen bar uppåt det sista stycket innan skogen fick ge vika för Augusts åkrar. De arbetade redan i pota-tislanden, men modern avbröt och kom emot henne.

– Så du feck ledit, sa Maja-Lisa men rösten var varmare än or-den och när Hanna såg in i det slitna ansiktet fanns där glädje. Och stolthet. Det var så ovant att flickan tappade orden sen hon sagt sitt "godda mor".

De kokade kaffe, satte sig vid köksbordet och sög begärligt på sockerbiten som löstes upp i munnen av den heta drycken.

Sen sa modern de förfärliga orden:

– Je hoppes du slepper unna mä tre eller fyre ongar.

Hanna blev mycket rak i ryggen, drog efter andan och tänkte att ho va e tosa. John Broman skulle göre mä henne som Rick-ard Joelsson gjort. Varje natt där i sänga i kammern.

Han hade nästan sagt det, hade sagt att här ska vi ha e säng, flecka mi.

Hon mindes att han rodnat lite, att det funnits nåt skräm-mande i luften i den stunden. Men ho hade ente förstått, ente tänkt. Fast ho vetat.

Modern såg hennes skräck och sa lugnande:

– Se ente så rädder ut. Dä ä sånt som kvennfolk får finne sej i og etter e tag vänjer en sej. Tänk på att du blir mora på egen gård og att karn din verker goare än de fleste.

– Varför vill han ha mej?

– Du ä ong og grann. Og arbetsammer.

Mitt i skräcken såg Hanna förvånat på sin mor. Aldrig hade det hänt att hon haft nåt gott att säga om Hanna. Beröm var far-ligt, det utmanade ödet. Men Maja-Lisa fortsatte:

– Vi måste se te så du får anständige klär, nye te vardas. Te bröllopet . . . je hade tänkt att vi kunne sy om mi gamle bru-klänning.

Hon såg osäker ut, Hanna teg och till slut sa Maja-Lisa:

– En vet ju ente va han töcker, han ser lit ut som en herrekar.

Hon vädjade till Hanna.

Je har fått respekt, te og mä mor . . .

Men det var bara en ögonblickstanke, sen var flickan åter vid det fasansfulla i sängkammaren i kvarnstugan.

– Mor, sa hon. Dä går ente, je kan ente.

– Domheter, sa Maja-Lisa och nu var det slut på respekten. Vafför skulle du ente kunne va alle anständige kvenner kan. En vänjer sej, som je sa. Dä ä ente sängelage som ä dä hemske, Hanna, dä ä födslen.

Hanna mindes förlossningen, den hade inte varit lätt men inte på långa vägar så fruktansvärd som döden på höskullen med svarte Rickard.

– En får blunne og göre sej mjuk i kroppen, sa modern och rodnade. Dä ä inge skamlit när prästen läst over en. Nu prover vi den gamle bruklänningen.

Men de fick genast ge upp, moderns brudklänning, gömd i silkespapper i kistan, var för liten. Det gick att se med blotta ögat, Hanna var längre och kraftigare än någonsin Maja-Lisa.

– Je får bite huve av skamma og säja som dä ä te John Broman.

Maja-Lisa var bitter:

– Vi har alri nåre penger.

Hanna hörde inte på, hon var fortfarande styv i kroppen och kall som is trots värmen i köket. När hon gick tillbaka till Lyckan om kvällen funderade hon för första gången på att rymma, ge sig av med barnet, slå sig ihop med de tiggarskaror som drog runt bygderna efter nödåren. Sen såg hon på pojken och mindes de skelettmagra trasungarna, visste att det kunde hon inte.

En kanske vänjer sej, som mor sa. Blunner og gör sej mjuk.

När hon skulle till att somna i sin köksvrå försökte hon återigen tänka på de fina möblerna som John Broman hämtade i Värmland. Men det var svårt, hon fick ge upp och slutligen måste hon ha somnat.

Nästa morgon var värsta skräcken över. Och när hon steg upp för att tända i spisen och dra de tunga laggkärlen till lagårn försökte hon tänka på hur annorlunda allt skulle kännas den dagen hon tände i egen spis och gick till egna kor.

Hon började mjölkningen. Med pannan lutad mot de stora

djurens sidor fattade hon ett beslut: John Broman skulle alri få vete hur rädder ho va, alri. Ho skulle bli fogli og mjuk i kroppen, ackurat som mor sagt.

Det snöade när hon kom ut på lagårdsbacken, stora blöta flingor. Hon blev stående i blötsnön, tänkte på att dä bare va i börjen på oktober. En lång vinter hade börjat tidigt och en urgammal skräck rörde vid flickan.

Långvinter, järnvinter, svält. Nock skulle ho bli go mot John Broman.

Vid middagstid övergick snöfallet i regn och några dar senare sken solen. Vintern tvärvände, hösten glödde som den skulle i lönnarna, det blev varmt och lättade gamlingar talade om brittsommar. Som vanligt om höstarna drog kvinnorna på skogen och plockade lingon. Även Hanna var med, sa frankt till Lovisa, att ho lövat mor og hjälpe te mä lingonplocket. Sen gick hon med den rasande Lovisa i hälarna, kärringen skrek gläpord efter henne.

En gång vände Hanna sig om och skrattade Lovisa rätt i ansiktet.

I slutet av oktober kom John Broman tillbaka, till allmän förvåning. Han kom med häst och tungt lastad kärra. En karl hade han med, en kusin från Värmland. Snart kunde sladdret berätta att de två målade om kvarnstugan både på ut- och insida. Vitt inne, rött utanpå. Det var för mycket i denna bygd där inte ens prästgården var rödmålad och det talades om högfärden som alltid går före fall.

Två dar senare stod Broman oväntat i köket på Lyckan och meddelade Erikssons, att nu feck de säje ajö te Hanna å pojken. På sönda skulle dä lysa för han och Hanna. Lovisa blev så häpen att hon för första gången i livet tappade målföret. Men Joel Eriksson gick till strid.

– Pojken stanner här, han ä sonson i huse.

– Pojken ä min, sa John Broman lugnt. Dä har je papper på.

När de gick ut från gården grät Hanna. John som bar pojken märkte det inte och det gick snart över. Men Hanna var häpen, hon hade aldrig hört talas om glädjetårar.

De gick direkt till prästen som tog emot utan förvåning, önskade all lycka, till och med skakade hand. När de fortsatte, sa Hanna:

– Han ble då ente överraska.

– Han vesste om et, sa John. Je måste ju ha körkpapper för pojken. Orker du gå väjen om Norskvattnet?

Då måste Hanna skratta. De gick långsamt, nästan strövade genom skogen som om båda tänkte på hur mycket mellan dem som var osagt. Men de hade svårt att finna orden. Gång på gång

58

tog Hanna sats för att ställa sin fråga: "Varför väljde I mej?" Men orden ville inte ur munnen på henne.

De rastade vid bäcken nedanför Ulvklippan, drack sig otörstiga. Berget som steg lodrätt från marken mot skyn låg urtidsstilla i djup mörkblå skugga. Gyllene slantar av björklöv virvlade nerför klippbranterna och pilgrimsfalkarna seglade i uppströmmarna.

– Här ä bra grant, sa Broman och Hanna log som alltid när hon inte begrep. Sen gick hon avsides en stund, tvättade ansikte och armar, kom tillbaka och satte sig tyst mitt emot honom.

Då började han tala. Det var en trevande berättelse om livet han lämnat, om hustrun som bråkat om brännvinet.

– Du ska vete att je super mej full om lördas, sa han.

Hon såg varken skrämd eller förvånad ut, sa:

– Dä gör far min mä. Og Joel Eriksson.

Då log han mot henne och fortsatte att tala om flecka som dött för han å som han vart så orimligt gla i.

– En kan ente fäste all si glädje ve e onge så som je gjorde.

– Soten?

– Ja.

Han förmådde inte tala om de svarta minnena av hustrun som var snål med maten. Men Hanna sa som om hon läst hans tankar, att ho fått läre sej att soten tog de onger som ente feck nock mä mat. Og att dä va nogge mä att en höll rent, för smetta fanns i lort og dåli luft.

Han nickade, tänkte på att hustrun varit osnygg. Sen rodnade han, sa att han velle att Hanna skulle vete att dä va tungt å börje om igen.

– Iblann tror je ente je rår mä't, sa han.

Hanna blev ledsen men svalde och sa:

– Vi får hjälps åt.

Då sa han att han va gla för nye ställe å för hustrun som var så ong å grann.

Först då blev Hanna rädd.

Det blev ändå en av de gladaste dagarna i hennes liv. Den nymålade stugan var fin som gården på planschen i skolan, Hanna

59

slog ihop händerna av lycka när hon fick se den.

Kusinen från Värmland hade åkt med häst och kärra men möblerna stod i lagårn. De kunde bära ut dom på backen så hon fick granska allt. Sedan skulle de ställa allt på plats i stugan, just som hon ville ha det. Det hon inte ville ha skulle de bära upp på vinden.

Hennes ögon blev runda av förvåning.

Han gick in i köket och fann leksakerna som han lagt undan till pojken, en liten trähäst med kärra och en trave byggklossar.

– Dätta ska du ha, sa han. Nu får du sitte snällt mens mor din å je arbeter.

Men Ragnar som blev vild av lycka sprang efter Hanna:

– Se här mor, se va je har fått.

Då grät Hanna glädjetårar för andra gången denna dag. Sen sa hon till på skarpen att nu blir du i köket, pojk. När de kom ut på backen igen, John och Hanna, såg han sig bekymrad om:

– Här är månge farlige ställen för ongar, sa han.

Sen såg han Hannas tårar och hon skyndade sig att säga:

– Je gråter alri i vanli fall. Bare när je blir gla.

Då strök han henne tafatt över kinden.

Möblerna var grannare än Hanna nånsin kunnat drömma om, några polerade och med mässingsbeslag. Där fanns en soffa, med rundad rygg i björk och blårandig klädsel i . . . nä dä kunne ente va sant!

– Siden, sa hon och strök över tyget så varsamt som om hon fruktat att det skulle brista vid beröring.

Men han hade mulnat.

– Dä ä ett åbäke, sa han. Man kan varken sitte eller ligge i en. Vi slänger den.

– Ä I ente klok, skrek Hanna men slog hand över mun för att hejda de stygga orden. Je mene, sa hon, att je alri sett grannare möbel, ente ens i prästgårn. Nock kan je få ha den i saln.

Han skrattade:

– Je har ju sagt att dä ä du som bestämmer.

Han skrattade igen när de drog in möblerna i dagligstugan,

sekretären, hans vägghyllor, byrån och stolarna med samma rundning i ryggen som soffan.

– Nu får du ente rum mä nåre mensker här, sa han. Och till sin stora besvikelse fick Hanna ge honom rätt, en del av det fina måste till vinden.

Byrån fann en vägg i kammarn och John sa:

– Je tog ente me sänga, tänkte snickre e ny te oss. Men matter å handduker å annat sånt fenns i kestera.

Till slut kom långbänkarna, slagbordet och utdragssoffan på plats i köket. Hanna gick igenom alla tyger i kistan, det var mycket och fint men det hade packats fuktigt och hade fula mögelfläckar. Hon vojade förtvivlat men beslöt ta hem det till mor för att byka.

Till slut fann hon lådan med porslin. Det var av sånt slag att hon måste gråta en skvätt igen.

Han hade bröd och ost i köket så de fick lite i magarna innan de tungt lastade gick tillbaka till Hannas föräldrar. John bar kistan med tygerna, Hanna pojken och pojken sina leksaker.

Under veckan som gick släpade Hannas bröder det torkade virket genom skogen till Norskvattnet allt medan Hanna och hennes mor bykte och sköljde mattor, täcken och handdukar. Grannkvinnorna sprang som yra höns ut och in i bykstugan, nyfikna och avundsjuka. På torsdagen kom gamla Anna och sa att folk ente haft så möe å tale om på år og da. Ho hade mött Broman, som beklaget sej over allt kvennfolk som gjorde sej ärende te kvarna. Maja-Lisa unnade sig ett stort tandlöst skratt och Hanna rabblade tyst alla de gamla talesätten för att besvärja ödet: Di löcke ä nån annens olöcke og du ska ente tro att du ä nåt.

Men sen sa Anna:

– Nu börjer gammelt folk viske om att Hanna bruker trolldom för å förhäxe värmlänningen.

Både hon och Maja-Lisa skrattade även åt detta. De såg inte att Hanna försvann ur bykstugan och blev stående på gårdsplan med handen hårt knuten kring runstaven under linnet. Rädda tankar drog genom hennes huvud, kunne dä va möjlit, kunne runmästarn og hans trollkona ha sån makt?

61

Hon ämnade sej till kvarnen nästa dag med förning till lysningskalaset. Skulle ho våge berätte för Broman om runstaven?

På fredag eftermiddag drog Hanna genom skogen mot Norsk-vattnet. Solen envisades ännu i slutet av oktober och luften var glasklar och lätt att andas. Men Hanna gladdes inte åt det granna vädret. Det var runstavens fel. Sen var det orden som mor viskat när hon gick hemifrån.

– Stanne du over natta.

Sen hade mor skrattat. Hanna ville inte tro det, men skrattet hade vart konstigt och lystet.

Hon kom förbi Ulvklippan och och fattade plötsligt ett beslut. Här skulle hon göra sig av med runstaven. Hon klättrade uppåt på den branta klippväggen, slog in staven i eklöv och band en slana om innan hon kastade den i en av jättegrytorna.

– Du har gjort va du skulle, sa hon och la för säkerhets skull till: För denne gången. Skulle je nånsin behöve dej igen vet je var je har dej.

Så fortsatte hon, gick över bäcken och nådde stigningen. Det var brant men inte tungt för härifrån fanns farbar väg till kvarnen. Snart kunde hon höra dånet från vattenfallet.

Det dröjde en stund innan hon uppfattade att det fanns annat ljud än forsens, nästan dränkt i vattenbruset men ändå hörbart. Fiolspel! Hanna stannade som förstenad av skräck, en lång stund stod hon alldeles stilla: Näcken. Den lee näcken va ute för å locke John Broman mot dön i forsen.

Vid den tanken fick hon äntligen fart på fötterna, hon sprang så hon tappade andan och fick håll. Med den knutna handen tryckt mot bröstet nådde hon kvarnen där Broman satt ovanför forsen och gnällde på en fiol.

63

– Kommer du, sa han och såg förvånad på flickan som sprang mot honom med fladdrande kjolar. Hon stannade, såg på honom och försökte få luft.

– Har du blitt skrämder?

– Je trudde de va näcken.

Han skrattade högt, la armen om henne.

– Flecka lilla, ente trudde je att du rekne mä forskarn. Du som ä så förståndi.

Hon rodnade men hörde att det fanns munterhet i orden.

– Je speler för bergena å forsen, sa han. Å för träna og sjöen. De speler för mej, förstår du, å je tycker je e skyldi å svare. Men je kan ente hitte tonera.

Han var tyst en stund innan han sa, eftersinnande:

– Å hitte rätt melodi e like svårt som å försöke minnes sine drömmer.

Han ä galen, tänkte Hanna. Han har sluppi ut frå dårhuse däroppe i Värmlan. Jesus hjälp, va ska je ta mej te!

Sen såg hon brännvinsstopet som han lutat mot stenen där han suttit och insåg lättad att han var full. Fulla karlar ska ha medhåll, det hade mor lärt henne. Aldrig säja emot. Han följde hennes blick mot brännvinskannan, tog den trotsigt i hand och sa:

– Nu ska du få e sup så du logner dej.

Han slog halva bägarn full och räckte den till henne, tog själv stopet och förde det till mun.

– Nu skåler vi, Hanna.

Hon hade aldrig smakat brännvin förr och satte i vrångstrupen vid första klunken. Men han manade på, hon tog en klunk till och fick erfara att en besynnerlig värme spred sig genom kroppen. I den fanns en ovan lätthet. Hon fnittrade. Sen började hon skratta, rätt mot skyn skrattade hon och kunde inte hejda sig. Ville inte heller. För första gången i sitt liv var Hanna fri, utan bekymmer. Dä ä som i himlen där en ente behöver oroe sej, tänkte hon. Ackurat som prästen bruker säje. Sen såg hon att de höga trädstammarna svajade, sa:

– Varför står ente träna stille?

64

– De trår bröllopsdans för dej, sa han och nu tänkte hon inte längre att han va galen. När han bar henne in i kammarn och klädde av henne fanns lättheten kvar i kroppen och inget var farligt eller skamligt. Hon tyckte om när han smekte hennes bröst och hennes sköte. Inte gjorde det ont heller när han trängde in i henne, hon tyckte rent av att det tog slut alldeles för fort.

Sen måste hon ha somnat och sovit länge. För när han väckte henne var det svart höstnatt utanför fönstren.

– Har du huvevärk?

Hanna förstod att detta att det gjorde ont i ögonen när hon flyttade blicken var huvevärk, det hade hon aldrig haft förr. Hon nickade och då gjorde det ännu ondare.

– Je koker kaffe, sa han tröstande men då mådde hon illa och måste ut på tunet och spy. Först sen hon vänt ut och in på magen upptäckte hon att hon var naken, skammen slog henne och hon försökte så gott det gick att dölja sig i det långa håret när hon smög genom köket där han tänt de två törestickorna.

– Du ä skön som e huldra, ropade han efter henne när hon smet in i kammarn där den långa kjolen och den nya blusen låg i en hög på golvet. När hon drog på sig kläderna kände hon en stor lättnad, det hade inte varit så farligt.

– Je hade nock rätt om näcken i alle fall, ropade hon genom dörren. I ä nock släkt mä han.

– Nå avlägsen brylling i så fall, skämtade John och tänkte förvånad, att ho har humor å ä ente så blyger som je trodde. Han visste inte att detta var enda gången han skulle få se henne naken.

Sen lärde han henne att koka kaffet så som han ville ha det. Ren kittel, nytt vatten som fick koka så att det sjöd innan han tog kitteln av elden och slog i kaffet som måste sjunka långsamt genom vattnet.

– Jösses så I slöser mä dä dyre gudsgåvera, sa Hanna. Men sen hon smakat på drycken höll hon med honom om att det var bättre att dricka starkt kaffe sällan än lankkaffe ofta.

– Varför kom du?

– Jösses, skrek Hanna. Var ä konten, je skulle ju bake. Fall dä kommer folk på lysningskaffe.

Sen började hon jämra för hon kunde höra hur regnet slog mot backen där konten låg. John gick efter den, den var av skinn och det mesta av mjölet var torrt.

Hon radade upp mjöl och jäst, russin och socker till den stora kransen som hon raskt flätade, la handduk över och ställde på jäsning. Han såg på, njöt av hur flinka hennes händer var och hur säkert hon rörde sig i köket.

– Je har haft turen mä mej, sa han men Hanna förstod inte vad han menade. Hon tände i spisen så att den skulle vara förvärmd till gräddningen i morgon. Grädde hade hon med, socker och kaffe fanns i skafferiet där ett torrt bröd och en bit ost tronade ensamma. De var hungriga:

– Har I en skvätt mjölk kan je göre brövälling, sa hon.

Jo, han hade mjölk i jordkällaren.

Efter maten somnade de sida vid sida i den stora sängen. Han rörde henne inte och hon hann tänka, att han kanske ente va så pilsk, att dä kanske ente skulle bli så ofte.

Han sov nästa morgon när Hanna eldade ugnen het. Hon kunde inte stå emot frestelsen att duka bordet med det fina porslinet och gladdes vid tanken på hur förvånade de skulle bli, alla förbannade kärringar. När han vaknade var han tung och surögd och Hanna som ofta sett bakfylla kokade kaffet just så som John lärt henne. Hon hade tagit undan deg till några flatbröd och när han ätit och druckit sa han:

– Je vart te marknan i vecka å köpte e ko.

Då slog hon ihop händerna och han fortsatte:

– Je har fästmansgåve också.

Det var en huvudklut av silke, grön med röda rosor.

– Je tänkte att den skull va grann te ditt hår, sa han och hon insåg att nu skulle hon kunna gå i kyrkan som alla andra. Med den granna duken, hustruknuten. Inte tal om horklut längre.

De förargliga tårarna skymde sikten och John såg förvånad på henne. Det skulle dröja innan han lärde sig att Hanna endast grät av glädje, aldrig i nöd och olycka.

Hela lördagen skurade de lagårn, dasset, visthusboden och jordkällaren. Han blev fort trött, märkte hon. Framåt eftermiddagen hade hon rätt värme i bakugnen och gräddade den stora vetekransen.

De satt mycket raka i kyrkbänken när prästen lyste för dem och aldrig, varken förr eller senare, hade Hanna känt sådan stolthet. Kvarnhuset fick många gäster, just som hon trott. Ögonen for över all grannlåt i stugan och Hanna lyste. De hade gåvor med som brukligt var, hennes föräldrar kom med fyra säckar potatis och gamla Anna med tre värphönor och en tuppkyckling.

Även Joel Eriksson dök upp med häst och vagnen lastad med hö. Gammel-Erik hade sagt att dä fanns mer å hämte i Framgårn, sa han och Hanna drog en lång suck av lättnad. Hon hade haft många oroliga tankar om hur hon skulle skaffa foder till kon som John köpt.

Och det kom kopparkittlar och kaffepanna och en väggklocka från moster Ingegerd. De tävlade om att vara gentila, för Hannas gifte gav släkten hedern tillbaka.

Hanna bjöd på starkkaffe och John på brännvin. Det blev en munter eftermiddag med många grova skämt. Hanna hade hört dem förr men aldrig förstått. Nu skrattade hon som de andra.

Tre veckor senare vigdes de i prästgården. Hannas syster låg i barnsäng i Fredrikshald och kunde inte komma. Men hon hade skickat en grann köpeklänning till bruden och Maja-Lisa gladdes. Hon slapp skammen att se dottern stå brud i gamla kläder.

Johns syster från Värmland kom till bröllopet med man och dotter. Hanna hade blivit rädd när John fått budet:

– Va har I skrevet te henne om pojken, om Ragnar?

– Je sa va som hänt dej.

Det tröstade just inte men när Alma kom blev Hanna lugn. Det var en rejäl och snäll människa.

– Han ä tungsint, bror min, sa hon. Dä har han allti vari.

Hanna såg förvånad ut, hon hade aldrig förr hört folk tala om folk så här när de stod bredvid. Men John nickade och sa att dä kan väre bra för dej å vete, Hanna.

– Så du ente tar på dej skulla när je blir mörk i sinne, sa han. Inte heller det begrep hon.

Hanna lät den vackra brudklänningen hänga framme i salen länge efter bröllopet.

– För å gläs, sa hon.

Men hon gladdes inte, hon hade för många bekymmer. Värst var det med potatisåkern som måste vändas innan frosten kom. Hon kunde själv dra men Broman hade inte tid att föra ådret nu när det hamrades som värst på kvarnen. Je kan låne fars oxe, tänkte hon. Men dä skulle ta mej flere dar å få dä tröge kräke fram og tebake genom skogen. Og je har ont om ti för jordkällarn måste fylles og dä nöttes mer hö inna vintern kommer.

En kväll såg John på henne och frågade:

– Va ä dä som oroer dej?

Hon blev mångordig när hon beskrev åkern med alla ogräsen och all tid det skulle ta att få den gamla oxen genom skogen. Han tänkte som så ofta på sistone, att ho ä ett barn.

– I morn taler je mä far din så tar han mä sej kräke, sa han och hon slog sig för mun och sa, att je ä ju e domma som ente tänkt på dä.

– Då ä dä värre mä koa, sa han. Den ska hämtes på marknan i Bötteln te onsdan. Men je har svårt å komme ifrå. Kan du gå ensammen?

– Nock kan je dä, sa hon. Je får lämne pojken hos mor.

Och så blev det. Hanna vandrade från kvarnen i mörkret före dagningen, försedd med kvittot på kon och en pung med pengar gömd i bluslivet. Broman sa:

– Pengera ska du ha om du ente blir nöjd mä koa. Då får du

68

lägge emella å få dej e bättre ko.

Ansvaret för det stora beslutet tyngde stegen men när morgonljuset kom blev det lättare att vandra. Nock skulle ho klare uppdrage.

Aldrig hade hon sett så mycket folk som på marknaden. Men hon hittade Anders Björum och fann att kon, som Broman köpt, var ung och just hade kalvat. Dä skulle bli mjölk hele långe vintern.

– Nock ska du ha dej e kvigkalv osså, sa kreaturshandlarn.

Hanna var svårt frestad men Broman hade inte sagt nåt om kalv. Ändå, det var ett fint djur, Hanna såg längtansfullt på kalven, tänkte på att ho hade gott om for i vinter, att dä skulle passe, att ho kunne gå mä kviga te tjurn näste vår, få kalv te slakt og råmjölk.

Mä två kor skulle ho allti ha mjölk te pojken og Broman. Innan hon hann tänka sig för kom frågan:

– Va ska I ha för'na?

Han sa sitt pris, hon hade så det räckte. Hon prutade ändå, slog av en tredjedel. Björum skrattade och sa att du ä nock inte så bortkommen som du ä ung, förstår je.

Sen möttes de på halva vägen och Hanna drog hemåt med två djur och en stor ängslan för vad mannen skulle säga. Det tog lång tid också för kalven var svår att styra och orkade inte gå långa stycken i taget. Först vid midnatt var de hemma och John Bromans lättnad gick inte att ta miste på.

– Je köpte kalv mä, sa hon för att så fort som möjligt få skräcken ur kroppen.

– Dä gjorte du nock rätt i, sa han. Du kan ju mere om sånt här än je.

Då måste hon sätta sig på gårdsplan för att känna på lättnaden. Och där blev hon sittande allt medan John förde djuren till lagårn och gav dem hö och vatten.

Hanna somnade nästan innan hon kom i säng den kvällen och sov tungt hela natten.

– Du va allt bra trötter, sa Broman på morgonen och hon nickade och såg som hon brukade på nånting bakom hans huvud.

– Dä va ente tröttheta som va dä svåre, sa hon. Dä va kalven som je köpte olovanes för Ere penger.
– Du slöse ju ente bort nået på onöder.
Hon log men blicken var som vanligt riktad på nån punkt bakom honom.
– Hanna, sa han. Se på mej.
För ett enda ögonblick möttes deras ögon, Hanna rodnade och reste sig:
– Je måste ut å mjölke.
Redan på lysningskalaset hade John Broman lagt märke till hennes svårigheter att se folk i ögonen. Hon var som han tyckt redan vid första mötet en vaken iakttagare, men bara i smyg. Så fort nån såg på henne flydde blicken.
Innan Hanna var tillbaka från lagårn hade August och hans söner anlänt så det gavs inte tillfälle att fortsätta samtalet. Men Broman gav sig inte och vid kvällsmaten ställde han sin fråga:
– Varför ser du ente folk i ögona?
Hon flammade i ansiktet och på halsen medan hon tänkte utan att finna svaret.
– Je vet ente dä, sa hon till slut. Je har alri tänkt på dä. Dä ä nock för je ä så illanes ful.
– Men du ä ju grann!
Nu djupnade flammigheten till mörk och jämn rodnad. Det vart tyst medan Hanna sökte ord:
– Dä ä bare I som töcker dä, sa hon till slut. Og I har ju unnerli syn på månge saker. Som dä stygge berge som I finner våckert.
Nu var det han som inte fann ord.
Hanna skötte sina kor som om de varit spädbarn och i trakten sas det att hennes lagård var så ren att folk kunde äta på golvet. Kon lyssnade till namnet Lyran men kalven var namnlös tills en dag då John Broman sa att vi kallar henne Stjärna. Det var bra, tyckte Hanna och såg kärleksfullt på den bruna kalven som hade en taggig vit fläck i pannan.
När arbetena på kvarnen var i det närmaste färdiga fick Broman brev från systern som skrev att modern var illa sjuk och ville att han skulle komma hem på besök. Han tänkte ta Hanna

70

med sig men hon bad så ynkligt att få slippa att han gav med sig. Han var mörk i sinnet när han gick.

– Ä I ängsli för mor Eran, frågade Hanna vid avskedet.

– Nä, ente värst. Ho har hålle på å dö månge gånger förr, sa han kort.

Han fick skjuts med en forbonde så fort han nått landsvägen, en karl som skulle till Fredrikshald med får till slakt. Vid gränsen var Broman glad att bli ensam, han ville tänka.

Han hade hört gamla män säja att det värsta med en svår hustru var att man aldrig fick henne ur tankarna. Och så var det för honom att han grubblade mycket på sin unga hustru. Men Hanna var inte svår, när han genade genom skogarna upp mot Värmlandsgränsen fann han att han kunde göra en lång lista av hennes dygder. Ho va lydi å tyst, rände ente me sladder, lage go mat å höll rent i hem å fähus. Dä bäste va att ho alri klage eller förebrådde. Å ordningsam va ho å dukti mä hushållninga å pengera. Så va ho grann å se på å ente ovilli i sänghalmen.

Så långt kommen i tankarna mindes han den kvällen pojken skrek och hon öppnade ögonen mitt i sängalaget. Hennes blick var så full av skräck att han kom av sig.

– Va ä du rädder för?

– Dä va väl pojken som oroa.

Hon ljög och det var ovanligt, hon for sällan med lögn.

Det hade tagit honom lång tid att skaka av sig minnet av hennes blick den kvällen. Han hade tappat lusten och inte rört henne på en vecka.

Hon var full av gåtor och han var en sån som måste förstå. Som detta med Gud. Var och varannan söndag gick hon den långa vägen till kyrkan. Nån enstaka gång följde han med, också han kunde behöva ett gudsord. Men gudstjänsten ökade tomheten inom honom fast klockarn var flink på orgeln. Hanna satt mycket rak i bänken, tycktes lyssna andäktigt, såg sig inte omkring. Ändå var han nästan säker på att hon var lika uttråkad som han.

På hemvägen hade han försökt ett samtal:

– Du tror på Gud, du.

– Tror, sa hon förvånat. Han ä ju.

Hon sa det som om hon talat om marken hon gick på men han envisades:

– Hurdan ä Han då, mener du?

– Dä värste mä han ä att en alri vet var en har han. En får böje sej, va som än händer.

– Du mener . . . att Gud ä gröm, hade John sagt, trevande för det kändes som att häda.

– Ackurat, sa hon. Og blinn og orättvis. Ente bryr han sej om oss. Sånt tal ä dritt.

– Dä låter som du talte om öde, sa han.

Hon rynkade pannan, tänkte efter och sa slutligen:

– Ja, nock ä han som ödet för en kan ente komme unna han.

John Broman frågade förvånat vad ho trodde prästen skulle säg om han visste hur ho tänkte. Då skrattade hon och sa:

– Prästen ä dom i huve.

John Broman skrattade han också där han gick genom den höstsura skogen och mindes samtalet. Men det var inget glatt skratt för det fanns nåt skrämmande i hustruns gudstro, nåt hedniskt och häxaktigt. Sen slog han bort tanken, Hanna va ente e häxa. Ho va bare ärligere än de fleste.

Innan han nådde hemsocknen tog han rast och åt sina bröd-kakor. Han fann att Hanna hade kostat på både smör och en fläskskiva, det var gott och helst ville han bli kvar där vid bäcken i skogen. Så han suckade tungt innan han slog in på vägen mot hemgården. När han fick syn på mangårdsbyggnaden slog det honom att han kanske tänkt så mycket på Hanna för att slippa tänka på modern. Han stod ett slag i skogsbrynet och försökte se på Brogården så som en främling skulle se den, tänkte att den såg präktegere ut än den va. Till slut samlade han sig och gick den grusade gången fram till dörren.

Han var rädd för svågern som drev gården, nästan lika rädd som han varit för fadern. Den gamle var död sedan femton år men modern styrde släkten från sjuksängen. Båda föräldrarna var av den sorten som man stod i skuld till hur man än bar sig åt.

Svågern var inte hemma, men Agnes tog emot med sin van-

72

liga uppgivenhet. Som man hälsar en hund som man vet blir till besvär.

– Alma skrev . . . sa han.

– Je vet, sa hon. Men mor ä ente sämre. Ho sover nu så du hinner tvätte åv dej å få e kopp kaffe.

Han sköljde av ansikte och händer i vattentunnan ute på gården och drack kaffet som var lika utplånat som Agnes själv. När han gick mot moderns rum viskade systern:

– Väck henne ente. Dä ä bäst för oss alle om ho får sove för natta.

– Hur ä dä mä faster Greta, frågade han tyst.

– Ho bor hos Alma å har förstånde kvar, viskade Agnes.

Så satt han där och såg på sin mor. Hon flämtade, andetagen var få och tunna som om hon stod en hårsmån från döden. Hon såg fridfull ut och för ett ögonblick önskade han att han kunnat känna ömhet för henne. Men sen tog bitterheten över och han tänkte, att om Gud va barmhärti skull du dö. Je skull bli fri. Å ta ut mett arv. Gud vet hur väl je behöver pengera.

Det var bara tankar men modern vaknade och såg på sin ende son med ögon så fulla av förebråelser att han måste slå bort blicken.

– Jaså, du kommer nu, skrek hon och nu hade hon gott om luft i lungorna. Men nye frua har du ente mä, den dära hora frå tattarbygda ner på Dal. Ho törs väl ente hälse på si svärmor.

Han svarade inte, visste av erfarenhet att sansat tal bara skulle göra ont värre. Men den här gången retade tystnaden henne till ursinne, hon skrek som en galning och Agnes kom rusande:

– Je sa ju åt dej å ente väcke henne.

Då reste han sig och gick. I dörren vände han och sa undfallande:

– Ajö då, mor.

Då skrek hon igen, de gamla orden om att han dragit skam över släkt och gård, just som hans far förutspått.

John Broman hade bråttom genom köket, över gårdsplan mot stigen som ledde till Almas gård. Arvet var oskiftat och i

73

väntan på moderns död levde Alma, hennes man och barn som åbor på utgården uppåt skogen.

– Du ser alldeles förstörder ut, sa hon när hon tog emot honom. Dä geck gale, förstår jag.

De teg båda som man gör inför det oundvikliga. Till slut sa Alma:

– Ändå var ho så angelägen om att je skulle skrive. Je feck liksom för mej att ho ville försones.

Detta orkade han inte besvara, han kände hur tungsinnet var ute efter honom.

Men Alma började fråga om Hanna, pojken och kvarnen och för en stund kunde han hålla mörkret ifrån sig genom att berätta om hur väl de redde sej däroppe i kvarnstua, hur dukti Hanna va å hur varmt han kommet å fäste sej ve pojken.

Han frågade om Greta, fastern som syskonen tytt sig till under barnaåren, hon med alla sagorna och glädjen.

Den gamla sov för natten, sa Alma. Men när hon såg mörkret hos sin bror skyndade hon sig att säga:

– Gå in te henne, du. Ho blir gla å se dej. Men väck henne sakte. Ho sover på kammarn näre bakugnsmurn, där dä ä varmest.

De smög in men det hade de inte behövt. Greta var vaken, satt upp i bädden och sa, att ho drömt att John komme hem för å hälse på henne.

– Dä va ingen dröm, sa John och tog båda hennes händer i sina och såg det tandlösa skrattet och de tusen rynkorna. Hon var sig lik och hennes kraft strömmade genom händerna och in i kroppen på honom. De talades vid om gamla tider, hon frågade inte om besöket på Brogården som om hon vetat på förhand hur det skulle avlöpa. Sen ville hon ha kaffe, men Alma skrattade och sa, att dä feck va nock mä galenskap för i kväll. Nu skulle de ha kvällsmat och sen skulle huset sova.

Till sin förvåning kände John att sömnen kom så snart han lagt huvudet på kudden i vindskammarn. Sov hela natten, vaknade och tänkte inte längre på sin mor. När han vandrade hemåt genom skogen var han tungt lastad, en ny fotogenlampa och en

74

gammal spegel med förgylld ram som Alma putsat upp.

– Nåre fler bröllopsgåver te Hanna, hade hon sagt och han tänkte där han gick att dette skulle glädje hustrun. Men mest tänkte han på överenskommelsen med Almas man som med hot om länsman skulle ta förskott på arvet. Nästa gång John vände hemåt skulle han hämta häst och kärra.

Han rastade när vägen nådde den långa sjön och de höga bergen reste sig mot himlen. En getstig löpte utmed branten, han klättrade uppåt ett stycke och såg över landet där han nu hörde hemma. Det var en fjälldal på ömse sidor om den långa sjön, idel höga berg med mager jord i smala remsor längs stränderna. Härifrån kunde han se ett tiotal av de nära hundra sjöarna i socknen blänka som speglar utkastade i vildmarken.

Det var inte ett land avsett för bönder utan för vilda djur och djärva jägare. Ändå hade det envisa jordbundna folket sugit sig fast på de magra åkrarna, byggt kyrka och skola, gift sig och fött barn. För många barn.

– Hårt har här allti vart men nöda kom först när folk börja avla av sej som kaniner, hade August sagt.

Under hela vandringen hade John sett molnen ströva över himlen i söder. Nu samlade de sig vid horisonten där borta där hans hus låg och hans hustru väntade.

Han reste sig, drog på packningen och fortsatte mot regnet, blev blöt in på bara kroppen innan molnen gav sig av och solen använde dagens sista timmar att torka skog och stigar, folk och fä. John Broman blev inte förvånad, han hade vant sig vid att vädret här var lika ombytligt som landskapet.

När Broman nådde hemmet var det långt lidet på kvällen. Men törestickan brann i köket och Hanna strök. Ho ä väl rädd i ensamheta, tänkte han och ropade innan han bankade på dörren:

– Hanna, dä ä je.

Hon flög emot honom och i dunklet kunde han se de förargliga tårarna som hon torkade med baksidan på handen.

– Herregud, så gla je ble, sa hon.

– Du har vart rädd?

– Inte då. Bror min sover på vind.

Då mindes John att August och han kommit överens om att Rudolf skulle sova i kvarnstugan när Hanna blev ensam. I samma stund kände han att tungsinnet lämnat honom. För denna gång.

– Står du här å stryker i mörkre?

– Dans timmer vell alri räcke för mej.

De tog inte i varann men glädjen lyste upp köket. Det fick Broman att tänka på fotogenlampan och han sa:

– Plocke bort klärna å sätt dej ve borde, Hanna.

Han såg inte på henne när han satte ihop lampan och fyllde på fotogenen. Men när han tände vek blicken inte från hennes ansikte och när de stod där i det klara ljuset njöt han av hennes förvåning och nästan ofattbara glädje. Till slut viskade hon:

– Dä ä ljust som e sommerda.

Det var så ljust att det väckte Ragnar, som satte sig upp och sa:

– Ä dä morn redan?

Sen fick han syn på John och sprang rakt i famnen på styvfadern. Som kramade pojken så som han velat krama sin hustru men inte vågat.

Först nästa morgon kom John Broman ihåg spegeln.

– Je har e gåve te frå Alma.

Sen hängde han den granna spegeln på väggen i salen. Hanna stod bredvid och vojade av glädje, strök länge med handen över den förgyllda ramen men mötte inte sin bild i glaset.

– Men se dej då i spegeln, se så grann du ä, sa John.

Hon lydde, blev flammig i ansiktet, satte båda händerna för ögonen och flydde.

När hon gav honom morgonkaffet frågade hon:

– Hur va dä mä mor Eran?

– Som vanlit, sa han och det var allt som blev sagt om besöket i Värmland.

Veckan efter gick kvarnen igång, dånet från forsen minskade, trätrumman höll liksom dammluckan. Broman var nöjd, glad också att han hade pengar kvar att betala August och hans söner för utfört arbete.

Men till Hanna sa han som det var, att nu geck siste slanten ur pengepungen. Och hon svarade som han hoppats:

– Vi rer oss.

Hon var säker, hon tyckte att hon var rik. Hon hade korna, jordkällaren fylld av potatis och kålrötter, vattenlingon och hjortronsylt. Hönsen värpte, en gris hade hon fått av en kusin. I kölnan stod ölet och på vindskammarn puttrade det i Bromans brännvinskagge. Mjöl skulle de ha i överflöd, bröd skulle inte saknas i mjölnarns stuga.

Och så var det fisket. John Broman kunde många konster som förvånade bönderna på Dal. En som det blev mycket talat om var hans förmåga att ta fisk ur sjöarna. Folket i byn hade sällan båtar och aldrig ens under nödåren hade de räknat med fisken för vardagsbruk. Broman hade skaffat en platteka så snart han bestämt sig för Norskvattnet och varje kväll la han ut ryssjan.

Den enda fisk som Hanna ätit var saltsillen så hon fick svårigheter i början med gädda, abborre och sik. Men hon trodde på Johns ord att det var nyttig mat och lärde sig snart att både laga till och äta.

Vardan blev fylld av arbete. Hanna hade inte vetat att bönderna ville ha kaffe när de väntade ut malningen. Och gärna en brödbit eller en bulle.

77

– Dä ä som å ha värdshus, sa hon till sin mor. Men hon trivdes med folk omkring sig, med det myckna pratet, skämten och skratten.

När snön föll kom andra gäster. Som alltid om vintrarna drog tiggarfolket in i stugorna, stod där i köksdörrn med ögon som låg så långt in i sina hålor att de såg svarta ut. Värst var att se barnen. Hanna kunde inte förhärda sig, hon bakade och gav, bakade igen.

– Je klarer ente å köre dom på dörrn, sa hon till John som nickade och förstod. Men ju mer Hanna bakade desto vidare spreds hennes rykte och strömmen av tiggare ökade från dag till dag.

– Dä ä tungt för dej, sa han när han såg henne skura köket om kvällarna, golv, bord och bänkar. Det var inte bara loppor och löss hon var rädd för, hon trodde på fullt allvar att det bodde sjukdom i smutsen efter tiggarna. Broman skrattade åt henne men sa inget. Han hade insett att han inte kunde rå på hennes vidskepligheter.

Det svåraste denna första vinter när Hanna lärde till mjölnarfru var att se Broman slita sig så eländes trött. Av tröttheten och mjöldammet fick han hosta, en svår hosta som höll honom vaken om nätterna.

– I arbeter rakt ihjäl Er, sa Hanna.

När det var som värst med säckarna som måste bäras upp i kvarnkammarn hjälpte hon till och bar. Men det generade Broman, som sa, att sköt du dett så sköter je mett. Då talade Hanna med sin mor och tillsammans la de en plan. Hannas yngste bror som inte längre behövdes därhemma skulle få arbete vid kvarnen. Han var fjorton år och stark. Lön skulle han få i mjöl.

Nu fick Hanna lära om kvinnolisten. Hon skulle i förbigående säja till Broman, att föräldra va bekymra för Adolf som bare geck hemme og slog dank. Samtidigt skulle Maja-Lisa säja till August, att ho va ängsli för att mjölet ente såg ut å räcke over vintern.

– Dä har je fog för, sa hon.

Det var så det gick till när August fick sin goda idé och gick till Broman med frågan om Adolf kunde få tjänst som mjölnardräng på Norskvattnet. Han fick sin lön i mjöl som uppgjort var. Men han slapp sova i drängbänken i köket, för Hanna som hade gott om ved ställde i ordning på vindskammarn.

Slitet på Broman minskade. Men den elaka hostan slog honom om kvällarna och oroade Hanna.

Så hade de bekymret med mjölet. Bönderna på Dal betalade mjölnarn på gammalt vis, två skäppor mjöl på en tunna säd. Och mjölet måste forslas den dryga milen till samhället vid gränsen där det byttes mot kaffe, salt och socker. Och pengar. När isen la sig på den långa sjön åtog Hanna sig uppdraget, drog den tunga släden till Alvar Alvarssons handelsbod och vände hem med nödvändiga varor och reda kontanter.

Broman skämdes, det var hårt för en kvinna även om hon var ung och stark. Men han gladdes när han äntligen kunde betala bror hennes en riksdaler i månaden och så det överenskomna mjölet. Varje dag väntade han på besked om hästen från Värmland men budet dröjde och Hanna sa att dä va bra. De hade ente for nock för en häst i vinter.

Efter julottan den vintern åt de frukost hos August och Maja-Lisa på Bråten. Bordet stod dukat med julfläsket och gröten. Hanna kokade kaffet för Maja-Lisa hade dröjt sig kvar en stund på körgårn, där hon la granriskransar på barnens gravar. John Broman gick med henne och kanske var det den vänligheten som fick henne att för första gången tala om de döda. Det var på den långa hemvägen hon sa:

– Dä ä tungt än för je hade dom så kär. Möcke mer än de ongar som kom sen og som je feck behålle. Dä va Anders og Johan, de va nästen som tvellenger. Så glae i live. Så va dä Elin, ho var så spä så je ente hann läre känne henne. Dä va inge mening mä dä heller för dön sto ren ve vagga.

Hon grät och torkade tårar med finförklädet. Han teg men strök henne över ryggen.

– Svårest va dä mä Maria, å miste henne. Ho hade sånt ljust sinne og va grann utenpå og inni.

79

Sen snöt hon sig i näven, slängde snoret i snön.

– Je har alri sagt dä te nån men nu ska dä ur mej. När Astrid ble född, bare åre efter Hanna, va ho lik . . . dä va som om Maria komme tillbake. Sånt kalles dumheter. Men je tror dä ä sant, för ho ä som den döa bå te sätt og utseende.

De närmade sig Bråten och Maja-Lisa gick om knuten för att tvätta ansiktet medan John slank in i stugvärmen och satte sig vid julbordet. Han behövde en stor sup, Hanna såg det och räckte honom full bägare.

En lördag på vårkanten när snön smält men nätterna ännu var kalla kom John Broman hem med bud, att Rickard Joelsson vådaskjutits vid en björnjakt i Trösil.

– Så nu ä han dö, Ragnars far, sa John.

Hanna blev vit som lärft och styv som en hässjestör.

– Ä dä sant eller far I bare mä truten, viskade hon.

– Sant ä dä nock. Fjärdingsman har vart te Lyckan å talt om för de gamle. Dä ä tongt för dom.

Nu blev Hanna flammande röd och började skaka. Så plötsligt skrek hon:

– Je unner dom dä, de satans asen!

Broman såg förvånad på hustrun, hur all skam rann av henne och med den sans och värdighet. Hon for ut genom dörren och sprang runt på gårdsplan. Som en galning skrek och skrattade hon om vartannat. Svordomarna for ur mun på henne, ord som han inte trott henne om.

– Helvitte, fan i helvitte, den jävla Lovisa har fått va ho förtjäna – åh gud så je unner henne dä. Väl bekomme, väl bekomme, käre moster.

Och så skrattade hon igen, så högt att fåglarna lyfte ur träden.

– Ragnar, Ragnar, var ä du, pojk? Du ä fri, du ä änteli fri frå den onde.

Skrämd följde John efter henne, när hon for ner mot sjön och ropade sitt:

– Je ä fri. Ragnar, vi ä frie från skräcken. För nu brinner far din i helvittet.

81

Så sprang hon tillbaka mot stugan och slängde sig handlöst på rygg i backen. Kjolarna flög över huvudet på henne, blygden låg blottad men antingen märkte hon det inte eller också brydde hon sig inte om det. När hon strök kjolen från huvudet var det för att knyta händerna mot himlen och skrika:

– Je förlåter dej alri om du förlåter han, din förbannede Gud. Hör du dä, hör du dä!

Sen blev hon plötsligt stilla, samlade ihop klädseln, la sig på sidan, kröp ihop som ett foster och började gråta. Han gick fram till henne, strök henne över huvudet och hon bröt av en snyftning och viskade, att I vet att je bare kan gråte när je ä gla.

– Nock vet jä dä, sa Broman. Sen blev han tyst länge innan han fortsatte:

– Je vesste ente att du hattet så svårt.

Den vilda gråten hejdades och rösten var stadig när hon sa:

– I John Broman ä en alldeles för snäll menske för å nånsin förstå.

Nu dröjde han länge men sa till sist:

– Dä ä fel. Je gladdes je mä när far min dog.

Då stillnade gråten, hon satte sig upp, torkade ansiktet med förklädet och sa i stor förundran:

– Då ä vi like, I og je. Lite i alle fall.

För första gången såg hon honom rakt i ögonen, blick mötte blick och hon vek inte undan när han svarade, att nock va dä så.

Nu såg han att hon frös och sa, att du får komme me in i värmen innan du förköler dej. Hon lydde och så fort hon kom i köket tvättade hon händer och ansikte. Sen gick hon fram till spegeln i salen, stannade för första gången framför den och såg länge på sin bild.

– Je ser nock ut som velken menske som helst, sa hon till slut.

Sen hann skammen i kapp henne:

– Var ä pojken?

– Hos smens å leker.

– Dä va då väl.

– Jo, dä va bra.

– Je bar mej åt som e tosa, sa hon och rösten svajade.
– Dä va gott att du feck dä ur dej.
Till hans förvåning förstod hon vad han sagt och instämde:
– Dä va nock dä. I säger inge . . .
– Nu ä du dum, sa han.
I nästa ögonblick stormade pojken in i stugan och skrek att smen sagt, att Rickard på Lyckan blitt mördad i skoge.
– Nä, sa John Broman med bestämd röst. Han råka ut för e olycke. Karn som sköt trodde Rickard va en björn.
– Tog han fel?
– Ja, sånt hänner. Dä kalles vådeskott.
– Je vet, sa pojken tyst.
Men när John sa att nu skull de ut på sjön å vittja ryssja, blev det liv i honom igen.
– Får je följe mä i båten, mor?
– Dä får du, sa John Broman i hennes ställe. Mor har ente ti å ro för mej så dä får du göre mens ho lager aftaval.
I båten blev pojken allvarlig igen, tog slutligen mod till sig och ställde frågan:
– Han va far min, va?
– Jo, sa Broman. Så va dä.
För första gången sökte Hanna sin man i sängen den kvällen. Sen somnade hon tvärt men John blev liggande länge vaken i ängslan för hustrun. Han hade blivit mer skrämd än han velat erkänna och tänkte att ho vart skvatt galen, att va som helst kunne ha hänt. Men han tänkte också på sin vilda glädje när de kom med budet att gamle Broman gått ner sig på isen. John hade väckt förundran för att han grät så svårt på begravningen.
Va han som Hanna som grät åv glädje?

På morgonen när Hanna tände i spisen fick hon känning av ödet. Nu ä je mä barn, tänkte hon.
Efter den dagen var det klarare luft i mjölnarstugan. Och på torsdan när hennes föräldrar överraskande kom på besök med det hemska budet, att Joel på Lyckan hade strypt si hustru og sen gått i lagårn og sköte sej, lyckades Hanna se anständigt för-

färad ut. Men hennes blick släppte inte Bromans, hennes ögon sökte sig långt in i hans.

Han vek inte undan men kände sej underligt skyldig.

På fredagen redde de sitt potatisland. Hanna drog ådret och John Broman skämdes där han gick efter hustrun och formade fårorna. På något sätt måste han skaffa en häst.

Han hade fått brev från Alma strax efter jul. Försöket att med lagens hjälp få förskott på arvet hade gått om intet och modern lät inte tala med sej.

"Ho kommer å överleve oss alle", skrev Alma och han tänkte att så skulle dä bli. Han skulle hoste ihjäl sej långt innan den gamla gav upp.

Det fanns inte ett förebråelsens ord i systerns brev men John läste mellan raderna. För det var ju så att om han stannat hemma och som ende son tagit över gården hade arvet skiftats och Alma och hennes familj haft det bättre. Men han hade lämnat gården redan som ung, gått i mjölnarlära i grannbyn och gift sej till olycka.

Trots att självspillingar inte aktades i trakten kom det mycket folk till Joel Erikssons begravning. Och som om allt varit som det skulle begravdes man och hustru bredvid varann och bredvid sonen vars vådaskjutna kropp förts från Trösil. Erik Eriksson stod rak som en fura vid graven och när begravningskaffet var drucket och gästerna gått redogjorde han för sina planer. August skulle överta Lyckan och hans äldste son fick ta Bråten. Men för första gången i livet blev den gamle storbonden motsagd. August sa, att han ente velle ha Lyckan men ägopapper på Bråten. Och sonen sa att han besluta sej för Amerka.

85

Sen sa de samstämmigt, att ingen velle bo på Lyckan där bå Joel og Lovisa kunne gå igen. För å ente tale om den olöcka Rickard. Detta tal skrämde Hanna som tog ett stadigt tag i John Bromans arm.

Erik Eriksson, som aldrig blivit motsagd, krympte där han satt vid bordet i salen på Bråten, ryggen böjdes och plötsligt kunde alla se att han var gammal och att olyckan tagit hårt på honom. Som vanligt var det Ingegerd som kom med de förlösande orden. Hon föreslog att gårdarna skulle läggas samman och föras över på August som i sin tur fick bestämma om arvet.

– Dä blir långe väger för dej om du envisas mä å bo kvar på Bråten, sa hon till svågern. Men dä ä din sak.

August ansträngde sig för att inte visa hur nöjd han blev. Detta var en lösning han hoppats på. Hanna såg med runda ögon på moster Ingegerd och tänkte som månge gånger förr, att ho va rak og grann, Erik Erikssons äldste doter. Ho va fyllde femti og sju år äldre än Maja-Lisa. Men ho såg möcke yngre ut.

Det talades föraktfullt om hemmadöttrar men vad Ingegerd på Framgården beträffade hade folk inte mycket för det. Om henne hade det sagts länge att Erik Eriksson aldrig fattade beslut innan han talat med dottern.

Sån kan e kvenne bli om ho slipper kar og onger, tänkte Hanna. Sen skämdes hon för ho vesste att kvennfolk hade å böje sig för de fastlagde. Onger måste ju fös.

Sen Erik Eriksson och hans dotter givit sig i väg i vagnen firade August, hans söner och John Broman sin seger i brännvin. De drack så rejält att det inte kunde bli tal om hemfärd för John och Hanna. Tillsammans med modern släpade Hanna upp karlarna på vinden, la dem på golvet med täcken över sig. Sen gick de ner i köket för att röja upp efter begravning och dryckesslag. De talade om Ingegerd, som var vacker och klok redan som ung.

– Friare sakna ho ente, sa Maja-Lisa. De kom i rar men ho skratte bare ut dom. Og far va nöjd för han velle ente meste henne. Stackars Joel feck jämt höre att han fötts te kärring, att Ingegerd va arvengen som Eriksson og gårn behövt og att dä va hans livs olyche att ho va flecka.

Maja-Lisa jämrade fram sin berättelse och Hanna trodde att hon tänkte på Joel och hans olyckliga liv. Men plötsligt skrek hon att ho alri skulle förlåte bror sin som tage hedern åv släkten, mördare og självspilling som han va.

Det växte fem stora lönnar i en dunge ovanför stugan, alldeles i strandkanten till Norsksjöarna. När de blommade den våren doftade det honung över hela kvarngården och Hanna sa, att dä va stor sönn att en ente kunne ta den söte safta rätt ur träna. Men Broman, som stod och såg ljusgröna spetsblommor regna över de mörka vattnen, skrattade åt henne och såg inte att hon tog illa vid sig.

– I får hjälpe mej å bäre finsoffa på vinn, sa hon. Je måste ha plats i daglistuga för å sätte upp väven.

Han blev nöjd. Du vet ju va je töcker om soffa.

Hon snäste att dä bare va tillfellit dette mä väven og att ho snart skulle ha tillbake si granne möbel.

– Skrytsoffa som en ente ens kan sitte i, sa han.

Då blev hon flammande arg och skrek att dä fanns vektigere saker i live än å sitte. Han såg förvånad på henne.

– Du ä kort i sinne nu för tia.

– Je ska ha e onge, skrek hon, slog handen för munnen och tänkte, att dette va likt henne. Här hade ho grubble i vecker på när ho skulle få dä sagt og hur ho skulle välje orda!

Hon såg nog att han ente ble gla, men han la armen om hennas axlar när han till slut sa:

– Ja, dä va väl bare va vi kunne vänte oss.

Hon hann få upp potatisen och jordkällarn fylld innan pojken kom i november. Förlossningen blev sån att den nästan skrämde vettet ur Broman. Och inte blev det lättare när gamla Anna slank ut i köket för en kopp kaffe och sa, att ho ä ju söndertrasa i underlive, hustru din. Så dette ä bare va vi hade å vänte.

– Gå du ut, Broman, sa jordemodern och han gick och han tänkte, att dä va tur att Rickard Joelsson va dö. I da hade han sjelv kunnet ha ihjäl den mannen. Sen tog han sig till kvarnen, la några säckar över sig och somnade på golvet.

I gryningen väckte Anna honom, sa högtidligt, att nu har du fått en son, John Broman.

– Hur ä dä mä Hanna?

– Ho söver sej te läkning. Ho ä stark, hustru din.

Lättnaden sköljde genom John och Annas högtidlighet färgade av sig på honom. Han tvättade sej omsorgsfullt i köket och drog på en ren skjorta innan han smög in i kammarn. Hon var blek, flickan, men hon sov djupt och med långa andetag.

Pojken låg redan i vaggan vid sängens fotända, det var en ful liten stackare med en illandes röd hårtofs på hjässan. Broman såg länge på barnet, kände igen anletsdragen och tänkte att han skulle få dä svårt mä pojken. Sen hörde han att den första bondkärran var på väg till kvarnen och gick till dagens arbete.

Mot kvällen anlände Maja-Lisa och August med Ragnar som John Broman släpat till Bråten när förlossningsvärkarna började. Han velle ente att pojken skulle bli skrämder, hade han sagt. Maja-Lisa hade tagit emot Ragnar men tyckt att det var ett konstigt påhitt. Ongar måste ju läre hur live ä. När hon sagt det till August hade han instämt. Han hade länge tyckt att mjölnarn va klemig me pojken och skämdes när Broman strök Hanna över kinden.

Nu kom de för att se på det nya barnbarnet. De fann snart att han inte liknade nån i släkten, ingen hade ett sånt runt ansikte, en sån uppnäsa och så rött hår. Så Broman fick säja som det var, att han ä lik far min. Bara Hanna la märke till att han såg lessen ut när han sa det.

– Han ser ut som e groda, sa Ragnar och både Hanna och Anna-Lisa skällde på honom. Men Broman satte pojken i knät och sa tröstande att nyfötte allti ser konstige ut.

– Snart ä han like grann som du, sa han och visste att han ljög. Den nye ongen skulle alri bli grann som sin bror. Pojken skulle kristnas till John efter sin far, bestämdes det.

– Reden näste sönda, sa Maja-Lisa så bestämt att ingen vågade säja att det inte var bråttom den här gången. Och Hanna fick en lång rad förhållningsregler. Inge objudne gäster i stuga den närmsta vecka. Og Hanna måste noge se opp mä Haltemalin, smens hustru som va misstänkt för löpskaläge og kunne ha ont öga.

När svärföräldrarna gått bäddade John till pojken och sig själv i utdragskistan i köket. De somnade tvärt, trötta av all spänning. Men Hanna blev liggande vaken länge i kammarn, såg på det nya barnet och sa för sig själv: Din lelle fuling.

Hon kände samma förunderliga ömhet som hon gjort för Ragnar. Sen tackade hon Gud för att det var över och att det var en pojk. Ett slag tänkte hon med oro på att Broman sagt, att han nästan vart galen åv glädje när far hans dödde. Dä måste ha vart en le kar, tänkte hon och såg igen på den nyfödde.

– Han ä nock ente lik te sätte, sa hon högt som om hon uttalade en besvärjelse. Och kanske hjälpte det, för den fule lille pojken blev ett snällt och fogligt barn.

Snön kom i slutet av månaden men fick guskelov ge sig för regnen från Norge. John Broman svalde stoltheten och gick till Erik Eriksson för att låna häst och kärra. Den gamle låg te sängs me feber og värk i bröste, sa Ingegerd, och John skämdes för sin lättnad.

Han tyckte om Ingegerd, en av de få här i dalen som han kunde tala med. Nu bjöd hon på kaffe, de blev sittande i köket och kom att prata om mångt och mycket. Om Rickard sa hon, att pojkstackern ble galen när far hans slog Lovisa.

– Je försökte nock göre nå för å hjälpe Hanna, sa hon. Men far geck emot. En vet ju hur de gamle tänker, att e hora ä hora hur de än gått te. Og dä ä ju nåt unnerlit mä Maja-Lisas barn.

– Nåt unnerlit?

Ingegerd ångrade sej, det såg han. Men han pressade henne och hon berättade om Astrid, Hannas syster som blivit fint gift i Fredrikshald.

– Ho feck anfall, sa Ingegerd. Ble skvatt galen. Då ände ho te körgårn, hela långe väjen till körka sprang hon og rev blommer og kors från de döe söskonas graver. Te prästen sa ho att de ente va döe. De levde og dä va fel å ha dom i jorla.

Ingegerd rös där hon satt, tog en djup klunk kaffe:

– Broman kan tänke sej hur tale geck i stugera. Men je såg te

89

att far inge feck vete og tog hit flecka, som var dukti og snäll. Vacker ä ho og här ble ho ente toki e ende gång. Je fäste mej vehenne og velle gärne hat'na kvar. Men runt byn geck de lee trutarne og je vart nöjd när je feck ordnat e pigplats te henna i Norget. Je for själv mä te Fredrikshald så je vet att dä va en bra familj ho kom te, ente en bonngår men ett köpmanshus. Sen ble feskhandlarn i stan gla i henne og dä ble bröllop i Fredrikshald. Karn hennes ä en sån som står mä föttera på jorla. Han vet enge om galenskape.

– Så de ble bra te slut?

– Ackurat. Brevena je får frå henne ä glae. Je tror att de unnerlie tankera geck over när ho kom bort frå Maja-Lisa.

– Maja-Lisa mener ju att ho ä lik en av de döe ongera.

– De ä ho. Men dä ä ju inge konstit, söskon ä ofte like som bär.

John kände sig tröstad av den lugna rösten och den förnuftiga förklaringen. Han hade haft egendomliga tankar ända sen förra julen när Maja-Lisa berättat om Astrid och den döda systern.

Till slut kom han fram med sitt ärende. Till egen förvåning berättade han om modern som vägrade dö, arvet som inte kunde skiftas och hur länge och förgäves han väntat på att få ut en häst från gården.

– Vi rer oss ente uten, sa han. Här betaler ingen bonne mä penger å en gång i månan måste je iväg å sälje mjöle mitt. Je får dålit betalt hos Alvarsson, som förstår å dra nytte åv knipa je hamnet i.

– Broman kan låne häst og vagn og dra te Fredrikshald, sa Ingegerd. Far behöver inge veta, han kommer ente på bena de närmste veckera. Unner tia ska je fundere ut nåt.

Han var förvånad över välviljan när han spände hästen, som var stark och ung och inte alltför lättkörd, för kärran. Men när han tog farväl förstod han bättre.

– Vi har dä like, Broman og je, sa Ingegerd. Nock ä dä svårt att en ska behöve önske live ur de gamle.

Hanna blev storligen förvånad när han kom hem med hästen. Men oron tog över glädjen när han sa, att han ämne sej ände te

Fredrikshald me mjölet.
– Då blir I borte i månge dar.
– Du har ju bror din här.
– Men dä ä ju ente desamme. Han tier mest.
Broman tänkte att alle barna frå Bråten va tiere, ente minst
Hanna själv. Men högt sa han:
– Je trodde du otrivdes mä mitt snack å mine historier.
– Men dä ä ju bare för att dä ska så va, sa hon och då skrattade
han åt henne och såg försent att hon blev lessen.
– Hanna, förklare varför en ska låsses tycke ille om sånt en
tycker om?
– Dä ä onöder.
– Å prate å berätte historier för pojken å dej?
– Ja, sa hon och nu var hon arg. Dä ger inge brö på borde.
– Je trodde ente du sakna brö, sa han, gick ut och slängde igen
dörrn med en smäll som fick stugan att skaka.
Då vart hon rädd.
Men Ragnar som satt på golvet med sina byggklossar såg ef-
tertänksamt på henne och sa, att I ä allt dom i huve, mor.
Hon försökte nog men kunde som vanligt inte bli arg på
sonen, fräste bara, att onger ska hålle tyst om sånt de ente be-
griper.
– Dä ä ju I som ente begriper, sa Ragnar och för ett ögonblick
for tanken att han kunde ha rätt genom hennes huvud. Under
tiden slank pojken ut till John som ryktade hästen och gjorde
plats till honom i lagårn. Nu skrek Lill-John i vaggan och Hanna
lugnade sig med att amma. När son och man kom tillbaka hör-
de hon att de skrattade på tunet och tänkte, att de skratter åt
mej. Det gjorde ont. Men hon skulle få vänja sig. Genom livet
skulle hennes söner driva mycken gäck med henne.

Halvtannat år efter Lill-Johns födelse kom nästa pojke och var som förväntats lik den erikssonska släkten med stora bruna ögon, rak näsa och mörkbrunt hår. Maja-Lisa var stolt som om hon fött honom själv och bestämde att pojken skulle heta Erik efter hennes far.

Förlossningen var svår även denna gång och när Broman såg Hannas kval lovade han högtidligt sig själv att aldrig mer röra vid hustrun. Men det var ett löfte som han inte kunde hålla, för när Erik var två år föddes tredje pojken och fick namnet August efter Hannas far.

Den siste pojken var av vekare sort än de andra. Hanna såg det med ens efter födseln, redan innan jordemodern hunnit tvätta barnet. Och när hon la honom vid bröstet första gången kände hon att han hade dålig lust till livet.

Han brås på far sin, tänkte hon.

Hon levde i ständig oro för mannen vars hosta blev värre för vart år och ofta var så elak att han fick svårt att andas. Då fick han springa ur stugan och flämta i sig luft. Gamla Anna kom när det var som värst, lade grötomslag på mjölnarns bröst och talade länge och lugnande med honom.

– Han skulle te doktorn, sa hon och framåt våren när det var minst att göra i kvarnen for Broman med moster Ingegerd den långa vägen till Vänersborg, där en argsint doktor sa, att han hade astma och genast måste sluta med malningen.

– Han hade inge å säje om hur je skulle försörje familjen om je

92

la ner kvarna, sa John till hustrun när han kom hem. De mediciner han fått tog snart slut. Och det kunde göra detsamma för de hjälpte honom inte. Med hästen blev det som Erik Eriksson bestämt, August fick två tredjedelar av djuret och John Broman en. Broman va bitter men Hanna ansåg att dä va en bra överenskommelse. De hade inte bete nog för det stora djuret här uppe bland bergknallarna och de behövde inte mer av hästen än en vecka i månaden, då när mjölet skulle till Norge för att säljas.

Som Ingegerd förutsagt blev det för drygt för August att bo på Bråten och sköta jordbruket på Lyckan. Försiktigt tog han upp frågan med Maja-Lisa som tvärt sa, att hon alri velle bosätte sej på olycksgårn. När John drogs in i tvisten funderade han länge och kom så småningom med ett förslag. Vi river de gamle huse å bygger nytt oppe på kullen, sa han.

– Dä blir grannere, nytt hus mä sikt over älv å sjö.

Men August hade inte pengar till nytt bygge. Inte ork heller. Så det fick bli flyttning till gamla Lyckan där August, hans söner och John Broman limfärgade tak och väggar och kritade spisen.

Till midsommar drog de in med sitt bohag på Lyckan. Maja-Lisa slutade klaga men hon kom aldrig att trivas i det nya hemmet. Det dröjde ett tag innan nån såg hur det var fatt med henne, men en dag sa John till sin hustru, att mor din tyner bort där på Lyckan. Hanna blev skakandes rädd och viskade, att då går de igen, ondingarne. Men Broman fnös och menade, att dä som plåge Maja-Lisa va e sjukdom åv sånt slag som setter i kroppe.

Hanna gick så ofta hon kunde med sina barn för att hälsa på modern och såg att hon vart tunnare och blekare för var gång.

– Har I ont nånstans, mor?

– Nä. Je ä bare så eländes trött.

Hushållet gick vind för våg, Hanna städade och bakade men blev snart tvungen att säja till August, att han måste städsle e piga.

– I ser väl att mor ente orker.

Men pigor gick inte att få tag i längre. Unga flickor drog i jämn ström till Norge och fick arbete i hushåll och på värdshus i Moss och fabriker i Fredrikshald. En och annan for vidare till Amerika, några blev kvar och gifte sig med norrmän. Andra kom hem på besök nån gång till helgerna med fina köpekläder och stora hattar med rosor på. Det retade alla ärbara hustrur, som sa att slyner va de. Om ente värre. För en kunne ju ane sig te va sån grannlåt koste.

Hanna gjorde vad hon kunde för sin mor, lämnade nästan dagligen sina barn i gamla Annas stuga och rände med Lill-August vid bröstet till Lyckan för att tillse att föräldrar och bröder åtminstone fick mat. En dag slank frågan ur henne, den som hon aldrig tänkt ställa:

– Ä dä så att de döe går igen i gårn, mor?

– Ja, sa Maja-Lisa och log. Men ente ä dä Joel og Lovisa som finns här. Dä ä barna, Anders og Johan. Og iblann ä dä lille Elin.

– Men de bodde ju alri här!

– Nu gör de dä i alle fall.

När Hanna kom hem och berättade vad modern sagt sa John Broman, att sorg alri går over. Den finns där å tär på live, tar e bit i tage ifrå en.

– De som har månge döe får ont om livslust, sa han.

August som inte uthärdade hustruns sjukdom skrev ett brev till Johannes. Han var i släkt med den bekante botaren och plitade, att nu, kusin, får du löv te å komme för je reder mej ente utta mi hustru.

När Hanna berättade om brevet för John sa han förvånat, att dä ä ju djur han boter, Johannes.

– Dä ä folk mä. Nock har I hört tales om soldaten på Piletorpet som skulle te å dö i kräfta när Johannes klev in i stuga og redde te e dryck som han tvinge i den gamle. Sen sa han åt han å sti opp. Dä va meningen att han skulle leve te han ble nitti, sa Johannes. Og ackurat så ble dä.

Den historien hade John inte hört. Men många andra, den ena märkvärdigare än den andra. För Johannes anseende var stort, även i Värmland. John hade aldrig trott på de många ryktena men han sa till Hanna, att kanske kunne besöke tröste August å Maja-Lisa.

Men John fick fel. På söndag eftermiddag när familjen var samlad på Lyckan kom Johannes, hälsade på alla med handslag och steg in i rummet där Maja-Lisa låg. Han kastade bara en blick på henne innan han sa:

– Så du ä på väg te å gå du.

Då kunde hon erkänna det för sig själv och för de andra.

– Jä ä ju trött, sa hon. När blir dä?

– Dä blir nock redan i vecka. Og du behöver ente frukte för plåger. Du får gå over i sömna.

– Sen får je träffe barna?

– Skulle je tru. Alla utom Maria, men dä vet du.

John Broman stod i köket och hörde vartenda ord men ville inte tro att han hört rätt. Sen kom Hanna ut vit som ett spöke, tätt följd av fadern, som såg ut som om det var han som fått dödsdomen. Ingen förmådde tala men till slut sa Ingegerd:

– Vi må vel få bu te Astrid.

Trots att hon viskade och Johannes var kvar i rummet hos Maja-Lisa hörde han och sa högt:

– Nä, Astrid ska ente hit.

– Dä ä rätt, sa Maja-Lisa, Astrid ska ente hit. Men en präst vell je ha, om nu suputen i körka kan hålla sej nökter e hel da.

Hanna stannade på Lyckan för att laga mat åt alla. Men John vände hem till kvarnen där Ragnar, som nu fyllt tio, var ensam med småbröderna. Han fick skjuts med Ingegerd, hon hade brått hem till Gammel-Erik som hade legat på sitt yttersta i över ett år nu.

I kärran sa John Broman, att va ska en tru?

– Att Johannes har stor erfarenhet åv sjukdom. Dä ä ju ente så svårt å se att dä bär utför mä Maja-Lisa.

– Jo, men dette han sa om Maria å Astrid.

– Ta dä ente på allvar, Broman. Johannes har vart länge i Amerka og där skaffa han sej e ny religion. Dä ä en unnerli lära som mener att själarna vandrer frå de döe og in i de nyfödde. Dä ä bare domheter.

95

Hon kastade en blick på John och såg att han inte var övertygad.

– Hör på. Johannes bodde på Bråten e vinter när Astrid var lita. Dä va då han satte de konstie tankera i huve på Maja-Lisa, dom som sen gjorde tösestackarn galen.

John drog en djup suck av lättnad och höll med henne av hjärtat när hon sa, att den som ä dö ä dö og dä vet du, Broman.

Prästen var bara halvfull när han kom på måndag och gav Maja-Lisa nattvarden. Hon var lugn, nästan förväntansfull. Men August var styv av skräck och stum som om han hade förvisats till främmande land.

På tisdagen fick Maja-Lisa ont i bröstet och svårt att andas. Natten till onsdag vakade familjen vid hennes säng och det gick som förutsagts. Hon sov tills hon drog en djup suck och slutade andas.

John satt inte vid dödsbädden för nån måste vara hemma hos barnen. Han hade just fått dem i sömn när det knackade på dörrn och Johannes steg in i stugan.

John kokade kaffe, tog fram bröd. Men hans rörelser var kantiga, han tyckte inte om gästen. De teg men när kaffet var drucket sa Broman.

– Fäller du allti dödsdomer så där rakt åv?

– Bare te dom som vill höre, sa Johannes och log. August har ente långt kvar, han heller. Men han har inge nötte åv å vete dä.

John tänkte på sin astma och sin eländiga trötthet. Men han vågade inte fråga och det behövdes inte heller.

– Du, Broman, har flere år kvar i live än du i grunnen vill. Og dä har sin bestämde orsak. Kan je sove på kammern däroppe?

John häpnade. Men när han tände brasan i vindskammarn och ställde i ordning sängen, kände han sej gladare än på länge.

Hanna var blek när hon kom hem och spänd när hon gav det uthungrade spädbarnet mat. När hon satt där med pojken vid bröstet såg hon länge på John och sa, att gud så ja önsker att je kunnet gråte. Hon sov nån timma, sen måste hon trots vaknatten ut i la-

96

gårn för att mjölka. Dit kom som hon väntat Johannes, berömde djuren och sa att ho ente behövde oroe sej för mannen.

– Je skulle tro han lever e bra stöcke in på nittenhundratale. Nock finns han kvar här när vi skrever nittenhundratie.

Hannas lättnad var stor. Det var ännu sommar artonhundranittiofyra, långt kvar till sekelskiftet. Först när Johannes tagit farväl fick hon tid att räkna och fann till sin förvåning att han inte lovat mer än sexton år. Men det räckte, vid det laget skulle Ragnar vara tjugosex, John nitton och Erik arton. Det skulle bli tre raska karlar i kvarnen.

– Te og mä du, din stackere, kommer å va sexton og voxen, viskade hon belåtet till August, när hon la honom vid bröstet.

– Du ser litte glaare ut, sa Broman när han kom in till middagsmålet och hon nickade men knep ihop munnen. I öronen ringde Johannes avskedsord: Ett ende ord te Broman om dä vi tale om og han kommer å dö på ren trots.

När de lagt sig om kvällen hade Hanna trots tröttheten svårt att somna. Minnena av modern kom och gick i hennes sinne och några gjorde ont.

– Du ser allt urlaka ut, sa John när de åt frukost.

– Je har onde tanker.

Hon rodnade men kunde inte hejda sig:

– Som den vintern je va mä Ragnar. Mor hade mej å hjälpe te vid slakta, ho tvinge mej rent åv te å hålle i blodspann! Dä dog e käring i e backstuga ve ån og tror I ente mor sa åt mej, å gå dit för å tvätte like. Allt dette för å pojken i magen min skulle bli ofrisker og dö.

Hanna log ett skevt leende och pekade på Ragnar som sov i dragkistan:

– Så kom han og va freskare og grannere än nån åv hennes egne onger.

John kunde bara skaka på huvudet. Men när han stod i dörrn för att gå till sitt arbete, vände han och sa:

– E sak kan en läre åv dette. Gammelt skrock har ente nån verkan.

97

Mitt i skördeslitet fick August Olsson ont i bröstet och la sig under ett träd för att vila. När sönerna efter nån timma gick för att väcka honom var han död. De stod tysta runt honom och var nog varken förvånade eller förskräckta. Gamle August hade egentligen inte levt sen Maja-Lisa kom i jorden.

Det fanns inget testamente så gårdarna gick till sönerna. Robert som slagit amerikaplanerna ur hågen och Rudolf som var lika arbetsglad som Hanna inrättade sig på Lyckan. Men Adolf blev kvar i kvarnen vid Norskvattnet ännu några år. När mjölnarsönerna var stora nog att ta över slitet tog Adolf sina pengar ur arvet och for till Amerika.

Ingen av Hannas bröder kom till att gifta sig.

Till faderns begravning kom äntligen Astrid med man och barn. John Broman såg uppmärksamt och ofta på svägerskan, grann i sin blommiga köpeklänning. Hon var vacker under ögonen också och vänlig mot alla, pratade gärna och mycket, sjöng vaggvisor för barnen och fäbolåtar för korna.

Till kynnet liknade hon ingen i syskonskaran. Ändå hade hon samma resning som Hanna och om man såg efter kunde man upptäcka syskontycket i anletsdragen.

Men den fina systern fick Hanna att verka tung och bondsk. När Astrid flög över backen gick Hanna med stadiga steg. Astrids ansikte speglade varje känsla och skiftade som ett aprilväder. Hannas var slutet. Astrid snackade och sjöng, Hanna teg, Astrid kastade huvudet tillbaka och skrattade, Hanna kunde fnittra nån gång men slog genast handen för mun, alltid generad när det hände. John ömmade för hustrun. Men ibland blev han arg och tänkte, att ho kunne ta åv huvudduken å vise sitt granne hår. Å klä sig i annet än svart eller brunrandi ull.

Systern sa det :

– Varför ska du se ut som e gammel bonnakäring? Kom här, prove min gröne kjol me den blommige blusen.

– Alri i tia skulle je våge dä, sa Hanna och fnittrade. Och Astrid fick inse att det var som systern sa, hon vågade inte.

En sak gick inte att ta miste på, de båda systrarna höll av varandra. Det fanns inte en gnutta av vare sig avund eller avståndstagande hos Hanna även om hon sa ett och annat om högfärd och flärd. Åt de orden kunde Astrid le, ömsint och medlidsamt.

– Du e för hårt tukted, sa hon.

99

– Dä ble som dä ble för mej.

Längre kom de aldrig.

John drogs till svägerskan, fängslad av hennes ljusa väsen.
Men hon skrämde honom också och därför blev de aldrig för-
troliga. En gång sa han:

– Du ä ente rektigt av denne värla. Hon skrattade åt honom
men han såg att Hanna blev rädd.

Men svågern höll med:

– Kona mi er en engel, sa han. När hun ikke er et troll. Som
du forstår har jeg det ikke lett.

Åt det kunde de skratta, alla utom Hanna som rodnade och
bet sig i läppen. Ho minns galenskapen, tänkte John.

Han kom att fästa sig vid fiskhandlarn, en rejäl karl med stort
hjärta och gott huvud. De blev vänner under fisketurerna på
sjön i de tidiga mornarna. Det var här i båten som Broman fick
klart för sig att det blåste upp till kris och kanske nåt värre mel-
lan Norge och Sverige.

Arne Henriksens röst flög över sjön med sådan kraft att han
skrämde all fisk på flykten.

– Det skulle endelig bli slutt på de svenska herrafasongera, sa
han. Ellers så smeller det. Det kan du stole på. Vi har både vå-
pen og folk.

John tänkte på sina egna resor till Fredrikshald, där fattig-
bönderna från Dal stod i ödmjuka köer på torget för att bli av
med sina får, sitt hö och sina smörbyttor.

– Jeg snakker om herrene i Stockholm, sa Arne. Ikke om dere.

– Men dä ä vi som går te slakt om I kommer me vapen.

– Dere få gjöre felles sak med oss og kvitte dere me kongen,
den reven.

John Broman förvånades av sina egna känslor, aldrig förr hade
han känt hur svensk han var. För ett ögonblick kände han lust
att slänga den norske stortruten överbord. Men Arne märkte
ingenting av ilskan, han begav sig av i en lång förklaring, la ut
texten om grundlagen i Eidsvold, den som gav vanligt folk större
rättigheter än någon annanstans i världen. Sen kom han in på
konsulatstriden.

Broman hade hört talas om den men som de flesta svenskar inte tagit saken så allvarligt. Nu fick han veta att Venstre med sina krav på egen utrikesminister hade makten i Stortinget. Och att norrmännen redan höll på att ta bort unionsmärket ur flaggan på de norska skeppen som seglade runt världen.

Mjölnaren lyssnade utan att riktigt förstå. Men när Henriksen beskrev hur Stortinget köpt nya pansarskepp för åtta miljoner riksdaler och hur den nye norske försvarsministern, som hette Stang och var överstelöjtnant, byggde befästningar längs den långa gränsen mot Sverige, blev John Broman rädd.

– Stang er en djævla bra kar, sa Henriksen och berättade om hur försvarsministern inhandlat nya tyska vapen. Fredrikstens fästning hade fått kanoner med helt annan räckvidd.

Henriksen prövade en lång blick mot John innan han avrundade sitt tal:

– Vi snakker ikke så mye om de, men vær eneste norrman vet: Forst våpen, siden . . .

De fortsatte samtalet när de tog sina supar om kvällen. Henriksen var en ovanlig man, storordig och högröstad när han var nykter men lugn och saklig när han fick brännvin i sig.

– Du må jo forstå at det er rene galskapen at norske sjöfolk som farer over hele verden ikke har egene landsmenn som tar seg av dem.

Det förstod Broman.

– Stortinget har beslutet om egene konsulat, fortsatte Henriksen. Vi har bevilget penger til dem. Men kongen i Stockholm nekter.

John nickade.

– Kong Oskar er en stor drittsekk, sa Henriksen.

Detta hörde systrarna som bjöd till kvällsmat, Hanna såg ut som om hon tänkte svimma. Men Astrid skrattade.

De norska släktingarna tog illa vid sig när de fick veta att John Broman var till Fredrikshald en gång i månaden. Varför hade han inte hört av sig? John hade svårt med svaret men sa till slut, att han nock vart blyg.

– Töjs, sa Arne, men Astrid skrattade som vanligt och menade att nu fick de bli ändring. Broman skulle sove hos Henriksens näste gång, de fick han va så go å love. Om någre måner kunne Lill-August släppe bröste och då skulle John ha Hanna me sej.

– Dä får je alri för mor, sa Hanna och rodnade när hon mindes att Maja-Lisa var död.

– Je mener, sa hon, att vell en ha freske onger måste en ge bröste i två år.

För en gångs skull blev Astrid arg:

– De e på tia att du gör dej fri frå mor og allt hennes hemske skrock. De e en ny ti, Hanna.

Då sa Hanna något som storligen förvånade John.

– Je aner nock dä. Men je blir ängsli. Va ska en tru på om allt dä gamle va fel?

– En får pröve själv, sa Astrid som om det var den enklaste sak i världen.

På tu man hand skvallrade sig systrarna genom hembygden. Astrid förskräcktes av all förändring, folket på Kasa i Amerika, på Bönan bara de gamla kvar, över storgården Kleva vandrade skogen, Jonas dö, Klara dö, Lars dö.

– Men di va ente gamle!

– Nä. Dä va ente mor og far heller.

– Va dör di åv, Hanna?

– De va utsletne.

– Je tror di dör i sorg etter svältårene.

De gick igenom sina skolkamrater, var fanns Ragnar och var Vitalia, Sten, Jöran, Olena?

Och Hanna svarade: I Norge, i Göteborg, i Amerka, te sjöss.

Hanna hade inte tänkt på det förut, hur ensligt det blivit i dalgången. Nu fick hon ord på det.

– Snart ödebygd, sa Astrid.

Astrid förälskade sig i Ragnar, den mörkögde elvaåringen med det snabba leendet och det lättsamma sinnet.

– Ett gudebarn, sa hon. Nock e live obegreplet, Hanna.

102

– Han ä lik far sin, sa Hanna och la fort till, att dä bare gällde utsia. Te sinne va Ragnar snäll og gla.

– Det må va svårt å inte skämme bort en.

Jo. Hanna fick erkänna, att Broman va svag för pojken, möcke glaare i han än i de egne sönera.

Men Henriksen sa till John att han måste se upp med pojken.

– Di får vanskelit for og bli voksne, di som kan sliske seg te de di vill ha.

John nickade, han hade tänkt på det.

När norrmännen drog hemåt hade det bestämts att John skulle bo hos dem på sina resor med mjölet till Fredrikshald. Och att han en gång varje sommar skulle ta Hanna med.

– Vi ska köpe dej nye granne klär och gå med dej te fotografen, sa Astrid och Hanna kröp ihop av rädsla. Och glädje, John såg nog det.

Det var tidig morgon med låg sol när den norska vagnen med sovande barn drog nerför backarna mot gränsen. Hanna stod på gården utanför stugan och vinkade medan Broman följde med till grinden. När gästerna försvunnit i kröken vände han sig om, blev stående en stund och såg på hustrun. Hennes skugga blev lång i sneljuset, svart och skarp i konturerna.

Hannas första resa till den vimlande staden blev en stor händelse. Hon tyckte om allt hon såg, det myllrande gatulivet och de många butikerna. Men bäst av allt var att omges av främlingar.

– Tänk, sa hon till John, tänk å kunne gå på väjane og i alle affärera og ente behöve hälse på e eneste menske.

Hårt trängd av sin syster provade hon köpeklänningar i butikerna. Det var en plåga att se henne, generad till döds och med svetten rinnande från armhålorna ner över brösten och magen.

– Je skäms så hemskans, viskade hon. Men Astrid gav sig inte, drog på ännu en klänning och sa åt Hanna att se sig i den stora spegeln. Det vågade hon bara några korta ögonblick, sen slog hon händerna för ögonen.

Till slut gav hon ändå med sig och köpte en klänning med volanger och gröna blommor på vit botten. Men när hon tvangs till fotografen tog hon på sin bästklänning hemifrån, den brunrutiga. Hon såg hela tiden allvarligt rätt in i kameran.

Hon skulle bli djupt tagen av bilden, få den i glas och ram på väggen i salen därhemma och stanna ofta framför den. Som om hon inte kunde få nog av blicken som mötte hennes.

På hemresan sa hon till Broman att ho alri kunne föreställe sej att Norge va så . . . frejdigt. Ho hade vart där som litta men kom ente ihåg att de va så glae åv sej, norskarna.

John höll med henne. Han hade också vart över från Värmland rätt ofta när han var barn och inte sett några större skillnader. Men nu fanns där en sprittande kraft i Norge, en livlighet och livslust som kändes så snart man for över gränsen. Sen han lärt känna Henriksen förstod han det bättre. Norskarna hade ett gemensamt mål och en stor dröm. Men han ville inte oroa Hanna så han nämnde inte unionskrisen. De talade om Astrid och Hanna sa, att ho va som månge mensker i en.

– Ho har månge förklädnader, höll Broman med men då blev Hanna arg. Ente klädde ho ut sej, söstern. Han gav med sej, nä ho gjorde sej ente te. Ho var alltsammens på en gång, ängel å troll, mora å onge, fin fru å munter bondjänta.

Han hade funderat på vad som höll henne samman, tänkt att dä kanske va hemligheten, att den store hemligheten va kärnan i hennes väsen.

Så fort Hanna kom hem satte hon igång att sy gardiner av det tunna vita bomullstyget hon köpt i Norge. De små fönstren i stugan mjuknade.

– Så grant, så grant, sa hon som om hon inte visste till sig av glädje.

Gardinerna blev sedda med sneda ögon som all högfärd och nymodighet där i bygden. Hanna stod på sig, gardinerna fick sitta uppe.

Men hon vågade aldrig klä sig i den blommiga köpeklänningen.

104

Hanna hade smörlycka. Aldrig att en kärning misslyckades för henne, inte ens om en tiggarkäring kom in i köket och kastade onda ögat på smörkärnan. Men en dag sa smens Malin, att dä va ju känt sen gammelt att horer hade tur me smöre.

Då rann sinnet på Hanna som skrek:

– Ut ur huse, din lea haltekärring. Og vise dej alri mer i kvarnstua.

Det var några år sedan. Men sen den dagen rådde fiendskapen mellan de båda husen vid Norsksjöarna. Boman fick inte veta vad som hänt. Men det var bekymmersamt för honom som var beroende av smeden på många sätt och inte bara för att de brukade supa ihop på lördagskvällarna. Var och varannan månad måste han hissa upp kvarnstenarna för hackning. Det var ett tungt arbete och för rengöringen av skären i stenarna behövde han vässade kvarnhackor.

Han förebrådde Hanna:

– Vi får väl hålle sams mä de granner vi har.

Men hon var orubblig, Halte-Malin skulle alri mer komme over hennes tröskel.

– Fråge henne, skrek hon, fråge varför je har smörlycke.

Så Broman gick till smedstugan med sin fråga och Malin sa, att dä va vell som Hanna sa, att ho turades mä smöre sitt för att ho höll rent bå i lagård og kök.

Först om kvällen när han kom hem med Malins svar fick han veta vad hon sagt till Hanna. Då blev han så arg att han gick till

105

grannstugan och skällde ut smedhustrun. Sen fick karlarna hållas med sitt brännvin i den stora grottan nere vid Långsjön.

Men det hände att Hanna ångrade sig, tänkte att ho gått för långt. Särskilt som ho ente kunne hålle sine söner frå smedja og smens pojker som i stort va jämngamle.

Förr i tia blinke je ente ens när je skälldes hora, tänkte hon. Nu när je ä anständi blir je så illannes arg.

Hon var besviken på anständigheten, den hade inte motsvarat hennes förväntningar. I början hade hon ränt till kyrkan för att sitta där bland de andra fruarna, till och med i ytterbänk så att de unga fick tränga sig förbi. Men något nöje var det ju inte och när Broman frågat henne om vilken gudströst hon sökte i kyrkan hade hon skämts. Nu var det många år sen hon gick i gudstjänsten.

Så hände en dag på senvintern att Ragnar kom hem från skolan och var blodig och sönderslagen. Ja, han hade vari i slagsmål. De anre va värre tetyga än han, sa han och torkade näsblodet från överläppen med översidan av handen.

Då sände Hanna bud efter Broman.

Han kom och sa till om hett vatten att tvätta såren i, skrapade det värsta blodet ur ansiktet på pojken och sa, att nu vell je vete va dä ä som hänt.

– De skällde mej horonge, sa pojken.

– Men herregud, skrek Hanna. Dä ä väl inge å bråke om, dä ä ju sant.

I nästa ögonblick vände sig Broman om och slog henne med flathanden rakt i ansiktet. Hanna for över köksgolvet och fick ryggen i långbänken under fönstret:

– Ä I ente rektit klok, skrek hon.

– Je ä väl inte dä, skrek Broman. Du driver mej te galenskapen. Sen gick han ut och dängde igen dörrn.

Ragnar grät men genom tårarna kunde hon se att hans ögon var iskalla.

– Dä ä I, mor, som ente ä klok.

Sen försvann han ut, han också.

106

Hanna skakade svårt i kroppen men lyckades ta sig samman. Hon såg noga på sitt ansikte i spegeln, det var svullet och började blåna. Men hon blödde inte. Det var värre med ryggen som värkte efter slaget mot långbänken.

Guskelov att ongera ä ute, tänkte hon men påminde sig snart var de höll hus. I smedja där de feck brö og saft åv Halte-Malin.

Hon lagade kvällsmat och sönerna kom, hon sände Erik efter fadern och Ragnar. Broman kom, såg lessen ut men yttrade inte ett ord.

– Har I gjort er ille, mor, frågade Erik.

– Var ä Ragnar?

– Han ränner på skogen, sa Broman och Hanna viskade i full panik:

– Käre goe, vi måste ut og lete.

Hon såg hemsk ut, vit som lärft under svullnaderna med de fula blåmärkena. Han skämdes men sa med stadig röst:

– Pojken kommer tebaks. Han sa te mej att han behövte va ensammen å tänke. Å dä kan en ju förstå.

Hanna rörde sig ovigt när hon passade upp vid bordet och tog itu med disken. När Broman såg henne sa hon ursäktande att ho slagi rygge i långbänka. Han skämdes än värre.

Ragnar kom när de gjorde bäddarna färdiga för natten. Han gjorde som Broman, teg.

Goe Gud, hur ska je förklare?

När de lagt sig sa Broman just det: Je vell vete varför du ente kan förlåte när Malin skäller dej hora men finner dä rektit å rätt när Ragnar kalles horonge.

Hon teg länge, sa slutligen:

– Je ä ingen hora, je ble overfallen. Men Ragnar ä . . . födder oäkting, dä kan en ente förneke.

– Så du ä oskyldi mens han ä skyldi.

– Så mene je ente.

På morgonen hade hon svårt att röra sig men Broman blundade för hennes plågor och försökte igen:

– Hanna, du ä ente dum, du kan tänke. Nu får du ge mej å pojken e förklaring.

107

Hon grubblade hela dan men fann ingenting som kunde göra hennes ord begripliga för andra. För henne var det självklart. Vid kvällsmaten sa hon till Ragnar, att dä va mun som ände iväg mä mej.

– Je vart så rädd så je vesste ente te mej, sa hon.

Det var så nära en bön om förlåtelse hon kunde komma men det räckte inte för pojken. Han hade kvar sina isögon. Det blev en spöktyst vecka i stugan, de var bra på att tiga både Ragnar, Hanna och Broman. Dagarna gick, hon blev bättre i ryggen och blåmärken och svullnader försvann. Men bakom ögonen var det svart av skam och sorg.

Sen en morgon innan Ragnar och bröderna gick till skolan sa pojken:

– Du ä allt bra dom i huvet, du morsan.

Det var första gången han sa du och morsan. Hon satt länge stilla vid köksbordet och besinnade, att ho förloret han og att han va dä käraste ho haft.

Återigen önskade hon att hon kunnat gråta. Men det var torrt som vanligt i hennes sinne.

Broman for till Fredrikshald med mjölet och Hanna var ängslig att han skulle berätta vad som hänt för systern. Hon försökte lugna sig med att han inte hade för vana att fara med sladder. Men när han kom hem sent om kvällen förstod hon att hon haft fel. Han sa helt kort att han och svågern kommit överens om att Ragnar skulle få arbete i fiskhandeln i Fredrikshald så snart han fyllt tretton.

När John såg hennes förtvivlan sa han, att ho måste begripe att pojken börje bli vuxen å måste få ege liv. I den stunden fattade Hanna ett beslut.

– Han får väl välje sjelv, sa hon.

– Jo, han bestämmer sjelv.

– Han behövs i kvarn.

– Nä, där ä folk nock nu mä Adolf å pojkarna.

– Vi fråger han te meddasmåle i morn, sa Hanna och Broman nickade.

Så fort karlarna försvunnit nästa morgon började Hanna vispa till en sockerkaka. Hon sparade varken på smör eller socker och smakade sig fram till lagom söt och fet smet. Sen gick hon med sin kaka till smedstugan, där Halte-Malin höll på att dåna av förvåning.

– Je tänkte, sa Hanna, att vi nabor måste hålle sams.

Malin blev så häpen att hon inte ens kom sig för att sätta på kaffepannan. Det var Hanna tacksam för, hon hade svårt att stå ut med lorten och den dåliga luften i smedstugan. Hon pratade en stund om Malins pojkar, som artade sej bra, sa hon. Og om

109

vintern som ente velle släppe tage.

Sen gick hon hem och sa till Honom i himlen, att nu har je gjort mett. Nu får Du va gentil å göre mej te viljes.

Men vid middagsbordet när Broman berättade för pojken om vad som uppgjorts i Fredrikshald blev Ragnar vild av lycka.

– Om je vill, ropade han. Ä I klok, far. Om je vill . . .

Broman förklarade, att Henriksen hade kunder spritte over hele stan å behövde en bupojk som cykle ut mä beställde varer. Somlege skulle ha färsksill om onsdan när den kom in, andre makrill på torsdan. Å så va dä torsken som nästen alle velle ha te lördan.

John blev riktigt vältalig när han beskrev kommersen men Ragnar hade bara hört ett enda ord.

– Cykle, sa han. Mener far att je ska få en cykel?

I den stunden visste Hanna att Gud inte lyssnat den här gång-en heller.

Det blev tomt i huset sedan Ragnar rest och Broman tänkte, att den glae pojken fyllt stuga mä sine skratt. Han var bekymrad för Hanna också, ho va stuka å trött. Ente sej lik. Han försökte ett samtal:

– Dä va duktit åv dej å slute fre me smefrua.

– Dä va alldes i onöda.

Som vanligt förstod han henne inte.

När våren kom med snösmältning och starar hade de vant sig. Till och med Hanna började återfå sin gamla raskhet och fick ett ökat intresse för sina andra söner. Och Broman såg på Lill-John, den rödhårige och småväxte äldste sonen, och fann till sin för-våning att pojken tog sig före att fylla tomrummet efter Ragnar. Han var full av infall, hade samma skratt som halvbrodern och samma förmåga att ta vara på det lättsamma och roliga.

Han var ömsint också, la märke till moderns sorg och gjorde vad han kunde för att trösta. Med fadern hade han aldrig stått på god fot men nu fick Broman erkänna det uppenbara, att Lill-John var den av sönerna som arbetade hårdast i kvarnen.

– Du har större uthållhet än bror din, sa han nästan motvilligt en dag. När pojken rodnade av glädje slog skulden mot Broman. Han hade försummet sine söner. Ente bare Lill-John utan också Erik å August, den minste som reta honom mä å jämt vare sjuk å grini.

Erik var duktig i skolan, Hanna hade sagt det tidigt, att pojken har läshuve. Det hade inte dröjt länge innan klockarn hade lärt honom det mesta av vad han själv kunde.

Nu började Broman leta bland sina gamla böcker på vinden, de som aldrig blivit uppackade efter flyttningen från Värmland. Han fann Robinson Kruse och log vemodigt när han mindes hur boken gett näring åt hans pojkdrömmar.

– Ente e ord om onöder, sa han varnande till Hanna när han kom ner med boken från vinden. Till pojken sa han när de slagit sig ner vid kvällsmaten, att här ska du få e present.

Erik rodnade som sin bror. Sen försvann han till nattastugan på vinden där det var isande kallt. Och dit löpte han varje ledig stund. Hanna blev bekymrad, gick upp med filtar och tröjor, sa att du drar dön på dej, pojk.

Till slut gav hon upp och tände brasa åt honom.

Några dar senare sa hon, att blon ruttner i ådrera på dej om du ska ligge här varevige kväll og glo i e bok. Men Erik skrattade åt henne. Hon kände igen skrattet, det var överseende, just som Ragnars.

Snart hittade Erik själv till kistan med Bromans gamla böcker.

August hade kikhostan den våren. Hanna gick genom nätterna med pojken på armen, gav het mjölk med honung. Men det hjälpte inte, oftast kräktes han upp maten. John försökte förgäves få sin vila i kammarn men den hemska hostan satte liv i hans egen. Far och son hostade i kapp.

– I har ju vart bra så länge nu, sa Hanna oroligt.

För första gången insåg John Broman att den elaka hostan inte plågat honom sen helaren Johannes lovat honom långt liv.

111

Henriksen var svartsjuk. Astrid, som kunde känna ovädren i andras sinnen långt innan de märkte det själva, hade inte lagt sig i beslutet att ta Ragnar till Fredrikshald.

Hon var glad för pojken och dolde det väl, hälsade vänligt men kort när han kom och visade honom till drängkammaren uppe på vinden. Han ska inte ha fördeler för att han e i släkt, hade hon sagt till Henriksen.

– Han e bortskjemt hjemmefrå, sa fiskhandlarn.

– Han e de. De skall vi ta ur han.

Så kom det sig att Henriksen blev vänligare mot pojken än han hade tänkt för att väga upp hustruns avoghet.

Det första Ragnar fick lära sig var att lägga bort svenskorden. Nu måste han snakke norsk. Det var inte så olikt, han lärde sig på en vecka.

– Det går fort i hodet på ham, sa Henriksen.

Men Ragnar förstod aldrig varför han skulle undvika de svenska orden. Fredrikshald var ingen storstad, de flesta han mötte visste att han var svensk, systerson till fiskhandlarns hustru. Och folk hade inget emot vanligt folk från Dalsland och Värmland.

Mycket viktigare för Ragnar var att ingen kände hans ursprung, här var han son till mjölnaren vid Norsksjöarna på andra sidan gränsen.

Cykeln skulle han få vänta på tills han lärt sig hitta i stan så hela första halvåret drog han själv kärran med budefisken. I varenda dörr log han sitt varma leende och fruarna smalt. Snart meddelade han Henriksen att han skulle kunna sälja mer fisk än den som budats och efter ett tag hade dragkärran blivit en butik den också.

– Han är en meget flink forrettningsman, sa Henriksen. När hustrun inte svarade blev han arg och la till:

– Så är han arlig og arbeidsom. Han klager ikke på di lange arbeidsdagera og han kan göre rede for vart öre.

En dag i en av de trånga gränderna nedanför fästningen fick Ragnar ett möte som skulle sätta sin prägel på hela hans liv. Det var

112

en herreman från Kristiania som kom – i bil med chaufför! Den otroliga vagnen fick stanna för pojken som måste dra kärran in i en port. Där stod han länge och följde med lysande ögon det märkvärdiga fordonet när det försvann neråt torget. Far hade talat om bilar, en gång hade han läst en tidningsartikel högt därhemma om de nya vagnarna. Som gick av sig själva och skrämde slag på folk och hästar i sken med sitt buller och sin hiskliga fart. Men ord hade aldrig gjort intryck på Ragnar som levde i sina sinnen. Nu var han så häpen och så lycklig att han drog på stegen och blev försenad med budningen.

Han frågade Henriksen va en sån maskin kostade.

– Om trent fem tusen kroner.

Det var en ofattbar summa för pojken. Han försökte föreställa sig hur fem tusen kronor låg på en hög på golvet och glänste. Skulle de nå ända till taket?

Från den dagen sparade han varenda slant han tjänade.

John Broman höll genom åren sitt hemliga löfte att inte komma nära Hanna i sängen. Nu hade hon fyllt trettio och jordemodern hade sagt ifrån. En förlossning till kunde kosta Hanna livet. Gamla Anna hade blivit änka men höll sig kvar på sin gård. Hennes söner fanns i Amerika så jorden fick hon leja ut till granngården. När vintern var som värst året kring sekelskiftet hade John och Hanna övertalat henne att komma och bo på kvarngården. Båda tyckte att hon förde trivsel med sig och saknade henne när våren kom och hon envisades med att flytta tillbaka till den egna gården.

När Broman kom hem efter att ha hjälpt Anna med flytten var han dyster. Det gamla tungsinnet var ute efter honom. Nu var de ensamma och tystnaden skulle lägga sig under stugtaket.

Han hade blivit fåordigare med åren och godtagit att han aldrig skulle bli förtrolig med hustrun. Han teg veckorna igenom och sa han någon gång ett ord var det elakt.

"Du har sågespån i huve." Eller: "Du ser ut som e gammel rotekärring."

De hade bekymmer med försörjningen också. Gård efter gård i bygden lämnades öde, det blev allt mindre mjöl även i mjölnarens tunna. Och ett allt större beroende av potatisåkern, korna och fisket.

Så oroades han för krisen med Norge. Tidningen som han hämtade två gånger i veckan i Alvarssons affär vid gränsen skrev om ständigt nya motsättningar och allt häftigare tal. Fiendskapen började också färga av sig på människorna. Ragnar som kom hem en gång i månaden kunde berätta om glåporden som drabbade varje svensk på andra sidan gränsen. När Astrid var på besök tillsammans med sin man undvek de allt tal om politik. Henriksen var tystare än vanligt och Broman förstod att nu var också norrmannen rädd för vad som skulle hända.

Numera var det Ragnar som förde mjölet från kvarnen till Fredrikshald. Broman sa att han va gla å slippe, han orke ente längre. Men han saknade resorna.

Den våren fick han ta lån av Framgården för att alls klara livhanken. Ragnar bidrog också med slantar han fått över. Det gick bra för pojken i Norge, så bra att Arne Henriksen sa:

– Om han ikke vart svensk skulle jeg ha gjort'en te kompanjon.

Det blev en kall och regnig sommar som tvingade till stugsittande. De skavde allt svårare på varandra. Broman hostade värre än vanligt om nätterna när övergivenheten kröp in i kroppen på honom. Det var en sån natt han närmade sig hustrun.

Hon tog emot honom med värme som om ensamheten blivit för tung även för henne. Sängalaget fick båda att mjukna. När sensommaren kom och det äntligen blev sol och värme hade de gjort nattens möten till vana.

I november flyttade gamla Anna tillbaka, hälsades med kaffe och nybakt vetebröd. Hon hade stora nyheter. Anders Olsson, yngre bror till August och Hannas köttslige farbror, hade besökt henne med anbud att köpa gården. Han hade arbetat på varvet i Fredrikshald i många år, sparat förtjänsten och ville återvända hem.

– Men dä häre har alri vart hans hem, sa Hanna häpet. Han ä född i Norge som far va.

– Je frågte og om dä, sa Anna. Men han mena att som tidera nu blett så ä Sverige hemme om en ä svensk.

Hanna såg på John, tänkte på Ragnar.

– För Ragnar blir dä nock e annen lösning, sa John. Han kalles snart hem för å bli svensk beväring.

– I tror dä blir krig?

– Vi har e ny lag om värnplikt.

115

Skulle Anna sälja? En granngård till skulle få betydelse, mer liv i bygden. Anders Olsson hade fyra söner och tre döttrar. Äldste sonen hade redan hört sig för om att köpa Svackan, gården nedanför Trollåsen. Den hade legat i vanhävd några år, men där fanns ännu goda betesmarker.

Anna kände vad mjölnarfamiljen tänkte och nickade, ho hade nock tänkt så ho mä. Men hon visste också vad hon ville:

– Je vell ha kammern för mej og mä egne möbler. Og je ska betale rejält för mej.

– Mä betalinga får dä bli som dä blir, sa John.

– Du gör rätt för dej mä arbete, sa Hanna.

– Je vet hur I har dä mä penger, sa den gamla. Og je har komme og fäste mej ve er. Men je legger ente te last så dä får bli som je bestämt.

John var nästan lycklig när han rodde ut på sjön. Han fick två gäddor på drag. Ho för reden tur me sej, tänkte han.

Den nya glädjen höll i sig några månader medan det syltades och saftades och köket fylldes med goda lukter och kvinnoprat. Men när hösten drog in på dagsljuset blev det uppenbart för Anna hur det var ställt med Hanna.

– Du har e ny onge på vej, sa hon till Broman. Rösten var sträv och ansiktet hårt, men när hon såg hur rädd han blev mjuknade hon.

– Vi får be te Gud, sa hon.

John gick på skogen, tung av skräck och skuld. Gode Gud, sa han men kunde inte fortsätta. Han hade inte bett sen han var barn och då hade det inte hjälpt honom.

När han kom hem hade han tänkt. Nock kunne de söke doktor å ta bort ongen?

– Dä skulle va möjligt, sa Anna sen hon tänkt en stund. De gjorde sånt, doktorera, om dä va nödvändit. Og dä va dä nock för Hanna.

De såg båda på Hanna som stod stel vid spisen med en knuten hand framför munnen. Gång på gång tog hon bort handen och flämtade efter luft. Men hon hade svårt att få ord ur sig.

Till sist skrek hon:

– Alri! Förstår I ente att dä ä e synd som för te helvitte?

– Men Hanna. Om du ente orker igenom blir ongarna moderslöse.

– Då ä dä Guds meneng.

– Om den kan man inge vete, bruker du säje.

– Nej. Därför har en bara å böje sig.

Det blev inte mer sagt om saken för sönerna kom in, trötta och hungriga. De åt kväll som vanligt men när Hanna gick till sängs i salen sa hon tyst men med stadig röst till Broman:

– Va ente oroli. Je ska nock te å klare dä.

För ett ögonblick vågade han tro henne. Han lyste upp, viskade:

– Du ä ju så märkvärdi starker.

Nästa dag var hon som vanligt, rask i kroppen och handlingskraftig. Som varje morgon sen gamla Anna kom i huset hörde han henne säja för sig själv att hon saknade soffa, den som slutligen hamnat på vinden nu när Anna fått kammarn och John och Hanna ställt sin säng i salen.

Kan ho ha glömt, tänkte han. Eller ä ho ente rädd för dön?

Glömt hade hon inte, det fick han klart för sig när han en dag råkade höra henne tala med sönerna. Viskande gav hon dem råd för livet. Det handlade om renhet till kläder, kropp och levnadssätt. Og att di måste love henne å ta väl hann om far, om nå skulle hänne henne.

Han blev rörd men pojkarna skrattade åt henne:

– I kommer å leve te I blir hundre år, sa Erik.

– Ackurat, sa Hanna. Men om je ente gör dä så ska i minnes va je sagt.

Anna hade räknat ut att barnet skulle komma i mars. Redan i mitten av februari tvingade hon Hanna att bli kvar i sängen. Nu skulle hon vila och hämta krafter. Anna satt som oftast i dagligstugan och höll mun igång för att få Hanna att glömma skammen att hon, friska människan, låg och drog sej mitt i vardan.

117

De talade om mångahanda ting, också om döden.

– Je vell komme anständit i grava, sa Hanna. I skåpe därborte har je spart mine smörpenger, de je kunnet ta unna. Du får ta dä og se te att pojkera får svarte begravningsklär.

– Dä löver je.

Hanna måste upp ibland för att gå på avträdet. Den femtonde februari kom hon tillbaka därifrån och meddelade Anna att hon blödde. Jordemodern såg nöjd ut och redde en dryck av örter med sammandragande kraft.

– Nu drecker du så vi får igång at. Dä ä bra att dä ä för tidit så ongen ente hinner bli stor.

– Du får sände iväg Broman, sa Hanna.

Men Broman vägrade och aldrig skulle han glömma de tre dygn som följde. Hanna krystade och skrek men barnet satt som om det varit fastvuxet i livmodern. Anna prövade alla gamla konster. Till slut hade hon Hanna att hänga i en bjälke i taket, krysten kom med allt kortare uppehåll men barnet rörde sig inte ur fläcken.

– Nu skär je opp dej.

– Gör så.

– Du försvenner, sa den gamla till Broman.

Anna hade vett nog att sänka sin vassa sax i kokvattnet på spisen innan hon klippte upp livmodermunnen. Ungen kom farande som korken ur en flaska, Hanna svimmade men blödningen blev inte så stor som Anna fruktat. Hon kunde inte sy men klämde ihop snittet så gott hon förmådde och strök på mistelsalvan.

Långsamt kom Hanna till liv igen, och Anna viskade:

– Du klare't, Hanna. Dä ä over. Sov.

Barnet var blodigt och blått men med en smäll i stjärten fick Anna igång andningen, navlade av och badade det.

– Dä ä e jänte, sa hon och hörde Hanna viska på gränsen till sömnen.

– Gu sej förbarme, den arme ongen.

Broman hade lagt sig på kvarnvinden, hopkurad och kall som is. När Erik kom springande med budet att allt var över och

118

Hanna sov vågade han till en början inte tro det. Först när Anna kom med en stor sup gick budet in:

– Du har fått e dotter, sa den gamla.

Orden rörde vid ett gammalt minne. Men han tog sin sup och brännvinet fick honom att glömma. Först sedan han tvättat sig, fått på ren skjorta och stod i salen med den lilla på armen slog erinringen honom med full kraft.

– Ho ska hete Johanna, sa han.

Men jordemodern hade invändningar och viskade:

– Dä båder alri gott å ge ongar namn etter döe söskon.

Den blick han gav henne sa tydligare än ord att hon inte förstått.

Hanna ömsom jämrade och ömsom grät när hon vaknade nästa morgon.

– Ho har ont, sa Anna, men själv sa hon, att ho sörjde för att ho fått e jänta, för dä hemske öde som vänte alle kvennfolk. Namnet hade hon inget emot och både John och Anna tog för givet att hon sen länge glömt vad John Bromans döda dotter hetat. Där tog de miste, Hanna mindes och kände stor tillfredsställelse med att ha fött honom en dotter i stället för den som han sörjt så svårt. Hon kunde ju med egna ögon se att den nyfödda var lik fadern.

Hon såg också att det var ett ovanligt vackert barn.

– Den lella stackarn, sa hon när hon la barnet till bröstet.

Vad jordemodern hade i vattnet som hon dagligen tvättade Hannas underliv med fick de aldrig veta. Men det luktade starkt av hemliga brygder i köket de närmaste veckorna, när hon höll Hanna kvar i sängen, tvingade henne att ligga stilla och dricka illasmakande örtvatten.

All hennes möda fick god verkan, Hanna läkte och efter fjorton dar steg hon ur sängen. Men benen skälvde och det tog ett tag innan hon återtog ansvaret för hushållet.

– Je sköter huse, du sköter ongen, sa Anna.

Det blev inte så. Broman tog hand om barnet i stort sett ensam, bytte och smörjde, jollrade och vaggade.

– Som dä värste kvennfolk, sa Hanna och skämdes.

– Han ä gammel og trött. Varför skulle vi ente unne han ongen när han har sån glädje åv'na?

– Dä ä mot dä naturlige, sa Hanna som var glad för att de bodde så avlägset. Halte-Malin kom inte längre på besök så här fanns inga kvinnoögon och inga trutar som kunde föra ont tal runt bygden. När de nya grannarna kom på besök såg hon noga till att hon hade flickan vid bröstet.

Det var trevligt folk, både farbrodern och fastern från Norge. Hanna var glad, det var stort att få släkt tillbaka efter de ensamma åren. Ragnar kom hem och blev nästan lika fäst vid den lilla systern som Broman. Gåvor hade han med från Astrid, klänningar till den lilla, finaste sänglinne till vaggan.

Också Hanna fick present. Det var ett stenkolshalsband så långt att hon kunde trä det tre gånger runt halsen. Han hade

120

själv köpt det en gång när Astrid råkat säja, att Hanna sett läng-tanfullt på stenkolspärlorna sist hon var i Fredrikshald.

Hanna grät som alltid när hon blev glad och den långe pojken rodnade. Alri, tänkte han, alri att ho ska få vete va Astrid och jag har för oss i sänghalmen när Henriksen e te Kristiania i affärer.

Det blev en varm och tidig vår. Broman flätade en kont av näver att hänga på ryggen, klädde den med fårskinn och vandrade med dottern på ryggen längs sjöarna. Han lärde henne se, blå-sipporna som försiktigt kröp upp genom fjolårsgräset, mörten som slog i vattenytan, den första fjärilen, molnens vandring i den blå skyn.

Gamla Anna skrattade åt honom, ongen va alldes för lita å förstå sånt tal, sa hon. Men Broman såg nog på glimten i de ho-nungsbruna ögonen att flickan begrep.

Han lärde henne lyssna också:

– Hör hur lommen roper.

Vid midsommartid dog äntligen gamle Eriksson på Framgår-den. Han hade legat som en trästock i sängen i många år, utan tal och förstånd. Ingegerd kom själv till kvarnen med budet, gratulerade till dottern och bad Broman samla släkten i kvarn-stugan till nästa lördag, då allt skulle göras upp.

– Nock fanns dä testamente?

Det var Hanna som frågade men Ingegerd skakade på huve-det, sa att han alri hann mä å skreve inna sjukdomen tog tankera ifrå han.

På lördan redogjorde Ingegerd klart och förståndigt för sina planer. Hon skulle sälja Framgården och dela pengarna lika mellan sig och Hannas bröder. Hanna skulle få ägorätt till kvarn och kvarnstuga och det bohag hon önskade från den gamla släktgården. Vidare skulle hon ta de djur hon ville ha ur lagård, stall och svinhus. Astrid skulle få alla de gamla släktklenoderna, smyckena från farmors och mormors tid.

– Je har haft dom värdera så je vet att Astrids arvslott inte ä sämre än era.

121

Alla fann uppgörelsen rimlig. Bara en sak förvånade dem, oäktingen Ragnar skulle få tusen riksdaler.

– Han ä ju i släkt, både på mors- og farsside, sa Ingegerd.

Broman var nöjd, det var gott att sitta på egen kvarn. Å månge åv djuren kunne de sälje.

– Men du själv. Va ska du ta dej före?

Så fick de veta att Ingegerd fått plats som husföreståndarinna i ett köpmanshus i Stockholm.

Stockholm, det väckte stor förvåning. Dit drog inte utvandrarna från Dal, de va ju så långt, nästan vid världens ände. Ingegerd skrattade, dä va bra mycke närmere än Amerka, sa hon och la till att ho länge hade önsket sej te Sverges huvesta.

– Je vell se kongen, sa hon. Dä känns rätt nu i denne onde tia.

Hon hade papper på allt, redigt skrivna i minsta detalj.

– Läs noge, sa hon. Dä ä vektet att I har förstått för je vell ente ha arvsbråk etter mej.

De läste och satte sina namn på uppgörelsen.

Ingegerd hann knappt utanför dörrn förrän Hanna började vrida sina händer. Hur i allsin dar skulle de få bete te de månge kora og de granne hästera? Broman sa att de nock måste räkne me å sälje en del djur i Fredrikshall. Ragnar feck ta hann om dä, han va ju en duktig affärsman. Hanna såg lessen ut men fick hålle mä när Broman mente att de behövde rede penger.

Själv tänkte han att han skulle komme te å sakne Ingegerd.

Den hösten fick de uppleva ett under i kvarnstugan. Lommen skrek i kvällningen som han brukade och plötsligt sa Johanna som satt i knät på sin far:

– Hö, hö. Ommen, ommen.

Fadern och bröderna jublade men Hanna bytte en orolig blick med Anna. Alri hade de hört tales om en åttamånars onge som kunne prate.

– Je blir alldeles förskräckter, sa Hanna när kvinnorna blev ensamma i köket. Ska dette bety att ho får ett kort liv?

– Nä, dä ä bare skrock, sa Anna. Men hon hade själv under hösten tänkt på det gamla talet om att den Gud älskar dör ung.

Den lilla jäntan var ett sällsynt vackert och klokt barn.

När Johanna någon månad senare tog sina första steg över köksgolvet måste de båda kvinnorna instämma i glädjen.

– Alri har en sett e så försekommen onge, sa Hanna, sliten mellan rädsla och stolthet.

Broman var trött och satt mycket i stugvärmen den vintern. Men den onda hostan satte inte åt honom så illa som förr och han var ljus till sinnes.

– Alri har ja sett en så gla, sa Hanna.

– Alri trodde je att han hade så månge sager og en sådden sångröst, sa Anna.

Johanna skrattade, lika mycket och ofta som Ragnar gjort, och Hanna tänkte, att dä va könstit att de ongera ho fött mä störst smärte va soliest i söskonskara.

"Dä va e gång e fatti torparkäring som feck en onge. Men dä fanns engen som velle bäre ongen te presten, for se dä va så fattit, så folk töckte dä va skam å ha nåt med dom å gära. För dä feck torparn ta sin onge sjol og gå te presten mä'n."

På bredaste mål berättade John sagan om torparen och döden för Johanna. Gång på gång ville hon höra den. Till slut kunde hon den så väl att om han bytte ett ord eller hoppade över ett led rättade hon honom.

– Ho kan ju ente begripe denne könstige berättelsen, sa Hanna.

– Nå begriper ho vel ettersom ho ä så ivri, sa Broman och skrattade när han tänkte på förste gånge han berätte saga om Döen. Då hade Hanna blitt så tagen så ho tappe vattenkitteln i golve. De hänne när torparn geck väjen fram mä ongen å mötte Gud själv som åtog sej å följe mä te prästen. Då sa torparn:

"Je trur ente je vell vete åv däj, för dä du ä e så orättvise far. Somläge ger du så mö, andre så lite, å mäj ha du ente gofve nå. Nä, ajö mä däj."

Det blev stor uppståndelse den gången när kitteln gick i golvet och Hanna fick ligga länge på knä för att få upp allt vattnet. Hon torkade och vred sin trasa och hela tiden skrattade hon.

Också John skrattade.

– Sen, sa Johanna och ögonen lyste, sen så mötte han Fan.

"Jo, Skam sjol, å han frågte han mä om han feck följe mä'n te prästen.

– Å nä, mente torparn, je kan tiss nock komm i dine klör. Ajö mä däj".

124

– Sen, sa Johanna, så mötte han själve Döen!

"Jo, å Döen fråge han mä om han feck gå mä te prästen. Och se, dä feck han för torparn tökte att Döen va en bra kar.

– Du ä åtminstene like mot alle, håcke han ä riker häller fattiger, sa torparn."

John drog ut på berättelsen, den gjorde en avstickare in i skogen innan den förde torparen och Döden till prästen där de fick barnet döpt.

– Nu kommer dä underbare, sa Johanna. Och det gjorde det, för Döden bjöd torparen hem till sig:

"Nu ska du följe mä mäj hem å se hofle jä har'et."

När de kom till Dödens hus blev torparn bländad.

"För där brann en sådden mängde mä ljus, dä va ett för var levane menske som fanns på jorla. Å ett for torparns nye onge mä."

– Vänte, far, vänte, viskade Johanna för hon ville stanna länge i Dödens hus och leta rätt på sitt eget ljus, försäkra sig om att det var högt och brann stadigt. Mors ljus var också rejält. Men fars kunde hon inte hitta.

Sagan slutade med att Döden tog torparn i sin tjänst och lärde honom hur han skulle bota folk och när han skulle säja att det inte var lönt att tänja på livet längre. Torparn blev berömd och rik och levde gott ända tills hans eget ljus brann slut och slocknade.

– I Döens hus, sa Johanna och rös av vällust.

— Je töcker du ska rese, sa John till Hanna. Ingen kan vete när I kan mötes igen, du å Astrid.

— Ä dä så ille?

— Ja. Ta flecka mä, för ho ä nå å vise.

Hanna nickade, dä va så sant som dä va sagt.

Ragnar var hemma på kort besök innan han skulle fara till Fredrikshald för sista gången, ta farväl och packa ihop sitt. Från Fredrikshald skulle han vidare till Vänersborg för att bli rekryt vid Västgöta-Dals regemente. Tolv månaders värnplikt!

Han var glad att slippa ut ur Norge. Det var i maj 1905 och den norska regeringen hade avgått. När kungen i Stockholm vägrade godkänna avsägelsen förklarade stortinget, att kungamakten för Norges del upphört samt att unionen var upplöst. I Sverige kallades det för revolution. Norrmännen förstärkte sina gränsfästningar.

I tidningen läste John Broman att det svenska folket var fyllt av rättmätigt raseri. Men här i gränsbygderna hukade människorna i skräck för vad som skulle ske även om det hördes en och annan spydighet om de stortrutade norrmännen.

Hanna hade inte tagit det myckna talet om unionskrisen allvarligt, hon hade som hon brukade nog med vardagens bekymmer. Men när hon fick se hur det vimlade av soldater vid gränsen och inne i Fredrikshald blev hon rädd. Än mer skrämmande var det att möta Astrid som fladdrade runt som en instängd fågel, alltför nervös för att sitta stilla och samtala. Det stod illa till mellan henne och fiskhandlarn också, han hade

126

kommit att hata allt vad svenskar hette.
– Ja kanske ska följe me dej hem, sa Astrid till Hanna.
– Töjs, sa Henriksen. Nå är du norsk og hjemme i Norge. Är
du redd for krigen så är du tryggere på denne sia. Mot Ragnar
var han kort och ovänlig. Men han tog svägerskan och hennes
lilljänta med till Fredrikstens fästning för att visa hur ointaglig
den var.
– Der skjöt vi'n, svenskdjævelen, sa han.
Bara två dar varade besöket. När de passerade gränsen drog
Hanna en suck av lättnad och sa till Ragnar:
– Je fatter ente hur du stått ut.
– De har inte vart lett.
Hanna såg förvånad att han rodnade.

Ragnar hade ett kort samtal med John Broman innan han fort-
satte söderut mot Vänersborg.
– I måste ställe i ordning grotta, far.
Men John skakade på huvudet.
I augusti fick Ragnar sin första permission. Nu förhandlades
det i Karlstad och svenskarna krävde att norrmännen skulle riva
inte bara befästningarna längs gränsen utan också Kongsvingers
och Fredrikstens gamla fästningar.
– Di e galne, sa Ragnar, som kunde berätta att utlandet höll
på Norge, att England förklarat att man skulle erkänna landet
och att Ryssland och Frankrike meddelat att de "högeligen ogil-
lade" Sveriges krav angående de båda fästningarna.
Det var nu han fick iväg sin familj till grottan.
Bara några veckor senare hade man nått en överenskommelse
i Karlstad. Gränsbefästningarna försvann, folk på båda sidor
suckade av lättnad och Bromans konservativa tidning citerade
vad Hjalmar Branting skrivit i Socialdemokraten redan i våras:
"Den 27 maj 1905 avled kungaunionen mellan Norge och Sve-
rige i en ålder av nittio och ett halvt år. Det som nu återstår är be-
gravning och bouppteckning. Vi måste skiljas i fred som bröder."
– Vi skulle ha haft Socialdemokraten så hade sömmern känts
lugnere, sa John till Hanna.

127

– I ä ente klok. Då skulle folk skälle oss för socialister!
– Va mej beträffer ä dä ente så fel.
Hanna stirrade länge på sin man innan hon fann ord:
– Så I ä bå gudsförnekere og kongemördare?
– Var har du hört sån dritt, sa John och skrattade.
Johanna, som satt på golvet med sin docka, skulle inte glömma ordväxlingen.

Det var inte bara John Broman som ägnade all sin fria tid åt flickan. Också gamla Anna tog sig an henne, lärde henne kvinnosysslorna och berättade bygdens alla märkliga historier för henne.

På det sättet blev det liten plats för Hanna i dotterns liv. Åt henne lämnades endast uppgiften att lära flickan veta hut och lyda. Det gjorde hon med besked. Någon förtrolighet mellan mor och dotter blev det inte.

Johanna var fem år när hon lärt sig läsa och skriva. När Hanna upptäckte det blev hon rasande. Va skulle folk säje? Ho vesste nock hur trutera geck när dä gällde de annorlunda og försikomne. Og va skulle lärarinna göre mä ongen när ho kom te skolen?

Broman sa till henne å hålle mun. Men han insåg att det låg något i hustruns tal. Eftersom han hade ett vänskapligt förhållande till den nya lärarinnan sökte han upp henne och förklarade hur det låg till med Johanna.

Lärarinnan, som var så ung att hon ännu trodde på sin uppgift, skrattade bara och sa att detta med den läskunniga flickan var ett roligt problem. Och inte var hon en sämre lärare än att hon kunde sysselsätta barnet medan hon slog in bokstäver i huvudena hos de andra nybörjarna.

– Hon får teckna och måla, sa hon. Och så får jag väl leta rätt på böcker som hon kan läsa för sig själv under skoltimmarna.

John var belåten. Både han och lärarinnan glömde att räkna med de andra barnen. Johanna fick det svårt, hon blev ensam, illa omtyckt och utsatt för många förargligheter. Och snacket gick i bygden, just som Hanna förutspått.

Men flickan teg om skolplågan. Mor skulle bli ilsk og dä geck å uthärde. Men ente att far skulle bli lessen.

När Johanna just fyllt sju år dog Anna. Döden kom utan plåga. Hon hade haft ont i bröstet några dar och en lördagskväll såg Hanna henne reda sig en medicin som skulle lindra. Hanna iakttog med förvåning hur stora mängder av belladonna och bolmört blandades i drycken.

– I tar vel ente i för mycke, sa hon.

– Nock vet je va je gör, sa den gamla.

På morgonen fann de henne död. Hanna stod vit och stel vid sängen, pojkarna hulkade och snorade. John Broman var blankögd och högtidlig där han stod med Johanna i famnen.

– Nu ä ho hos Gud, viskade barnet och John nickade och sände en sträng blick till Hanna, rädd för att hon skulle ta trösten från flickan. Hanna såg inte blicken, hon var upptagen av konstiga tankar. Men hon sa aldrig ett ord till någon om drycken som den gamla ställt i ordning kvällen före.

En dag i snösmältningen fick folket i mjölnarstugan vara med om en händelse som ingen skulle glömma. Det var vid middagsmålet som Broman plötsligt slog i näven i bordet och röt: Töst! I tystnaden kunde de höra bullrandet, brummandet, gnisslet. John och pojkarna rusade ur stugan i skräck för vad som kunde ha hänt med kvarnen.

Dammlucka!

Men det var inget fel på dämmet, de blev stående på backen och kom samtidigt underfund med att bullret kom från vägen, långt borta.

Det kom närmare.

Hanna tog skräckslagen Johanna i famnen och tänkte på Fan själv, han som på den ytterste dan skulle komme farende i sin ellvagn för å hämte de lee menskera te Helvitte.

Ett slags eldvagn var det. Det såg dom när åbäket kom farande över backkrönet med en fart som om det skjutits ur en kanon. Men det var inte djävulen som styrde, det var Ragnar som körde rakt in på backen, bromsade så att det gnisslade och tutade som en galning.

Sen blev det tyst, där de stod med runda ögon och öppna munnar tyckte de att det aldrig varit så tyst i Norskvattnet som i denna stund.

– Dä ä en bil, sa Broman. Pojkfan har skaffet sej bil!

Sen började han skratta och när Ragnar klättrat ner från åbäket skrattade far och son så att tårarna rann.

Till slut hade Ragnar hämtat sig såpass att han kunde säja:

– Nu morsan vill ja ha nå i magen. Ja e hungrig som en varg.

Hanna gick på darrande ben in för att värma den kallnade middagsmaten allt medan bröderna surrade som bin runt fordonet.

– Har du köpt den för egne penger, frågade Broman.

– Ja. Ja har spart varenda riksdaler sen ja börja slita för fiskhandlarn. Å allt som ja tjänt på byggena i Göteborg. Så feck ja arvet. Nu ska bilen försörje mej.

John vågade inte fråga vad den kostat. Tusen, flera tusen?

Ragnar åt och förklarade, med mat i mun, men Hanna vågade inte tala om bordsskick. Stan vid Göta Älvs mynning växte. Fredrikshald är bara en bonnby i jämförelse me storstan vid havet. Det var gott om folk som byggde hus och fabriker men svårt å få fram virke, tegel å murbruk.

– Transporterna följde inte med utvecklingen, sa han. Hästar å kärrer blockerade vägarna. Bilen var lösningen. Han kunde få hur mycket arbete som helst.

Hanna förstod i stora drag vad han sa men blev sittande med frågan: va i allsin dar va dä för språk han snacke.

Till slut sa hon det och Ragnar skrattade igen och svarade:

– Svenska, mor. Ja har äntligen lärt mig att tala svenska.

– Du låter som dä står i böckera, sa Johanna djupt imponerad.

På eftermiddan skulle de på utflykt, bestämde Ragnar. De fick ta några gamla halmmadrasser och göra det bekvämt för sej på flaket.

131

– Mor får sitte i hytten å ha flicka i knät.

Men vid det laget hade Hanna blivit sig själv igen:

– Je sätter mej alri i de där fanskape. Og ente min onge heller.

Så det blev John som satte sej i hytten medan bröderna klättrade upp på flaket. Johanna knep ihop om gråten och Ragnar som såg det viskade i hennes öra:

– En annan dag, flicka lilla. Inte reser ja härifrån förrän du har fått din biltur.

När de kom tillbaka efter någon timma pratade de i mun på varann om hur bönderna tappat haka och målföre, käringar skrikit av skräck och ongar av förtjusning. Alvar Alvarson hade lyft på mössan när Broman steg ur bilen för att hämta sin tidning och självaste prästen hade kommit fram för att studera fordonet.

– Jag visste ju att den skulle komma även till dessa avlägsna trakter, hade han sagt. Men jag anade inte att det var så bråttom.

Allt detta tal behagade Hanna, det syntes. Och när Ragnar sa att i morgon får I å Johanna allt följe med, sa hon:

– Je ä ju ente sämre menske än je kan ändre mej.

Nittonhundratio kom våren med mjuka steg till Dalsland. Hon gjorde inte som hon brukade, tog långa kliv och ångrade sig. Nej hon smög så försiktigt att inte ens blåsipporna behövde frysa om fötterna.

Staren anlände tidigt och fann hemmet i norr vänligare än vanligt. Regnen föll, solen sken och vitsipporna avlöste blåsipporna. En morgon i maj blommade lönnarna och Norskvattnet sveptes in i honungsdoften.

John Broman var tröttare än vanligt där han strövade med sin flicka i skogen. Men det var kroppen som var trött, hans sinnen hade aldrig förr ägt sådan skärpa.

Tillsammans såg han och Johanna hur flyttfåglarna kom och tog sina gamla ställen i besittning. När svalorna byggde lerbon i branterna vid Ulvklippan hade lommen redan ägg och pilgrimsfalken ungar.

Han var lycklig och flickan la på minnet.

Det var den våren som Johanna blev en religiös människa. Hon skulle förbli det. Även som socialist och gudsförnekare.

Det dröjde till in på sommaren innan John drog slutsatser av den egendomliga upprymdhet han befann sig i, att det var döden och livet som stämt möte inom honom. Han kunde få för sig att de drack varandra till som goda kamrater för den känsla som spreds i hans kropp påminde om det lätta ruset när man tar första supen.

Han blev inte rädd när han förstod sammanhanget där han satt vid bäckfåran och såg Johanna dricka sig otörstig i det

133

skummande vattnet. Han blev lättad. Och sorgsen. Men sorgen var inte av den tunga sorten, den var blå som vemodet, det som ger världen djup.

Rätt ofta under veckorna som följde försökte han sig på en sammanfattning. Nån gång kom han fram till att livet varit hyggligt mot honom och att han i stort skött sig som han skulle. Andra dagar skrämde slutsumman honom. Full av ruelse tänkte han på modern som han inte sett på tjugo år. Och på sina söner som han försummat och pressat till arbete, alltför hårt för växande kroppar.

Och så var det Johanna, flickan som skuttade runt honom på strövtågen i skogarna och längs sjöarna. Kanske hade hans kärlek varit självisk och barnet dåligt rustat för det hårda livet?

Johanna, åtta år. Just så gammal nu som första flickan varit när hon dog. Den här tösen skulle leva, välfödd och frisk som hon var.

Tack vare Hanna.

Han tänkte på Hanna. Förvånad insåg han att hustrun var den enda som han inte stod i skuld till. Inte för han varit en alltigenom god husbonde, nej, nog hade sånt hänt som han ångrade. Men han slapp känna skuld för det fanns inga förebråelser i hennes sinne.

Han begrundade detta en lång stund och kom till slutsatsen att den som väntar sig orättfärdighet inte samlar på orättfärdigheter.

Sen var det förstås allt med det jordiska. Det måste ordnas och han kunde lita på Ragnar. Kvarnen var värd en del trots att den oftast stod stilla nu när gårdarna las öde runt om i bygden. Men John hade fått ett förvånansvärt anbud.

Så var det arvet från Värmland.

Plötsligt slogs han av förvissningen att hans mor skulle dö när hon fick veta att han lämnat livet.

Han måste skriva ett brev till Ragnar, de behövde ha ett långt och utredande samtal innan det blev försent.

Hur bråttom var det?

134

Ragnar kom i slutet av juli. I bilen hade han en kvinna, stadsblek och blyg.

– E vela, sa Hanna.

Men Johanna sa att Lisa var snäll.

– Ho har sybehörsaffär i Göteborg så lika veli som ho ser ut kunne ho ju knappt va, sa Hanna till John. Och han, som sett från början att Lisas undergivenhet endast gällde Ragnar, att hon var en av dessa stackare som älskar för mycket, sa till sin hustru:

– Du får passe dej, Hanna, så du ente blir e le svärmor.

Men orden föll inte i god jord. Ingen av Hannas svärdöttrar skulle duga åt hennes söner.

John hade gjort i ordning på vindskammarn, ställt upp slagbordet och samlat alla sina papper. Till hustrun hade han sagt, att han bett Ragnar komme för å hjälpe honom skreve testamente. Å att han velle att ho skulle va mä när de geck igenom allt. När han såg hennes ögon svartna försökte han lugna. Dette va ju va varje husbonn som fyllt sextifem måste göre.

Hon hade inte svarat, hållit sin envisa hand över mun, vänt och gått med stela rörelser nerför trappan.

Ho vet, hade han tänkt.

Hanna sa inte mycket vid bordet där Broman, Ragnar och hon blev sittande en hel eftermiddag. Inte ens när Ragnar sa, att om det värste skulle hände måste mor och barna flytte te Göteborg.

– Va tror I om de, mor?

– Je måste tänke.

– Här ä engen framti för pojkera, sa Broman. De kan ente försörje sig på kvarn, dä vet du. Å je vell ente att du blir sittende ensammen i ödemarka.

– I kan ju försöke leve e tag te, sa hon men ångrade sig genast. Ragnar såg länge på sin styvfar. I den stunden stod det klart för honom att Broman ville komma undan innan vintern och hostan satte in.

Det stack i halsen på Ragnar.

Men Broman fortsatte som om inget blivit sagt. Nu var det dags att tala om anbudet.

135

Förre hösten när Hanna vart på skogen för å plocke lingon hade en ingenjör frå Distributionsföreningen i Ed sökt upp Norskvattnet, stått länge å sett på forsen, ja te å mä bett John öppne dammlucka. Sen hade han sagt att de kunne tänke sej å köpe stället. Fem tusen riksdaler skulle de betale. Kontant.

– Varför har I inge sagt?

– Je velle ente oroe dej.

Hanna teg. Ragnar sa att han skulle ta kontakt med foreninga i Ed. Hans röst sa att han var lättad.

Så var det detta med Värmland. John visste inte hur mycket gården däruppe kunde vara värd:

– Dä börjer bli ödebygd där som här, sa han. Men mor min kan ente leve länge te, ho ä nittioåtta nu. Du Ragnar får åta dej å hålle förbindelse mä mi söster Alma. Ho å hennes kar ä hederlit folk å kommer ente å lure er på arve.

Han sa inget om sin förvissning att modern skulle ge upp när hon fick budet om sonens död.

Nästa förmiddag skrev Ragnar testamentet med ovan handstil och dålig stavning. Det var bara de talade orden han hade lätt för.

– Vi får be Lisa skriva rent, sa han och föräldrarna nickade. Broman tvekade men vågade slutligen fråga om dä va geftermål på gång. Ragnar rodnade och sa att de nock lutade åt det hållet.

Till och med Hanna fick erkänna att testamentet blev fint, att Lisa skrev som en präst. Smen kallades för att tillsammans med Lisa bevittna.

När Lisa packade bilen på eftermiddagen såg hon Ragnar stå länge och hålla styvfaderns båda händer i sina. John var blankögd, Ragnar grät. Hanna såg också på de båda och mindes den gången för många år sedan när den främmande mjölnaren räckt handen åt horungen och sagt: "Godda, je hetter John Broman."

När den första höststormen rev löven av träden hostade John Broman ihjäl sig.

Det var första och enda gången barnen vid Norskvattnet fick se sin mor gråta. Hanna själv var förvånad. Alri hade ho trott att dä fanns så möcke vatten i hennes huve, sa hon. Hon hulkade och grät genom dagar och nätter alltmedan hon styrde och ställde för begravningen.

Ingen i stugan ägnade en tanke åt Johanna som rörde sig konstigt och frös ohyggligt.

– Men kvicke på då, flecka, kunde Hanna skrika när nåt ärende skulle utföras. Bara nån enstaka gång såg hon att flickan frös, kände på hennes händer och sa:

– Du får ta stortröja på dej.

De la aldrig märke till att flickan inte sa ett ord.

Först när Ragnar kom blev det uppenbarat:

– Johanna har blitt stum, skrek han. Har I inte märkt det, mor!

Hanna skämdes, Ragnar gick kring stället med flickan i famnen, pratade, lockade. Hon blev varmare men ville inte se, varken norsksjöarna, forsen eller storsjön. Och han fick henne inte att gråta eller tala.

Inne i stugan bakade Hanna vetebröd och kakor medan Lisa dukade för begravningskalaset. Ragnar gick rakt fram till henne med flickan och sa:

– Vill du försöka, Lisa.

Lisa orkade inte bära barnet, men flickan la handen i hennes när de gick mot stallet där Broman låg lik. Hanna ville skrika och förbjuda men Ragnar röt:

137

– I tiger, mor.

Lisa drog lakanet från den dödes ansikte och sa:

– Johanna. Det som ligger här är inte far din, det är bara hans skal. Själv väntar han på dej i himlen.

Det räckte. Johanna grät i den främmande tantens famn och slutligen kunde hon viska att hon nog tänkt så själv.

De stod där länge. Sen sa Lisa att hon ville att Johanna skulle följa med henne till Göteborg så fort begravningen var över. De två skulle få det bra tillsammans medan de väntade på att mor och bröderna skulle komma efter.

Och så blev det. Dan efter begravningen körde Ragnar Lisa och Johanna till tåget. Själv sökte han upp ingenjören på Ed. Sen skulle han återvända till modern och bröderna.

– För att rede upp det värsta, sa han.

Det gick över förväntan på Distributionsföreningen, köpet skulle bli av redan till våren. När Ragnar körde den eländiga gamla vägen norröver längs sjön var han belåten. Men mest tänkte han på, att han nu hade förstått vad Broman sagt vid avskedet: "Du får löve mej å ta hann om Johanna. Ho ä av annen sort, ser du."

Johanna satt på tåget i knät på Lisa och tänkte att det nya hemska livet just hade börjat här i vagnen som rusade genom mörkret och tjöt som ett vidunder.

Redan morgonen efter Johns död hade Hanna sänt Erik med bud till Alma i Värmland. Han kom hem och var storordig när han beskrev hur ståtlig Brogården var, hur många åkrarna och hur vidsträckta betesmarkerna.

Om dä hade John alri sagt ett ord, tänkte Hanna. Men je fråga'n ju ente heller.

På kvällen samma dag som Ragnar rest bultade det på dörren. Där stod en man hon aldrig sett förr, han var värmlänning och sa att han var Almas svärson. Nu kom han med budet att den gamla på Brogården dött på söndan. Kunne de komme te begravninga?

Hanna stekte fläsk och tog fram bröd medan främlingen ställde sin häst i lagårn. Erik tände brasa i vindskammarn och Hanna värmde sängkläder till gästen. Morgonen därpå sa hon, att ho tänkt att ho skulle sände sine två äldste söner te begravninga. Själv hade ho ente där å göre, sa ho.

Mannen nickade som om han förstod och de skildes som vänner.

När han rest satt Hanna länge stilla på fållbänken i köket och begrundade det märkvärdiga att den gamla dött på dan en vecka efter sonen.

Onsdagen den tjugoandra april nittonhundraelva gick Hanna till granngården för att säja ajö till släktingarna som flyttat in från Norge under unionskrisen. Med sig hade hon korna, grisen och de fem fåren. Det var en tung vandring och det hjälpte inte mycket att Olssons på Kasa betalat hederligt för djuren.

Från Kasa fortsatte hon till prästen för att ta ut flyttningsbevis till Haga församling i Göteborg. För sig och sina fyra barn. De växlade inte många ord. När hon sa ajö tänkte hon att han hade krömpt, prästen, sen han överraskandes hade slute mä brännvine.

Allra sist gick hon till smen och hans hustru. De var gamla nu och hade tagit emot nyheten om kraftverket med förskräckelse. Hanna drog inte ut på besöket längre än nödvändigt. Men på tröskeln sa hon, att dä blir litte over, matter og annet, som ente ska mä te Göteborg. Ho skulle lägge dä unner visthusboa og de kunne ta sånt de hade användning för.

Smefrun lyste upp, sniken och nyfiken. Så när Hanna gick över gårdsplan till kvarnstugan tänkte hon, att ho nock skulle se te att dä ente ble så värst möcke over te Malin. Men sen mindes hon Ragnars ord:

– Ingen gammel skit på flyttlasset. Ta bara med de nödvändigaste.

Detta var ett yttrande som sysselsatt Hanna så till den grad att hon inte hann sörja avskedet från Norskvattnet eller oroa sig för framtiden. Vad i allsin dar var dritt av allt hon samlat under årens lopp?

Hon slängde alla trasmattor, Bromans kläder och de två ut-dragssofforna i köket. Det senare skulle hon få ångra. Värmlandsmöblerna skulle hon ha med. Säjer han ett ord om finsoffa får je ryta åt en, tänkte Hanna.

Men när Ragnar kom med bilen sa han bara:

– I får svårt å få rum med soffa, morsan. Men I kan kanske sälja den och få bra betalt.

När allt var lastat och surrat på flaket och pojkarna gjort det så bekvämt för sig som möjligt var stod Hanna kvar på gårds-planen och såg på stugan, forsen och den långa sjön. Sen sucka-de hon tungt och när hon tagit plats bredvid Ragnar i förarhytten hulkade hon.

– I gråter väl inte, mor?

– Ente då, sa Hanna men tårarna rann.

– Om nåt år åker vi hit på besök.

– Nä pojk, je ska alri hit igen.

När de kommit en bit på väg frågade hon om Johanna, hur hon redde sig där hos Lisa i storstan.

– Hon är ju inte så gla som förr. Men hon är nöjd å har fäst sej vid Lisa.

– Kan en tänka, sa Hanna kort.

Sen teg de resten av slingervägen längs sjön till Ed. När kyrk-tornet dök upp sa Hanna:

– När ska ni gefte er, du og Lisa?

Han rodnade och rösten var isig när han svarade:

– Lägg Er inte i sånt som I inte har me att göra.

Då blev Hanna arg:

– Ska e mor ente ha rätt å vete när barna gefter sig?

Ragnar hade ångrat sig men stod ändå fast.

– Det är annorlunda i storstan, morsan. Där bryr man sig inte om när folk som tycker om varandra bor ihop utan å gifte sig.

– Dä ä möcke nytt för mej å läre, sa Hanna häpet.

– Ja, nog får I lära om i det mesta, mor.

De lämnade Ed och nu var Hanna i okänt land. Längre än så här hade hon aldrig varit. Vid Vänersborg gjorde de rast och åt sina

141

medförda smörgåsar. Hanna stirrade ut över Vänern, såg vatt-
net möta himlen långt borta.

– Ä dä have?

– Nej, morsan. Havet e allt mycke större än så här.

Han skrattade åt henne så hon ville inte fråga mer. Men hon
hade svårt att förstå hur något vatten kunde vara större än detta.
Hon teg hela vägen ner genom älvdalen, svarade inte när han sa
att nog är det ett grant landskap, detta också.

Inte förrän de rullade in i stenstan återfick hon målföret:

– Nå sånt hade en alri kunne drömme om.

De kröp mellan hästkärror, folk och bilar fram till Järntorget.
För att imponera på modern och bröderna tog han omvägen
över Linnégatan med sina ståtliga fasader, rundade Skanstorget
och tog Sprängkullsgatan ner mot Haga Nygata.

– Ä dä marken ettersom dä ä så möcke folk?

– Nej, det e allti så här.

– Herreduminje, sa Hanna men hon var inte rädd, snarare
upplivad. Och när de slutligen körde in genom gårdsporten till
landshövdingehuset sken hon som solen.

– Så . . . så gentilt, sa hon. Var ska vi bo?

– Däruppe, sa han och pekade. Mot himlen, tyckte hon.

– Tre trappor upp och utsikt mot gatan, sa han stolt. Lisa har
satt upp nya gardiner så ni kan skyla er.

– Dä va hemskans snällt, sa Hanna som bekymrat sig för gar-
dinerna. I nästa stund kom Johanna springande ur en av de
många dörrarna.

Hanna stod länge och såg på flickan, tänkte: Ongen min,
ongen min. Sen sa hon:

– Så fin du ä!

– Jag har fått nya kläder, stadskläder. Lisa har sytt.

Hanna såg inte gla ut men ansträngde sig för att tänka att je
måste läre att töcke om'na, den snälle mensken.

Nyfikna ögon stirrade på dem ur fönster och portar när de bar
upp möblerna. Vi ser bondska ut, tänkte Hanna, skämdes och
ville bort ur blickfältet. Ändå måste hon fråga vad det var för
slags långa hus som kröp under kastanjerna på den stora gården.

142

– Det är dass å bodar. Varje familj har sitt med egen nyckel.
– Så gentilt!

Man steg rakt in i köket och dä va ett rejält kök med järnspis, en sån som Hanna beundrat hos Astrid i Fredrikshald. Så fanns diskbänk, avlopp och vatten. Hanna hade hört talas om detta märkvärdiga som kallades rinnande vatten och nu stod hon där och vred på kranen och stängde.
– Tar dä allri slut?
– Nä, morsan, de tar aldri slut.
– Jösses!
Det fanns kakelugn i rummet och blanka furugolv, det var herrskapsfint, tyckte Hanna.
Men det märkvärdigaste av allt och det de skulle prata om och skratta åt många år framöver var ljuset. Det var lyckligt nog inte Hanna som dummade sig den här gången, det var John.
– Dä skymmer, mor. Je måste ränne ner og hämte fotogenlampa.
– Inte då, sa Johanna. Titta, man gör bara så här. Och så vred hon på strömbrytaren på väggen innanför köksdörrn och ljuset flödade över dem.
När Hanna hämtat sig från sin förvåning tänkte hon att dä va bra att Ragnar inte fått se hur de stått här och gapat. Han hade gått ut för att köpa mat och hämta Lisa. De kom med varm soppa som Lisa kokat, bröd och smör som Ragnar köpt.
– Välkomna till stan, sa Lisa.
– Du ä allt e snälle menske, sa Hanna. Tack för gardinera. Og för att du klätt flecka så storslage.
Lisa sa att det bara varit roligt.
– I morgon da får vi skaffa nya kläder till Er också, svärmor.
– Je behöver nock all hjälp je kan få, sa Hanna till Lisa som inte begrep vilket otroligt yttrande detta var.
Men sönerna blev rädda. Aldrig hade de hört mor säja nåt liknande.

Så inrättade de sig i enrummaren i landshövdingehuset. Pojkarna fick en utdragssoffa i det stora rummet och August en modern säng som kunde fällas ihop och ställas i garderoben. Mitt på golvet tronade ett stort runt bord, modernt det också. Och det passade ihop med de gamla stolarna från Värmland, ansåg Hanna.

Hanna och Johanna sov i köket. Det var här fållbänken från Dalsland skulle ha gjort tjänst. Hanna tröstade sig med att också nya kökssoffan var modern.

– Dä ä hemskans hur pengera rinner mella fingrera på mej, sa Hanna till Ragnar. Han tröstade:

– Du har råd, morsan.

När hemmet stod färdigt bjöd Hanna grannfruarna på kaffe och en orimligt dyr köpetårta. Det brukades så, sa Lisa. Hanna hade ny köpeklänning. Modern. Det var folk av alla de slag, de vojade svårt när hon sa att hon just blivit änka och de retades inte för målet hon talade.

– Ni kommer från Norge?

– Ente akkurat, sa Hanna. Vi ä allt svensker men vi har bott mett på gränse. Og far min va frå Norge og söster mi ä norska.

Hulda Andersson som bodde svalelag var inte så olik Hanna till sättet. De två kom strax på god fot. Dan efter kalaset sa Hulda:

– Är du rik eller måste du arbeta?

– Dä ä klart je måste ha arbet.

– De behöver folk på Asklunds ångbageri vid Risåsgatan. Jag arbetar själv där. Du kan la baka?

Hanna storskratta och sa att om dä ä nå en lär som mjölnerfru så ä dä te å bake.

144

Så kom det sig att Hanna blev bagerska. Det var ett hårt arbete. Hon måste börja varje morgon klockan fyra. Men det var bra för hon slutade klockan två på dan och fick på det sättet god tid att sköta hemmet.

Första maj stod hon på Järntorget och såg de röda fanorna vaja över det marscherande folket, som sjöng: Upp trälar . . .

Hanna blev rädd.

– De ä ente kloke, sa hon till Hulda som höll med henne.

Än mer förskräckt blev hon en morgon då de två bagerskorna sneddade över torget och mötte några utspökade fruntimmer med rödmålade munnar.

– Va va dä däre för sort?

– Horor, sa Hulda. Dom säljer sej till sjömännen i hamnen och är la på hemväg nu.

Det dröjde länge innan Hanna vågade fråga.

– Mener du att de har e ny kar varevige natt?

– Nä, dom måste ha flere på e natt. Annars går affärera inte ihop.

Hanna saknade ord, det var tomt i hennes huvud.

Men det som gjorde djupast intryck den här första tiden var mannen som anställde henne på bageriet. Inte för att han var otrevlig, bara högdragen, och det hade han rätt till, så fin som han var.

– Hur var namnet?

Det dröjde en stund innan hon fann svaret:

– Hanna, Lovisa, Greta . . . Broman.
– Gift?
– Men karen min ä dö.
– Änka alltså, sa mannen och skrev.
– Född?
Hon teg, nåt så orimligt hade hon aldrig hört. Han fick upprepa:
– Var och när är ni född, människa?
Hon kunde både årtalet och socknen och sen var hon anställd, fick vit rock på sig och ställdes att fläta vetekransar. Det gick undan och blev prydligt så förmannen såg belåten ut.

Hon kom snart att trivas med värmen och kvinnopratet i det stora bageriet där skvallret gick så snart förmannen lämnat dem. Här var många kvinnor lika henne, bondhustrur och torparkäringar, som talade mål som var ännu fulare än hennes. Och som hade det värre än hon med många småbarn därhemma.

Men förhöret glömde hon aldrig, hon upprepade det för sig själv varje kväll en lång tid efteråt: Namn, gift, född? Det kändes som om hon ramlat rätt ner i jättegrytan i Ulvklippan. Vem i allesie dar va ho när engen vesste att ho va Hanna Augustdotter frå Bråten, ho som va dotterdotter te rike Erik på Framgården og som ble mjölnerfru ve Norskvattne?

Som tur var var hon inte lagd för grubbel. Men känslan av att ha tappat fotfästet fick hon mota bort många gånger under de närmaste åren.

Bageriet var stort som ett slott men byggt som en fästning runt en stor gård. Alla fyra längorna var tre våningar höga, klädda med tegel och smyckade med gröna täljstensfigurer. Här fanns bageriavdelningar för knäckebrödet "Delikatess", spisbrödsbageri, ett bageri för de finare bröden och så småbrödsbageriet med vetekransar och wienerbröd.

Finast av allt var den stora butiken i hörnet Öfre Husargatan och Risåsgatan.

Det var mycket för Hanna att begripa och omfatta och hon kände det ofta som om det inte fick plats i hennes huvud. En dag frågade Hulda förmannen om hon fick visa Hanna kvarnen

högst upp i borgen. Här fanns en mjölnare och en hel rad mjöl-
nardrängar och här blandades mjölet för olika brödsorter och
siktades.

– Var tar de krafta, viskade Hanna och fick höra om ångma-
skinerna som mullrade dygnet runt och om dynamon som för-
vandlade kraften till ström.

Broman sku ha svimma öm han sett dä här, tänkte Hanna.

Men det märkvärdigaste av allt fanns på andra våningen och
där blev Hanna stum. Här stod den ena väldiga degknådningsma-
skinen vid sidan av den andra och gjorde det tunga kvinnoknoget.
De åkte hiss ner och också det skrämde henne.

Sönerna hennes velade runt i stan och fyllde tomheten med
brännvin. Just som fadern gjort. Men rädslan lät sig inte drivas
på flykten med sådana medel.

Ragnar skaffade dem jobb på byggena där de blev hånade för
sitt konstiga mål och sina fina mjölnarhänder. Då lämnade de
arbetet, gick hem och stärkte sig med en ny fylla. När det blev så
illa att de inte steg ur sängarna på hela dan tog Ragnar itu med
dem på allvar. De hånskrattade åt honom, det blev slagsmål och
Hannas fina värmlandsstolar blev kaffeved.

– Aldri, skrek Ragnar, aldri hade ja trott att ni va så in i helvete
bortskämda. Skäms ni inte. Låta morsan försörja er, vuxna karlar.

Sen kastade han ut dem på gatan, gick sin väg och låste dörren
på utsidan.

Hanna hade aldrig varit så rädd som den natten när hon gick
inlåst och ensam i lägenheten och försökte röja upp efter slags-
målet. Johanna hade Ragnar tagit med sig till Lisa, sagt:

– Nu får tösa bo hos oss tills I får ordning på Era förbannade
pojkar.

När han kom tillbaka på söndagsförmiddagen var han lugnare:

– Va ska vi ta oss te, morsan?

– Du får börje mä å släppe ut mej så je får ge mej sta og lete
rätt på dom.

– Gå till polisen. De troliga e att dom sitter där. Polisera tar
hand om alle fyllbultar som drar runt stan.

147

– Goe Gud, sa Hanna men skakade på huvudet, ho vesste ju bättre än de fleste att Gud ente var god. Så hon kammade till sig, tog på bästa klänningen och den nya hatten och gick till stationen på Södra Allégatan. Där satt de bakom galler. De fick skriva sina namn på papper innan hon fick ut dem.

De skulle betala böter.

– Händer det en gång till blir det tukthus, sa överkonstapeln när de gick.

I fortsättningen tog Ragnar med sig John, den äldste och starkaste, på lastbilen.

– Nån större lön har jag inte rå att betala dej. Men super du i arbetet slår ja ihjäl dej.

De två andra gick till sjöss.

– Där får ni lära er å veta hut, sa Ragnar.

Hanna vågade inte invända men hon jämrade i sömnen om nätterna, av oro för sina söner. Och den oron fick hon dras med ett helt långt år. Men de överlevde, kom hem och var grövre, tyngre och allvarligare. Och de fick stadiga arbeten, gifte sig så småningom och söp endast om helgerna.

Hannas liv blev ensamt. Flickan hölls mest hos Lisa. Med John som bodde hemma blev inte många ord växlade. Men hon hade sitt svalelag och till Hulda Andersson sa hon, att hade je ente haft dej kunne je blitt rent tosi.

Med Lisa blev hon aldrig förtrogen. Men hon fick en möjlighet att tacka för hjälpen hon fått av svärdottern. Som ju inte var riktig sonhustru eftersom Ragnar vägrade att gifta sig.

Lisa blev med barn. Hon sökte upp sin svärmor och jämrade erbarmligt, tyckte Hanna som åtog sig att tala med Ragnar. Vad hon sa under det långa samtalet i köket fick ingen veta men nog var det tal om horungar och det hemska med att döma sitt eget barn till ett liv i skam.

I vart fall sa Ragnar till Lisa, att vi gifter oss väl då. Men du får ta mej som ja e å du vet att ja inte e å lita på när det gäller fruntimmer.

Lisa var tacksam.

148

Hanna sörjde de fina värmlandsstolarna men tog med Huldas hjälp fram soffan. Den fick egentligen inte plats men både hon och Hulda tyckte det blev gentilt.

När sönerna kom hem använde de sidensoffan till att slänga sina lortiga arbetskläder i. Hanna stönade och skällde på Johanna som inte plockade i ordning efter pojkarna. Flickan blev allt tystare men det la Hanna inte märke till. Att det inte fanns mycket trevnad i hennes hem med ständiga gräl och fyllekalas varenda helg blundade hon för. Hon hade ont i ryggen.

Värken spred sig från skulderbladen ner genom ryggraden. I början trodde hon att det skulle gå över men sen fick hon höra att de flesta kvinnorna i bageriet led av samma onda. Och att det bara blev värre med åren.

En fick stå ut, sa de. Inte ett ord till förman för då fick en gå.

Lisa hade fött sin son och det märkvärdiga hände att Ragnar blev så glad i pojken att han hölls hemma varje ledig stund. Han fick allt mindre tid med sin mor och sina syskon.

Åren släpade sig fram, det var världskrig och ont om mat. I Haga blev det hungerkravaller, där kom polis och militär. Folk skrek ut sitt hat mot drottningen, som var tyska och skälldes för att smuggla maten ur Sverige och ner till den galne kejsaren. Hanna bet ihop om sitt ryggonda och tackade ödet för arbetet på bageriet där hon kunde ta ut sin lön i bröd. Hon och hennes barn svalt inte. Sen kom spanskan och återigen var Hanna tacksam för ingen i familjen fick den hemska sjukan.

Johanna hade slutat skolan och kunde hjälpa till med försörjningen. Det var lugnare hemma nu för pojkarna hade äntligen flyttat. Och snyggare. Men Hanna och Johanna hade det inte gott tillsammans. Flickan var fräck och uppstudsig, inte snäll och eftergiven som sönerna. Hon skällde modern för att vara dum och obildad, hon rättade hennes prat och skrek åt henne att göra sig fri från vidskepligheten och börja tänka. I början försökte Hanna försvara sig. Med ord. Men Johanna hade så många fler ord än hon och så mycket klarare tankar.

Ho har ju allti vart klokare än de fleste, tänkte Hanna.

När Johanna gick med i socialdemokraternas förstamajtåg höll Hanna på att skämmas ögonen ur sig.

– Har du förlore forstånne ditt, skrek hon.

– Om de kan I inget veta för I har allri haft nåt, skrek flickan.

Ryggen blev allt ondare med åren, Hanna blev krokig och rörde sig tungt. Men hon stod på sig till pensionen, då när hon för första gången i livet fick vila. Hon hade synpunkter på folkpensionen som kom varje månad. Dä va skamlit å få penger som en ente ärlit förtjänt, sa hon till Johanna. Men bara en gång, för flickan blev så rasande att Hanna blev rädd.

Johanna gifte sig. Hulda Andersson dog.

Hanna fick så många barnbarn att hon inte kunde hålla isär dem. Bara Johannas otäcka jänta kände hon igen. Det va ett barn med starka ögon som såg anklagande och rätt igenom folk. Illa fostrad och ful va hon, mager och tunnhårig.

På fyrtiotalet byggdes det pensionärshus i Kungsladugård och Johanna såg till att Hanna fick en modern enrummare där. Hon tyckte att hon kom till paradiset, här fanns badrum och WC, varmvatten och centralvärme.

– Va i allsin dar ska en göre när en ente jämt måste elde?

– I ska vila nu, mor.

Hanna vilade och hade egendomligt nog aldrig tråkigt. Hon kunde läsa men hade sådan möda med bokstaveringen att hon inte begrep sammanhangen. Nån gång hörde hon på radion men både pratet och musiken irriterade henne.

Däremot tyckte hon om att gå på bio, kinnemattograf som

150

hon sa. Sönerna tog henne med så ofta de hade tid, dottern mera sällan. Johanna gillade inte Åsa-Nisse och skämdes för moderns högljudda skratt. Rent pinsamt blev det när karlar kysste fruntimmer på duken. Då höll Hanna för ögonen och ropade högt: Skäms I ente!

Publiken skrattade åt henne. Märkte hon det? Nej, knappast, tänkte Johanna.

Med tiden blev hon orimligt tjock. Efter lång strid fick Johanna henne med till en doktor, som talade om en magåkomma som var lätt att operera. Hans tal skrämde slag på Hanna som var lika rädd för kniven som för lasarettet. Det var efter besöket hos läkaren som Johanna måste lova att ta hand om henne hemma när det var dags för döden.

– Je ska ente bli besvärli.

– Det ska säkert gå bra, mamma lilla.

När August tog livet av sig sörjde hon sig nästan fördärvad. Hon åldrades tio år på en månad.

Men hon var kristallklar i huvudet fram till sin död vid nära nittio års ålder. På dagen en vecka senare dog Ragnar vid en älgjakt i Halland.

Vådaskjuten som sin far.

Men det fanns inte längre någon som kunde minnas Rickard Joelsson och hans död den gången Trysils bönder jagade björn i skogarna i Dalsland.

ANNA

Mellanspel

Anna satt i sitt arbetsrum med den tjocka blå anteckningsboken framför sig. På pärmen hade hon textat: "Johanna" och på försättsbladet stod: "Försök att kartlägga hur man skall förhålla sig till sin mor utan att förneka hennes rikedom eller offra sig själv."

Nu tyckte hon att det lät pretentiöst.

På första bladet fanns några spridda anteckningar, utan sammanhang. Resten var tomt, sida efter sida av oskrivet vitt. Jag är inte där ännu, tänkte hon. Inte framme.

Så hon återvände till den grå boken, hundra sidor, A-fyra-format, fulltecknad, sprängtjock av lösa anteckningar, brev, tidningsklipp. På pärmen stod: Hanna.

Mormor.

Hon hade börjat i kyrkböckerna i Dalsland, bara det ett äventyr att se den gamla släkten förgrena sig över landskapet, in i Norge, ner till Göteborg, över till Amerika. Sen hade hon strövat längs stränderna av den långa sjön och allvarligt försökt öppna sig för hemligheterna i det ofattbart sköna landskapet.

Väl hemma hade hon gått på jakt i bibliotek och antikvariat. Hon hade läst folklivsforskning och gråtit över mormor, hon som blev hora redan som barn. Runmästaren och hans trollkona hade hon hittat i ett gammalt tidningsklipp och häpnat över hur länge hedendomen överlevde i avlägsna gränsbygder. Hon hade sett på landskapets ekonomiska historia och försökt fatta det som kyrkböckerna sagt: Att mormors fyra äldre syskon dog i svälten under nödåren.

Hon kom över en trave hembygdsböcker från socknarna runt sjön. Där skrev gamla människor om söndagar och helger och en vardag som följde årstiderna, inte klockan. Där läste hon historier om vanligt folk men oftare om ovanligt, såna som man mindes länge i bygderna. Det fanns en ljus frid i de gamlas minnen av en ond tid. Och ett stort vemod över det för alltid förlorade.

Själv satt hon vid det stora fönstret i arbetsrummet och såg från tio våningars höjd den nya världen breda ut sig under henne. Det var höst, grått ljus över en färglös värld. Här och var hade några furor lämnats kvar mellan husen. De såg ut som leksaksträd, slarvigt ditslängda av barn som tröttnat mitt i byggleken.

Hennes utsikt förde oväsen för motorvägen strök tätt in till höghusen.

Till kött och blod blev Hanna först sedan Anna gjort inbrott i en kista på vinden i föräldrahemmet. Där fanns mormors kvarlåtenskap i papper, bouppteckningar, kopior av testamenten, födelse- och dödsannonser. Och så fanns där hela buntar av gulnade brev från släktingar i Amerika, Norge och Göteborg.

Troskyldiga brev de flesta, skrivna med fin piktur. Inte ett ord om orättvisor, hunger och skam. Brevskrivarna höll sig innanför gränserna till den värld de vuxit upp i och aldrig lämnat. Ens om de bott i decennier i Minnesota.

Några av breven hade Anna plockat ut och lagt mellan bladen i anteckningsboken. Nu tog hon fram ett, läste igen och tänkte för första gången att breven troligen var sanna på sitt sätt. De speglade en verklighet där förbittring och otacksamhet inte erkändes. Och således inte fanns.

Bara breven från Astrid i Halden och Oslo var annorlunda, skrivna med stor och slingrande stil, fulla av infall, funderingar och skvaller. En guldgruva, ett personligt vittnesmål! Nog förstod hon att Astrid inte var ett sanningsvittne. Mer en diktare. Och det var en diktares syn och sanning Anna behövde.

Hade mamma gått igenom Hannas brev när hon ärvde samlingen? Anna trodde inte det. Hon var som jag, besvärad av släkten.

Att morbror Ragnar hade en annan far hade Anna alltid vetat. Kyrkböckerna bekräftade det på sitt råa språk: "U.Ä." stod det: "Fader okänd". Hur det var att vara oäkting, horunge eller för den delen ensam mor och hora hade folklivsforskningen lärt henne.

Hanna var tretton år när hon födde. När Anna räknat ut det hade hon gråtit av medlidande och raseri.

Nog var du stark. Som mamma sa.

Anna hade många minnen av morbror Ragnar. Han tänkte på honom som en kung i en saga, vacker och väldig ända in i ålderdomen, exotisk och slösaktig. Hon mindes hans leende som började med en glimt i de svarta ögonen, fortsatte neråt och skrynklade det bruna ansiktet på sin väg till munnen under den stora och kortskurna mustaschen.

– Han kan få stenhjärtan att smälta, sa mamma.

– Du menar fruntimmershjärtan, sa pappa.

Då och då och alltid överraskande kom Annas fantastiske morbror farande i lastbilen som var lika överväldigande som han själv: "Nu syster lilla får du sätta på hurran!" Hon mindes det stora skrattet som rullade genom huset, skrämde och tjusade. Och hon kom ihåg hur han luktade karl: svett, tobak och öl.

Och pengar, varma silverslantar. Hon satt ofta i hans knä och på nåt sätt lyckades han smussla en krona i hennes hand eller ficka, alltid när mamma vände bort blicken. Sen blinkade han med vänsterögat som ett tecken på att de hade en hemlighet ihop, han och barnet.

Det var storslaget.

Han kunde vifta med öronen också.

Vem den okände fadern var fick hon veta av ett amerikabrev: "Vi fick höra att Rickard Joelsson på Lyckan blivit vådaskjuten. Så fick han då sitt straff till slut, vildbattingen som förstörde för Hanna."

Hon hade satt ett stort utropstecken vid namnet. Annas barns far hette Rickard, han också. Han var ingen ogärningsman

157

som pojken Joelsson men hade samma olycksaliga benägenhet att falla offer för sin egen tjuskraft.

Anna suckade.

Sen letade hon rätt på kuvertet med fotografierna som hon stulit ur albumet därhemma. Här var han, Ragnar, lik sin far Richard, men så osannolikt olik de andra i släkten. Kanske hade den lea Lovisa unnat sig en vild kärlek med en zigenarpojke, kanske hade kättjan sprängt hennes skal några nätter i ett ödehus i skogen.

Plötsligt slog det henne att det fanns ännu en likhet mellan hennes egen karl och våldtäktsmannen i Dalsland. De hade båda haft kränkta mödrar, den sorten som tvingar sina barn att dela förbittringen. Med döttrarna lyckades de ofta, de identifierade sig med mödrarnas harm och förde kvinnoilskan vidare genom generationerna. Men sönerna? Nej, de starkaste vägrade. Och blev män på ständig flykt undan allt som var känslosamt och svårt.

Signe i Johanneberg var mer sofistikerad och mycket slugare än Lovisa på Lyckan. Hennes man hade inte funnit skäl nog att slå ihjäl henne utan valt att dö själv i unga år. Men Rickard Hård hade kanske inte haft det lättare i dockskåpslägenheten i Johanneberg än Rickard Joelsson haft det på Lyckan.

158

Klockan slog tolv. Nu matar de mamma.

Själv hittade hon fil i kylen och smulade en knäckebrödsskiva i den lena mjölken. Medan hon åt gnagde tankarna kring Rickard som om hon råkat öppna ett gammalt svårläkt sår.

Hon tänkte på tiden före skilsmässan, de värsta åren då hon grät så snart hon var ensam. Till en början tog hon inte de vakna tårarna på allvar utan såg dem som självömkan. Först när hon började gråta i sömnen blev hon rädd och gick till en psykiater. En man på modet. Han sa:

– Ni är en av dessa moderna kvinnor som kastrerar sina män.

Då reste hon sig och gick.

Det var dumt. Han fick slutrepliken och därför skulle hon tvingas att bekämpa honom i åratal.

Hon satte sin tallrik i diskmaskinen och återgick beslutsamt till anteckningarna om Hanna. Skillnaderna mellan henne och mormodern var många just som hon väntat sig. Hanna godtog, Anna trotsade. Hanna var spontan, Anna sökte uttryck. Hanna hörde hemma i sin tunga och orättvisa värld. Anna kände hemmahörighet bara i korta ögonblick när hon kunde nicka åt ett träd och säga: Jag känner dig från någonstans.

De var inte ens så lika till utseendet som Anna trott. Hanna hade varit mörkare och tyngre.

Hon fastnade återigen i beskrivningen av våldtäkten. Bara tolv år, det var inte klokt. Hur gammal var jag när jag drabbades av Donald, den amerikanske utbytesstudenten som lockats hit av ryktena om den svenska synden? Jag måste ha fyllt nitton, det var första året på universitetet. Och inte var det våldtäkt, fast det var det förstås, ömsesidig våldtäkt om sånt finns.

Hon hade inte tänkt på Donald på många år. Ändå hade de haft ett långvarigt förhållande. Det tog hårt för de hade utomordentliga möjligheter att såra varandras djupaste känslor, trots att de varken förstod eller kände varandra. Det var en egendomlig relation, som en släktskap.

Och visst blev jag med barn, mormor. Som du. Jag gjorde abort, lätt ordnad i universitetskretsar på den tiden. Inte hade jag några betänkligheter heller, min enda rädsla gällde mamma, att hon på nåt sätt skulle få veta. Men jag var i Lund och hon i Göteborg, så guskelov anade hon inte.

Själv trodde jag naturligtvis att det var kärleken som drev mig i armarna på Donald. Vi i min generation var besatta av längtan efter den stora passionen.

Du Hanna skulle inte ha förstått något alls om kärlek av det slaget. På din tid hade kärleken inte trängt från överklassen ner till bondedjupen.

Det fanns romantisk påverkan, tragiska kärlekshistorier som berättades i bygderna. Men de hade ingenting med livets grund och villkor att göra. De var som skillingtrycken. Om Hanna överhuvudtaget lyssnade på visorna tyckte hon säkert att löjtnant Sparre var en fjant och lindanserskan en fjolla. Älvsborgsvisan skulle ha upprört henne: "Jag haver mördat ett barn för dig . . ."

Herreduminje, velken dritt! Vorför halshögg di inte karn mä e gång?.

På tjugotalet hade den stora kärleken tagit herravälde också över vanligt folk. Johanna ansåg att ungdomens sökande i första hand gällde det som hon på fullt allvar kallade "att hitta den rätte". Att den rätte i hennes fall var kopierad på den döde fadern, som hon aldrig känt, förstärkte myten men gjorde inte hennes liv mindre komplicerat.

Ändå var Johanna inte romantisk och följaktligen inte så krävande som nästa kvinnogeneration skulle bli.

För Anna och hennes jämnåriga var kärleken ett faktum som

160

inte kunde diskuteras. Ve den stackare som inte drabbades. Till detta kom ännu ett krav: Den fulländade sexualiteten. Livslång förälskelse och ständiga orgasmer.

Nu spricker drömmarna som såpbubblor i vinden. Men förändringen tar tid. När folk misslyckas med att få kärleken och den överväldigande lusten att vara livet ut tror de att det är dem det är fel på. Först nu när nästan vartannat äktenskap slutar i skilsmässa börjar man motvilligt förstå att förälskelse sällan växer till kärlek och att inte ens kärleken kan befria en människa från ensamheten. Samt att sexuell njutning inte fyller livet med mening.

Jesus så idiotiskt, sa Anna. Och sen efter en stund:

Ändå!

Hon nästan svor när hon insåg vart hon var på väg. Till Fjärås Bräcka, åsen dit de flydde varje ledig dag den heta sommaren i slutet av femtiotalet. De nosade på varandra, snusade, bet, slickade och skrattade. Framför dem låg havet med fiskmåsar och långa salta dyningar och bakom dem det trolska insjölandskapet med småfågelsång i storskogen som stupade brant mot den djupa sjön. Så han luktade, smakade, skrattade. Glädjen, hans glädje i hennes kropp. Och hans hängivenhet och hennes tacksamhet, hans tacksamhet.

Han kom från havet, sa han, och hon trodde honom, kunde se hur han steg ur vågorna en ljus morgon med en krans av sjögräs i håret och treudden lättsamt slängd över axeln. Hon kom från skogen, sa han, fint formad av vind och regn och lätt som dimman som steg ur sjön. En älva, som gömt sig i skogarna i miljoner år, glömt alvernas språk och med stort allvar försökt lära sig människornas, sa han. Det var hans sak att ge henne substans, göra henne till jordisk kvinna.

– Och min att hålla fast havsguden så att han inte dras med ut av nästa våg.

Hon hade skrattat men han hade mörknat i blicken, blundat och knäppt sina händer:

– Vad gör du?

– Jag ber om kraft att inte göra dig illa.

161

Konstigt nog hade hon inte frågat om han var troende, stunden var liksom för stor för det.
Inte hade hon haft vett att känna sig orolig heller.

Hannas förhållande till spegeln hade gjort djupt intryck på Anna, som alltid haft en komplicerad inställning till sitt utseende. Nu funderade hon på när det började. Och hur. Vems blickar, vems ord var det som ingav henne den livslånga känslan av att vara ful, klumpig, nästan vanskapt?

Johanna var vacker men hade samma handikapp. Anna som smalfilmat när barnen var små hade gott om sekvenser där mamma smiter undan eller håller händerna för ansiktet när kameran riktas mot henne.

Till en mager och osäker tonårsdotter sa Johanna:

– Du är minsann så söt, lilla vän. För övrigt betyder det ingenting hur man ser ut.

Kluven inställning, dubbla budskap.

När Anna var liten talade man fortfarande mycket om vem i släkten ett barn liknade. Kring Anna blev det inte nån diskussion, hon var lik sin farmor. Barnet avskydde den gamla, en rynkig käring med vassa drag och vattniga ljusblå ögon. Och med nåt dystert och storslaget över sin gestalt.

Johanna var rädd för sin svärmor.

Alla sa att farmodern hade varit en skönhet. Det kunde Anna inte fatta, inte förrän den gamla dött och ungdomsbilderna av henne letades fram. Då kunde även Anna se att de haft rätt, hon hade varit vacker och där fanns en likhet.

Men det var försent, självbilden av den fula flickan var naglad för alltid i hennes medvetande.

Det är klart att Rickard Hård med sin stormande förälskelse kom henne att, ja, faktiskt, tycka att hon var älvlik. Redan från första stund gjorde han det, mirakulöst som om han rört vid henne med ett trollspö.

Fast han använde en busvissling.

På somrarna reste hon hem från Lund där hon arbetade hårt

men aldrig trivdes. Hon fick jobb på korrekturet på en av tidningarna i hemstaden.

Nu blundar hon, ser de trevliga, sjabbiga lokalerna, hör printrarna knattra och känner lukten av papper, damm, trycksvärta och tobaksrök. Redan första dan står han där i dörren till hennes rum, en av de unga reportrarna, den styvaste och snyggaste. Han visslar som en gatpojke av förtjusning, tar sig samman, säger:

– Är du en kvinna eller är du en dröm?

– Troligen det senare, säger hon och skrattar.

Hur såg han ut? Lång, kantig, mörk, känsligt ansikte bräddfullt av liv, spelande grå ögon. Anna letar återigen fram bilden av morbror Ragnar och kanske var de lika. I leendet, till sorten. Hon tänker på Astrid som brukade kalla Ragnar för gudabarnet. Kanske föds det ännu gudar på jorden, fulla av liv och värme, lättsinne och charm. Trolösa och sinnliga som Pan själv.

Hur som helst blev han blixtkär i henne, den unge guden på den ostädade redaktionen. Självklart blev hon så smickrad att hon snart gav efter och nu var hon tacksam mot amerikanen för det hon lärt av honom i sängen. Allt gick fort, för fort. Plötsligt fanns Rickard därhemma i köket hos Johanna, slösade med sin värme, sina skratt och sina galna berättelser.

När han tog ajö efter första kvällen sa pappa, att se, det var en karl det. Och mamma nickade tyst, gång på gång över diskbaljan. Så Anna förstod att hon funnit den rätte.

Johanna ändrade aldrig uppfattning. För Anna tog det bara en månad att bli tveksam:

– Mamma. Alla säger att han är en kvinnojägare.

Det var tyst länge i telefonen innan Johanna sa:

– Det var tråkigt, Anna. Men jag tror inte du slipper undan.

När hon nu sitter här i arbetsrummet i Stockholm, minns och antecknar, blir hon förbannad. Du skulle ha sagt åt mig att fly, fort som ögat, undan den mannen. Sen måste hon skratta. Och sen blir hon blank i huvudet – av förvåning! För nu tänker hon som Hanna skulle ha gjort:

Det var ödet.

Hon funderar länge på moster Lisa, Ragnars hustru som fann sig och var tacksam. Hon var ändå en av de första självständiga kvinnorna, butiksägare med egen inkomst.

Men så trött, alltid trött.

Minnet av hennes egen farmor för henne till Rickards, en späd, overkligt gammal kvinna, genomskinlig och klar. Anna mötte henne bara en enda gång, det var på ett vårdhem där hon inväntade döden. Orden var hennes egna.

Till Anna hade hon sagt:

– Jag hoppas att du är mjuk och böjlig. En hård kvinna kan göra pojken till ett odjur.

– Varför är det så?

– Jag vet inte. Kanske går det i släkten. Så . . . är det ju hans mor. Ibland måste pojkar bli till flinta för att överleva. Och det vet du ju att flinta är hårt men bryts lätt.

Sen hade hon somnat, så där hastigt som de gamla gör. Bara fjorton dagar senare var hon död.

Så konstigt att jag glömt henne och det hon sa. Att jag glömde så fort. För jag blev ju hård till slut.

"Du är av sten så du klarar dig alltid", hade han sagt i ett gräl. Hon hade inte orkat fram till svaret, inte då. Hon hade bara skrikit:

– Du är en svikare.

Nu är klockan fyra, nu lägger de mamma för natten.

Herregud mamma, så mycket skuld det finns.

Som när ett gammalt lakan dyker upp med ett fint broderat monogram: A.H. i snirkliga versaler. Eller de där handdukarna du sydde. Du hade hittat en sån fantastisk frotté, sa du. Det var sant, de håller ännu och ingen annan handduk torkar så bra och river så skönt.

Du sydde min "utstyrsel" och jag skrattade åt dig, sånt där kunde man ju köpa när man behövde det. Du tänkte väl inte att du var förnekad och föraktad, jag hoppas det. Du kände dig nog bara obestämt ledsen.

Din spegel, du kom med den, stolt och glad – en spegel för min hall. Jag var nyenkel, hade vad som kallades god smak då i början av sextiotalet. Gud vad jag hoppas att du inte märkte min besvikelse där vi stod i hallen med spegeln med den förgyllda krusidullramen. Nu hänger den hos mina barn, generationen som älskar krusiduller.

Snart måste jag ringa pappa.

Hanna behöll genom livet sin tro på det en gång fastlagda och hyste en djup misstro mot allt som var olikt, okänt och nytt. Hon föraktade de sökande som gick hemlighetsfulla omvägar i en värld där allt var uppmätt. En ovanlig tanke, en ny idé eller en obegriplig längtan hotade själva grunden.

När hennes envisa gestalt växte fram ur alla anteckningarna retade den Anna. Så torftig hon var, så begränsad.

Sen tänkte Anna att hon var som de flesta är, än i dag. När våra mönster hotas av nya fakta är det sällan förnuftet som tar hem

165

segern: "Jag vet vad jag tycker så kom inte och förvirra mig med nya synpunkter." Hon gjorde så själv, sorterade automatiskt bort den kunskap som inte stod i samklang med de egna värderingarna. Och fann med blind men osviklig säkerhet den information som passade henne och rättfärdigade hennes handlingar.

Så som Hanna gjort.

Det var bara sanningarna som var annorlunda i dag, stöddigare, utstyrda med bevis och stöttade av vetenskapen.

Anna var medveten, så kallades det. Om orättvisorna mot kvinnorna t ex, det som så mycket av hennes forskning sysslat med. Det ledde till förbittring, den känsla som finns i så många kvinnors ansikten och hörs i deras skratt.

– Jag vill tro på en rättvis värld, sa hon högt till fotografiet av Hanna som stod i glas och ram på arbetsbordet. Jag behöver det, fattar du! Världen måste vara sån att det goda belönas och det onda straffas. Så att allt får en mening.

Herregud så dumt!

Mycket dummare än din tro på den orättvise guden. Mycket grymmare också. Det är ju tron på rättvisan som får oss att göra offren delaktiga i skulden. I en rättvis värld blir småflickor inte våldtagna.

Ändå, mormor, hör på mig! Det var drömmen om att det goda var möjligt som byggde det nya samhället. Också du fick del av det, pension, varmvatten, badrum.

Människovärde?

Jag är alltid förvånad över kvinnors medlidande, vad nyttar det till? Det finns ett finare ord: empati. Får man tro psykologerna beror individens förmåga till empati på hur mycket kärlek barnet fått, hur det blivit sett och respekterat. Men pojkbarn blev ofta mer älskade än flickor och växte ändå upp till vuxna som slapp att ständigt känna andras plåga. Eller?

Mamma hade oändligt medlidande med de svaga, sjuka och förfördelade. Så där kunde det stämma för Johanna hade blivit ovanligt mycket sedd för ett barn fött kring sekelskiftet.

Plötsligt en ny tanke, nya anteckningar. Var det faderns kärlek som gjorde att Johanna fick för sig att hon hade något att fordra? Hon var politiskt aktiv i hela sitt liv, det var hon och hennes generation som byggde folkhemmet på övertygelsen att rättvisan var möjlig. Och som uppfostrade en generation av besvikna män och kvinnor, dåligt rustade för sorg och smärta och utan beredskap för döden.

Anna såg åter på fotografiet av Hanna:
Du jublade när Rickard Joelsson dog. Jag grät när jag tog ut skilsmässa från Rickard Hård. Du öppnade dig för glädjen och blev med barn, jag hade just fått ett barn när jag fick veta att min man haft ett halvårslångt förhållande med en kollega. Jag grät floder över det nya barnets vagga. Mina vänner sa att det var bra för mig. Det var det inte, varken för mig eller barnet.

Du grät aldrig, inte förrän morfar dog.

Hon bläddrade tillbaka till skildringen av Hanna och horkluten. En skildring som Anna inte hade orkat göra så mycket av. Hon visste varför. Hon kunde känna Hannas skam på egen hud.

Nog mindes hon varje sekund.

Det var en fest i en villa på Lidingö, tidningsfolk. Blött. Hon var havande i åttonde månaden, svept i ett tält av silverlamé. Vit, stel, fel. Rickard försvann så fort bordet bröts, mot sovrummen på övervåningen med sin tattaraktiga bordsdam. Förblev borta. Folk undvek att se på Anna. Hon fanns inte, bara skammen fanns. Hon mindes inte hur hon tog sig ut ur huset, bara att hon gick och gick på hala vägar tills en taxi dök upp och förde henne hem.

Han ville tala om det nästa dag.

Hon lyssnade inte.

Han ville alltid tala om det, sina "snedsprång", som han sa. Hon skulle förstå.

Men hon hörde aldrig på. Hon kunde inte förstå. Han ville ha förlåtelse, hon kunde inte förlåta.

168

Först flera år efter skilsmässan kunde de tala. Det var fel dag och en olämplig tid för han skulle resa inom en timma, till Rom där han skulle bevaka en miljökonferens. De måste försöka igen. För barnens skull, sa han.

– Men du bor ju i samma hus som vi, sa hon. Våra barn har det bättre än ungarna som växer upp i alla dessa hem där föräldrarna grälar.

– Du har alltid rätt, sa han. Det är det som är så hemskt, jag hatar dig för det. Du är så förbannat praktisk. Men jag klarar mig inte utan dig. Ska jag knäfalla?

Han såg inte att hon grät.

– Vad du aldrig fattade var att mina löjliga fruntimmershistorier bara var ett sätt att komma åt dig. Men det gick ju inte det heller, du struntade i min otrohet.

Den rasande mannen, hennes man, fortsatte:

– Kvinnor av din sort inger mig alltid en känsla av att vara genomskådad. Det är därför jag blir rädd när jag kommer in i ditt kraftfält. Det beror inte på din intelligens, nej det handlar om nåt mycket värre.

"Det slags kvinna som kastrerar sin man."

Då bröts hennes förlamning:

– Men varför är det så farligt att vara genomskådad och så viktigt att vara i överläge?

– Jag vet inte.

Det var då hon tänkte att han är offer för mansmönstret och inte tillräckligt dum för att inte förstå det. Inte som pappa.

– Anna. Det är slut med alla fåniga historier. Jag lovar.

Då kunde hon skrika:

– Du är en idiot. Din otrohet tog livet av mig, allt som var jag, min tilltro, min oskuld. Jag dog, fattar du? Det som finns kvar av mig är bara häxan, henne som du är så rädd för.

Hon såg att han begrep, att han äntligen begrep. Åh Gud, åh gode Gud, sa han.

Och till slut och nästan ohörbart:

– Varför sa du aldrig det?

Hon grät, kunde inte svara. Och plötsligt rasade han:

169

– Det var du som tvingade mig att behandla dig illa. Det fick mig att hata mig själv. Du såg på när jag misslyckades med det jag ville hetast av allt och jag fick för mig att det inte betydde någonting för dig.

– Det är inte sant, skrek hon och nu kunde han inte undgå att se att hon grät.

– Gråter du! Det har du aldrig gjort förut.

Då skrattade hon så skärande att hon skrämde sig själv.

– Snälla du, sa han.

Men det hemska skrattet fortsatte, hon kunde inte hejda det. När det äntligen tystnade sa han:

– Jag ville väl inte se att du for illa, hade väl blivit galen om jag förstått. Du var så intelligent och klar. Jag var stolt över dig, det var kanske jag som ville ha dig sån. Sen blev jag förbannad för att du var det. Så jävla stark.

– Det var jag inte. Jag höll på att bli galen.

Sen tutade taxin på gatan, han måste iväg.

Naturligtvis visste hon att hon skulle ta honom tillbaka. Hennes ensamhet hade redan fattat beslutet. Och hungern efter hans kropp i hennes?

Anna såg på klockan, över fem, jag måste ringa pappa! Det var lika svårt varje dag. Förebråelser:

– Jaså du kom plötsligt ihåg att du har en gammal pappa?

– Jag ringde i går. Hur var det med mamma i dag?

– Jo, det var bra. Jag fick henne minsann att äta upp. Jag tog en sked av köttfärsen och en av saftsoppan. Du vet, hon är som ett barn, vill ha efterrätten först.

– Så duktig du är, pappa.

– När kommer du och hälsar på mig?

– Jag var hos dig i förra veckan. Har du glömt det?

– Jag glömmer så lätt.

– Jag ringer i morgon som vanligt.

Det var över, det hade gått ovanligt lätt men telefonluren var våt av svett. Varför i helvete var det så svårt, detta samtal som

hon måste tvinga sig till varje dag.
Jag önskar ni vore döda, båda två.

Bara några dagar efter grälet med Rickard hittade hon en mening i en bok som gjorde stort intryck på henne: "En fri mans kärlek är aldrig trygg."
Det är sant, tänkte hon.
Hon var så tagen att hon köpte ett vykort, skrev av meningen och skickade den till hotellet i Rom.
Sen kom brevet, hon måste ta fram brevet, letade i sina lådor efter nyckeln till sitt hemliga skrin, öppnade, fann kuvertet med Rom-stämpeln och läste.

"Du har aldrig velat lyssna på mig. Men du har svårt att motstå det skrivna så nu försöker jag med ett brev.
Du är naiv. En fri man, det är väl en sån som ingen har makt över. Han behöver inte hämnas. Mina kvinnor var som jag, de sökte hämnd. Åtminstone utgick jag från det. Den första, Sonja på festen på Lidingö, är jag säker på för hennes älskare var med på middagen. Han var en skitstövel som jag känt länge.
Vem jag ville förnedra och hämnas på fanns det ingen tvekan om. På dig. Vi, hon och jag, led av samma katastrofala galenskap, vi skulle demonstrera vad kärlek var – inte makt utan lust i mötet mellan en godtycklig hona/hane. Det är perverst. Men perversion minskar inte lusten, det tror jag att till och med du kan fatta. Vad du däremot troligen inte begriper är upphetsningen när två människor möts i en ond handling, avsedd att skada.
På samma sätt var det med alla mina kvinnor. Fast jag gjorde ett misstag med Lilian. Hon blev förälskad i mig och jag blev förbannad på henne. Som jag såg det ingick det inte i överenskommelsen.
Det var därför det tog lång tid att bli av med henne. Du var gravid med Malin, mer gudinnelik än någonsin, fan vilket äckel jag var.
Därmed är vi inne på huvudfrågan: Varför måste jag hämnas

171

på dig? Du är ärlig, lojal och ljuvlig – allt som jag någonsin drömt om.

Jag visste ingenting om kärlek när jag mötte dig. Hade jag begripit hade jag flytt. Jag ville egentligen inte ha den, denna förtärande underkastelse som gör en man till en slav. Den "frie mannens" svar är alltså att du hade oinskränkt makt över mig. Om du var sur vid frukosten blev min dag ett helvete. När du var glad var jag rusig av min seger. Blev du nån gång arg och skällde på mig förtjänade jag det. Det är fortfarande din makt över mig som jag är rädd för. Men jag orkar inte leva utan dig. Mitt underläge är bottenlöst, det är jag som har horat, ljugit och svikit. Ändå vågar jag tro att det kunde ha gått annorlunda om du nån enda gång hade försökt lyssna. Du är en mycket stolt människa, du är uppfostrad till det så jag klandrar dig inte. Det var under din värdighet att ens försöka förstå. Eller?"

Brevet var inte undertecknat, hon hade undrat varför.

Men hon log när hon tänkte på hur hon bokstaverat sitt telegram till Rom:

"Vi möts i pingst på Fjärås Bräcka."

Sen tänkte hon som hon gjort när hon fick brevet, att Rickard krävde uppmärksamhet i överflöd. För att behålla herraväldet över livet behövde han kunna välja och vraka, ta för sig och förkasta. Det var hans svaghet, hans fundamentala spricka.

Den var, just som han skrev, oförenlig med kärlek, med det beroende som en livslång gemenskap innebär.

Anna minns Marias tonår, upproret. Särskilt ett gräl om Sandra, en skolkamrat, som Rickard flirtat med. Maria var röd av skam och grym när hon skrek till sin pappa:

– Du är en fjant, en jävla horbock som försöker leva på tron att han är oemotståndlig. Det finns en och annan kille som du i plugget, men de tjejer som det är nåt med skrattar åt dom. Jag har aldrig begripit hur morsan står ut med dig.

Maria hade inte gift sig, inte Malin heller. De levde som män gjort i alla tider, förälskade ibland, korta förhållanden. Men var sitt barn hade de, fria barn som sluppit spelet i den helve-

172

tiska triangeln: pappa, mamma, barn.

Anna hade anat redan från början att Rickard hade dålig självkänsla. En maktfullkomlig mor? En svag far? Men då när hon var ung ville hon inte förstå. En ständig förståelse är en stor fara för en själv, det hade mammas liv lärt henne. Johanna var en av dem som alltid förstod och därför fick uthärda mycket.

Plötsligt minns Anna ett annat gräl, mycket senare. Minnet är knivskarpt, hon ser kvällssolen falla in genom perspektivfönstren i vardagsrummet på Minkgatan, dammet som virvlar i strålarna. Rickard hade lagt sig till med vanan att kalla henne mamma även nu när de var ensamma. Hon skrek:

— Jag är inte din mamma, har aldrig varit och kommer aldrig att bli.

Hon såg att han tog det egendomligt hårt, stelnade, sa:

— Naturligtvis inte. Det är bara ett talesätt, en dum vana.

I den stunden visste Anna att det inte var vare sig talesätt eller vana. Men hon förmådde inte säja det.

— Förlåt att jag tog i , sa hon och sen var ögonblicket förbi.

Men Anna hade sett sin svärmors ansikte, skönt och självupptaget, och hunnit föreställa sig hur ofta och intensivt den lilla pojken längtat förgäves efter henne. Och tänkt: Det är därför han är så förbannad på mig, det är på henne han hämnas.

Nu antecknade hon. Tyckte att hon fick ny insikt men tvekade, satte ett frågetecken i marginalen, funderade, skrev:

Rickard är alltid hänsynsfull mot sin mor och försvarar henne mot varje antydan av kritik. Men om sin döde far talar han med förakt: "Han var en fjant."

173

Nu hör hon nyckeln i dörrn.
– Jag fick tag i rödspätta, ropade han. Färsk.
– Härligt, jag kommer.
– Jag gör en drink så länge.
De höjde sina glas, och han sa lite formellt som han brukade att det är fint att vi finns. Sen tog han den tjocka grå anteckningsboken, Hannaboken. Bläddrade. Hon sa:
– Läs du medan jag skalar potatisen.
När han kom ut i köket sa han:
– Det där blir en bok, Anna. Det är jävligt starkt.
Hon blev glad, sa:
– Lite för mycket nostalgi, tycker du inte?
– Nej. För övrigt är det inget fel på nostalgi.

Han hade alltid hjälpt henne i hennes arbete. Ända från början. Det var han som kom på idén att hon skulle göra en populär version av sin avhandling.
– Den är värd ett bättre öde än att samla damm på en fakultet.
Hon ville nå många.
– Tror du jag klarar det?
– Vi klarar det, sa han. Och så sattes hon i journalistskola, lärde sig att uttrycka komplicerade saker på enkelt sätt, generalisera och använda exempel. Hon väntade barn, skrev hemma på dagarna, han rättade manus varje kväll.

De hade roligt, nygifta, i första tvårummaren i en av Stockholms nya förorter.

I början var han sträng:

– Det här är väl för fan inte svenska. Hör själv.

Hon lyssnade, förstod. Snart blommade ett alldeles eget språk, hennes. Det var som ett mirakel, nästan lika underbart som barnet som växte i hennes kropp.

– Jag har mött min överman, sa han.

Boken hann ut några månader innan flickan föddes. Båda blev förvånade över det uppseende den väckte.

Succé. Lycka. Till den där kvällen i villan på Lidingö.

Nu rensade han fisken, stekte den. Hon satt kvar vid köksbordet med sin drink, såg de smidiga händerna hantera kniv och stekspade, exakt och elegant.

Jag vet ingen som är så sinnlig som han.

– Hallå där, vad tänker du på?

Hon rodnade, sen sa hon det och hörde honom skratta det mörka skrattet som kom från magen och alltid var en inledning.

– Jag är hungrig, sa hon. Vi måste äta först.

– Jag har inte gjort minsta närmande.

– Du skulle bara våga.

Han ville ha ett hus.

– Bo på marken, Anna. Innan det blir för sent.

Första gången han sa det hade hon tänkt att det redan var för sent.

– Vem planterar äppleträd sedan man fyllt femtio år?

– Jag, sa han lugnt.

Sen hade tanken grott. Plötsligt vågade hon känna hur trött hon var på höghusen, anonymiteten och motorvägen som dundrade genom hennes dagar och nätter. För att inte tala om de arma furorna.

En trädgård!

– Hemma var det alltid bråk om trägårn, hade hon sagt. Mamma fick slita ensam medan pappa seglade.

Rickard hade blivit arg:

– Vi kan väl för helvete inte låta hela vårt liv styras av hur dina föräldrar hade det.

– Du har rätt.

Hon visste vad han menade med "hela vårt liv". Han var ledsen för hennes bundenhet vid modern och ursinnig på förhållandet till fadern. I princip gav hon honom rätt även om hans motiv var grumliga.

I dag hade han sett på två ställen. Det ena var för stort och dyrt. Det andra var två mindre hus på en stor naturtomt. Vackert läge, sa han. Gedigna byggnader. Ett hus för arbete, hennes och hans så snart han pensionerat sig. Och ett att bo i.

– Där finns ett gammalt torp också, förfallet.

– Det måste finnas en hake. Det är för dyrt?

– Nej. Men det är långt från stan, nästan fyra mil.

– Det har jag inget emot. Hellre riktiga landet än ännu en förort.

– Du är inte rädd för att bli lappsjuk?

Plötsligt kände hon av den gamla oron.

– Hur kommer du ut och in från stan?

– Det går ett tåg, sa han. Du får bli en sån där amerikansk fru som kör sin man till stationen. Och hämtar honom om kvällarna.

Innan hon somnade låg hon länge och funderade på de två små husen, försåg dem med äppleträd och rosor. I morgon skulle han tala med säljaren och göra upp om ett möte därute.

På lördag, tänkte hon. Hon hade redan bestämt sig.

176

När hon tog itu med anteckningsböckerna nästa morgon kändes det allvarligare, tyngre. Det berodde på Rickard: "Det blir en bok."

Man är ju konstig, tänkte hon. I själva verket har jag vetat det hela tiden. Men det kändes lättare så länge jag låtsades att det var en utflykt, en resa i den egna bakgrunden. Lite psykologi, lite sociologi, lite ökad självkännedom.

Så hade det också fungerat. Hon hade blivit lugnare under resans gång, gjort upptäckter och fått insikter. Och hon hade slutat att leta så förtvivlat efter barndomsminnen, ur "verkligheten", som hon brukade säga. Hon hade förstått att det bara finns skärvor, att "minnena" alltid består av fragment som hjärnan sätter samman till mönster. Anpassar till en bild som präglats tidigt och inte behöver ha samband med något som verkligen skett. Det är mycket som det lilla barnet missförstått och lagrat som bilder som drar till sig liknande bilder, bekräftar, förstärker.

Sen tänkte hon att det som inte hände kunde vara sannare än det som hände. Ha mer att säga.

Nu lät hon sina skärvor bli liggande, utkastade, spridda. Och fann att det bara var så hon kunde få kännedom om det förflutna. Endast korta stunder visserligen, ögonblick.

Det svåraste undvek hon, det som gjorde ont. Och det dög ju inte om hon menade allvar. Då måste hon söka djupare. Hos Hanna t ex. Inte bara glida över mormors sorg när August körde genom broräcket och rätt ut i havet en svart natt någonstans i Bohuslän.

177

Anna var tonåring när det hände och kunde inte förstå den gamlas förtvivlan. August var ju vuxna karln som själv bestämde över sitt liv. Frånskild var han och inga barn hade han.

Hon frågade Johanna som såg på henne med avstånd i ögonen:

– Han var hennes barn, Anna.

Jag måste ta rätt på varför hon sörjde så hemskt. Och åldrades så grymt på bara några veckor.

August hade alltid haft klen livsvilja, sas det. Haft alla slags sjukdomar. I åratal hade Hanna gått där i stugan om nätterna med den sjuke pojken i armarna.

Sa mamma.

"Han var hennes barn, Anna."

Peter, tänkte hon. Peter.

Som mormor, som mamma hade Anna haft svåra förlossningar. Också ett arv? Genetiskt? Psykologiskt? Peter föddes efter skilsmässan och återföreningen, sex år efter Malin. Två månader för tidigt kom han, felvänd och mager som en fågelunge. Redan första gången han las vid hennes bröst visste Anna, att det var något fel på honom, något ödesdigert. Han hade ingen livskraft.

Läkarna skrattade åt hennes ängslan, pojken var frisk. Hon skulle vara tacksam att han slapp ligga i kuvös.

Rickard var i nåt östland där det var kris. Han skulle gott och väl ha hunnit hem till förlossningen. Om hon gått tiden ut . . .

Johanna kom resande, satt vid hennes säng på BB, hade lika oroliga ögon som Anna.

– Du hjälper mig bäst om du tar barnen med till Göteborg. Så jag kan ägna all tid åt pojken när jag kommer hem.

Johanna tvekade men talade med doktorn och blev lugnad. De kom överens om att inte meddela Rickard, inte oroa.

Hon for med flickorna men ringde två gånger om dan:

– Har du ingen vän, Anna? Var är Kristina?

– På Åland. Alla är bortresta.

Det var het sommar när Anna gick ensam med pojken i en mörklagd lägenhet. Barnet gnällde för ljus. Han kunde inte skrika, inte vara ur hennes famn en minut utan att gny.

Å denna klagan, ödmjuk, hopplös.

En vecka, två, fyra, sex. Efter fyrtio dagar, och de var noga räknade, dog han en onsdageftermiddag. Hon såg på klockan. Tre. En banalitet från dödsannonsernas värld förvandlades till djup sanning: "Liten ängel kom, log och vände om."

Men Peter hade aldrig skänkt henne ett leende.

Anna la inte ifrån sig barnet när hon drog undan gardinerna. Ljuset skar som blixtar i ögonen. Hon såg förvånad på världen, att den inte var förändrad, folk kom och gick, ungarna gungade på lekplatsen och kivades i sandlådan. Telefonen ringde, hon svarade inte, hon skulle aldrig mer svara på anrop, tänkte hon.

Sen somnade hon med det döda barnet i famnen, följde det in i kylan och döden. Tio timmar senare väcktes hon av Rickard, som fått telefonbud från Johanna och ett flyg hem via Berlin.

Han tog hand om allt det praktiska, läkare, begravningsbyrå, telefonbud till föräldrar och vänner. Också henne tog han hand om, badade henne i varmt vatten, tvingade henne att dricka, bäddade nytt, svepte henne i varma filtar.

Hon hörde honom gråta om nätterna.

Själv skulle hon inte gråta på veckor. Overklighetens veckor som hon kom att kalla dem senare. Fyllda av besynnerliga upplevelser.

Som den dan då Rickard måste fara till tidningen: "Bara två timmar, Anna. Du lovar att ligga stilla i sängen."

Hon lovade.

När han kom tillbaka var hon borta. Han sprang runt kvarteren och skulle just ge upp och ringa polisen när hon kom gående gatan fram. Rakt mot honom, leende.

– Sån tur att jag hittade dig. Du måste hjälpa mig.

– Men var har du varit?

– På barnavårdscentralen, Rickard. Det är dit man går med bäbisar.

– Vilken barnavårdscentral?

– Den vanliga, i barackerna bakom torget.

– Men Anna, den är riven för många år sen.

– Så konstigt, sa hon. Då är det därför jag inte kan hitta till-

baka dit. Du förstår att jag glömde Peter där. Hos systern.
När hon såg hans ögon missförstod hon.

– Bli inte arg på mig, Rickard. Han far ju inte illa, jag menar de är utbildade och så där . . .

– Nu går vi, sa han och tog henne under armen. Han förde henne över torget med vattenplasket och den idiotiska skulpturen, runt hörnhuset och ner till tomten där barnavårdscentralen legat och där det nu var parkeringsplats.

– Men jag förstår inte. Det är ju bara nån timma sen jag var här. Och var är Peter?

– Han är död och du vet det.

Blick mötte blick, han vek inte undan. Till sist nickade hon:

– Jag vet.

Den kvällen var hon klar i huvudet men rädd.

– Jag var där, jag minns, det är så tydligt, dörren som de målat ljusblå, syster Solveig som var trött men lika tålmodig som vanligt. Jag var där, Rickard. Ändå kan jag inte ha varit där.

– Syster Solveig dog redan när Maria var liten. I cancer, du minns det, vi var på hennes begravning.

– Död. Som Peter då?

– Ja.

Hon blundade länge, ansiktet slätades ut som om hon förstått. Men när hon talade var hon förnuftig.

– Rickard. Jag lovar dig att jag inte ska bli galen.

– Du skrämde nästan vettet ur mig, sa han.

Då såg hon hur trött och blek han var och förstod att hon måste ta sig samman. Det kom fler upplevelser i overkligheten men hon drog aldrig in honom i dem.

Den som hjälpte henne genom muren var svärmodern, som kom på besök och sa:

– Men inte ska du sörja. Det var ju nästan bara ett foster.

– Det var mitt barn, sa Anna.

Sen äntligen kunde hon gråta. Hon grät nästan oavbrutet i två dygn.

Efteråt städade hon sitt hus, ställde undan sina sömntabletter och for med Rickard till västkusten, till mamma och de andra barnen.

När Rickard kom hem hade hon fört in minnet av Peter i datorn. Han såg på henne och blev orolig:

– Men Anna så blek du är.

– Läs du så lagar jag middagen.

Hon hade köpt och kokat ett stycke rimmad oxbringa redan på eftermiddagen. Nu skalade hon kålrot, potatis och morötter, skar i småbitar, kokade och mosade i buljongen.

Han gillade rotmos.

Han var mörkögd och blek när han kom ut i köket. De hade inte kraft att prata när de åt men efteråt, i vardagsrummet, sa han:

– Jag tänker ofta på Peter, på att det var som om han hade en uppgift. För sen blev det ju . . . som det skulle. Mellan oss, menar jag.

Hon orkade inte svara.

Sa mamma någonsin till mormor att jag var skild?
Anna skrev ner frågan, begrundade den.
Sen skrev hon: Jag tror inte det. Hon ville nog inte oroa. Hanna var förtjust i Rickard också, sa att han påminde om Ragnar. Det var sannare än Anna förstått.
Efter en stund fann hon ännu en förklaring: Mamma hade tigit om skilsmässan därför att hon aldrig riktigt trott på den. Hon sa det ibland under de ensamma åren:
"Jag tror aldrig ni två kommer ifrån varandra."

Det var när Anna kom hem från BB med Malin som hon bestämde sig. Rickard hade levt i månader med en annan, hennes lukt fanns i hans kläder, i deras vardagsrum, i sängen.
När hon sa att hon ville skiljas blev han förtvivlad. Vägrade tro henne.
– Anna, det var bara en dumhet . . . Och så blev jag inte av med henne.
– Jag har inte krävt någon förklaring.
– Men hör på!
– Nej Rickard, jag vill inte höra. Nu får det bli som jag sagt. Du har våren på dig att skaffa en annan bostad. Sen talar vi gemensamt med Maria.
– Du har tänkt ut allt.
– Jag har talat med en advokat.
– Maria blir förtvivlad.
– Jag vet det.

183

Maria var centrum i händelseförloppet som nu blev självgående och obevekligt. Mot henne sögs all ångest och skuld. Det var hon som fyllde Annas dagar med pina. Och nätterna med mardrömmar. I tusen skepnader dök hon upp, det övergivna barnet, det knivskurna barnet, ett barn som gick vilse i skogen och letade efter sin pappa.

Maria älskade Rickard.

Rickard var en bra pappa, rolig, infallsrik och lika nyfiken som flickan. Trygg.

Och Maria var ett känsligt barn, bräddfull av ömhet mot allt och alla, snabb i tanken, vetgirig. Vacker. Lik dig, brukade Rickard säja. Men det var inte sant, Maria var en blond kopia av Johanna.

Med Malin var det annorlunda, hon var än så länge helt och hållet Annas baby.

Nu sa han inte det hon fruktat mest, att han skulle ta strid om vårdnaden. Han sa: – Får jag ge Maria en hund?

Det var en fredagskväll och han försvann. Kom tillbaka först på söndagen, bakfull, hånfull, nästan galen av förtvivlan. Anna gick en trappa ner till Kristina med barnen: "Snälla ta hand om dem."

När hon kom tillbaka stod han i duschen och hon sa så lugnt hon förmådde:

– Vi måste talas vid som vuxna människor.

– Om vad då?

– Om hur detta ska ordnas så att det blir till minst skada för barnen och för dig. Och mig.

– Eftersom du är av sten får du det säkert bra. Själv tänker jag supa ihjäl mig.

– Rickard!

Men han gick och la sig.

Nästa morgon var han talbar och lugnare. Han gick med Maria till dagis som han brukade, kom hem och ringde till jobbet: "Sjuk".

Hon ammade Malin medan hon redogjorde. Han skulle ha barnen varannan helg och en månad varje sommar.

184

– Storslaget.
Hon behövde underhåll till barnen, tusen kronor per månad.
– För att få det att gå ihop, sa hon. Hon hade redan bestämt
sig för att byta till en mindre lägenhet och för att ta lärarjobbet
på Sociologen. Dessutom hade hon hyggligt med frilansupp-
drag.
– Du ville ju inte ha den där tjänsten. Och hur ska det gå med
din bok?
– Det var då det, sa hon.
Han grät och hade svårt att få fram orden när han vädjade:
– Det finns inget, ingenting på jorden jag kan göra för att få
dig att ändra dig?
– Nej.
Det var allt hon orkade säja.

Sen blev det inte som Anna räknat ut. Rickard fick jobbet som
utrikeskorrespondent i Hongkong.
– Hela bevakningen av Fjärran Östern, sa han.
Där pepparn växer, tänke Anna, och gratulerade honom.
De talade gemensamt med Maria. Han sa att han måste resa,
Anna sa att de hade det svårt tillsammans, pappa och hon. De
behövde . . . skiljas åt.
Maria sa att det var bra.
– Då kanske du slutar att gråta så hemskt, mamma.
Till Rickard sa hon att hon inte ville ha nån hund.
Anna och Maria körde honom till Arlanda. Femåringen räck-
te fram sin hand:
– Ajö, pappa.
Det var allt.
Han såg tung och gammal ut när han gick mot gaten och An-
na höll på att sprängas av medlidande. Och tvivel.

De första ensamma månaderna . . . herregud så hon saknade
honom. Hon trevade efter honom i halvsömnen, slog armarna
om hans kudde men kunde inte gråta. Torr, uttorkad, sökte hon
honom i varje gathörn, på torgen och i butikerna.

Det var nu hennes ökendrömmar började. Natt efter natt vandrade Anna i en ändlös öken och såg hans rygg försvinna bland sanddynerna. Det var tungt, hennes fötter sjönk i sanden, hon var uttröttad och brännande törstig, letade efter vatten, fann inget, försökte vila men så skymtade hon hans rygg igen och måste fortsätta.

Hon lånade sömntabletter av Kristina och fick några nätters ro. Den sista ökendrömmen var svårast. Mannen som vandrade framför henne över de brända markerna vände sig om och nu var det inte Rickard utan läkaren, han som sagt: "Ni kastrerar er man."

Hon fick tvårummaren, rakt ovanför dagiset. En man dök upp, hjälpte henne med flytten. Det var en gammal vän, praktisk och händig. Av tacksamhet? ensamhet? kåthet? gick hon till sängs med honom och fann att samlaget var likt ökenvandringarna, sterilt och meningslöst. Hon vaknade med sand i munnen, viskade att han måste gå, att Maria inte fick finna honom här. Han lydde och hon förstod att samlaget hade varit en besvikelse för honom också.

Hon berättade det för Kristina, sa:

– Jag är en mans kvinna.

– Låter stiligt, sa väninnan. Synd att Rickard är många kvinnors man.

De enades om att han hade det trevligt i Östern, fri som han var att ägna sig åt geishor, diplomatfruar och raffinerade kvinnliga reportrar, såna som de sett på TV.

Men när Anna kom för sig själv visste hon att det inte var sant, att Rickard var ensam och förtvivlad. För första gången frågade hon sig om det kunde vara så, om det möjligen rent av var så att målet för hans kvinnojakt var att komma åt henne.

Sen sa hon sig att hon var löjlig. Och ännu en stund senare tänkte hon att om det var sant var det än värre.

Hon var så långt borta i anteckningsboken nu att hon ryckte till när telefonen ringde. Det var Maria.

– Åh, älskling, sa Anna.
– Sov du, mamma lilla?
– Nej, nej, jag bara satt här och antecknade och mindes.
– Jag vet inte om det är bra för dig med alla dessa minnen, sa Maria bekymrat. Hon hade varit i Oslo på en konferens, javisst, nu mindes Anna.
– Jag tog vägen om Göteborg och hälsade på morfar.
– Så snällt av dig!
Sen sa Maria att det var outhärdligt, både hemma hos den gamle och på sjukhuset. Olidligt och omöjligt att göra något åt.
– Jag har tänkt mycket på dig, hur hemskt och ensamt det måste vara för dig varenda jävla månad. Jag följer med nästa gång.
– Men Maria, så roligt. Vi bilar ner, sover över nånstans och får äntligen tid att prata.
Annas glädje var så överväldigande att hon inte hann hejda den. Först när hon hörde slöjan över Marias röst förstod hon att hon återigen gjort det hon avskydde mest av allt: Öst skuld.
En halvtimma senare ringde Malin och sa att hon talat med Maria och att de skulle turas om att följa med på besöken till Göteborg. Så ofta de kunde.
– Jag tror ni är galna, sa Anna.
Malin var olik sin syster. Sin mor också för den delen. Sakligare, öppnare, mindre känslosam, logisk. Varken Rickard eller Anna kunde riktigt fatta att de hade en dotter som studerade teoretisk fysik.
– Jag blev så glad att jag gav Maria dåligt samvete.
– Mig med, sa Malin glatt. Hörru, morsan, nog vet du att det bara är odjur som klarar att inte dra på sig skuld.
– Livets salt, sa Anna. Det var ett av hennes gamla smeknamn på sin märkvärdiga yngsta dotter.

Johanna var inte närvarande i Annas första ensamma halvår, inte när hon flyttade, inte när hon ordnade för barnen. Det var den tiden när Hanna låg hemma hos mamma och dog. Mamma hade behövt mycket hjälp. Jag hann bara dit en gång.

Som Malin sa, det går inte att leva utan att bli skyldig.
Hela dagen hade hon fört sina anteckningar i den tredje boken, den röda med ANNA textat på etiketten på pärmen. Nu vände hon tillbaka till försättsbladet och skrev:
"Om skuld och tacksamhet och om att ha döttrar."
Sen satte hon ett frågetecken för sentensen.

På fredagsmorgonen var Rickard tung till sinnes.
– Har du sovit dåligt?
– Ja.
När han stod i hallen för att gå till tidningen sa han:
– Du citerade mitt brev från Rom.
– Men allt är ju bara anteckningar ännu, Rickard. Sen får vi diskutera . . . när det verkligen står klart att det ska bli en bok.
– Det är inte det. Det som slog mig var att du aldrig har svarat på min fråga.
– Och hur löd den, sa hon trots att hon visste.
– Varför du aldrig lyssnade på mig, aldrig ens försökte.
– Det var just det, sa hon.

Hon diskade, ställde i ordning efter frukosten och hennes egna ord ringde i öronen: "Det var just det."
Sen satte hon sig vid sitt arbete och skrev:
Jag vill försöka med en saga. Varför en saga? Jag vet inte, kanske för att det är sant som somliga påstår att sagan kan säga mer än rapporter från den så kallade verkligheten.
Men mest är det nog för att man inte behöver begripa en saga.
Det var en gång en liten flicka som växte upp i ett slott. Det hade tre rum som var fulla av hemligheter, skåp med underbara saker i, böcker med bilder, fotografier av främmande människor som var döda fast de såg på henne med allvarliga ögon. Runt slottet fanns en stor trädgård. Där växte rosor och jordgubbar. I

ett av hörnen låg berget, högt, halvvägs till molnen. En dag klättrade hon upp på det och såg det blå havet möta himlen nånstans långt borta. Sen den dan gjorde hon berget till sitt, tog sig upp på toppen och skapade sina världar bland stenar och klipphyllor.

Berget talade med havet, det hade hon hört redan första dagen. Efter en tid förstod hon att berget talade även med henne och med syrenerna som blommade vid dess fot och kattfoten, taklöken och mandelblommen som växte i sprickorna.

Det var alltid sommar och vackert väder och hon var en lycklig liten flicka. Hennes mamma älskade henne. Och hennes pappa var stolt över henne för att hon var så klok och duktig. Dessutom talade hennes mor nästan dagligen om för henne att hon var just det: En lycklig flicka. Som hade det så bra.

Om man har det bra får man inte vara ledsen. Det blev ett stort bekymmer för flickan. För ibland var hon obegripligt ledsen. Och ibland var hon fasansfullt rädd.

Vad var hon rädd för? Inte för att mamma skulle dö, jo nog var hon det. Men varför?

Hon skulle aldrig få veta.

En gång, när hon trodde att hon skulle dö av skräcken som fick hjärtat att slå så det gjorde ont i bröstet, hittade hon en osynlig trappa som ledde rätt in i berget. Där fanns en grotta, lagom stor för henne, hon kunde sätta sig ner och känna hur allt det onda försvann.

Hon kände sig utvald.

Hur länge lekte hon leken? Var det en sommar eller var det många? I varje fall tog det år innan den lyckliga lilla flickan förstod att det var en farlig lek, denna som gjorde henne okänslig och osynlig. När hon slutligen begrep det var hon vuxen och hade flyttat hemifrån.

Det blev nämligen så att hon tog berget med sig. Det fanns alltid och så snart hon blev ledsen eller skrämd kunde hon fly in i det. Nu ville hon inte längre, nu var hon rädd för grottan som hade så tjocka väggar. Men berget hade tagit makten över henne.

190

Och när prinsen kom och kärleken som gjorde henne sårbarare än någonsin, fick hon ny användning för det hemliga bergrummet.

Prinsen tyckte att hon ofta blev både kall och onåbar. Och det var sant. Det är dödsens kallt inne i berget, den som sitter där blir själv förstenad. Hon kan inte slåss för sin rätt, inte brinna av svartsjuka, inte skrika, lyssna, fråga, anklaga.

Så utan att vilja det fortsatte flickan att fly till sin grotta och göra honom illa. Men skulden plågade henne varje gång hon tog sig ut och såg vad hon ställt till med.

Och så gifte de sig och levde . . . i alla sina dagar.

När Anna fått ner sin saga i anteckningsboken travade hon som en instängd häst, fram och tillbaka och sparkade på bord och stolar.

Sen fyllde hon ett stort glas med whisky och drack i ett enda drag. Rummet snurrade. Men envis och galen, som den blir som är nära att hitta något borttappat och viktigt, fortsatte hon. Tog tag i pennan och slog upp en ny sida.

Så fann hon det: När Peter dog.

När hon somnade med det döda barnet i famnen.

Och när hon hamnade i den yttersta overkligheten, då när hon tappade bort sin pojke på barnavårdscentralen.

Den som flyr löper risk att bli vansinnig.

Nu fyllde hon sitt glas en andra gång och tog det med sig in i sovrummet. Hon vaknade inte när telefonen ringde, inte ens när Rickard kom hem.

Han väckte henne och sa:

– Men, Anna, är du full!

– Ja. Gå och läs.

När hon vaknade nästa gång satt han på sängkanten med mjölk och smörgåsar.

– Jag har ju anat, sa han.

Han var tyst en stund innan han fortsatte:

– Jag tror inte du riskerar att bli galen. Och inte behöver du ha skuld mot mig. Man lär sig ju med tiden att människor har sina egenheter. Nej, det farliga är väl att den som har en grotta att fly till aldrig lär sig att slåss.

– Och det måste man?
– Ja.

Lördag. Utflykt.
Anna vaknade tidigt, gjorde matsäck, såg genom köksfönstret hur grådasket över stan fick ge vika för solen.
Det är klart att det måste bli vackert väder.
När Rickard kom ut i köket, sömnig, orakad och skrudad i sin hemska gamla badrock, frågade han:
– Hur känns det i kroppen?
– Som om jag hade sockerdricka i ådrorna. Det bubblar.
– Vilken märkvärdig bakfylla.
– Fåntratt. Jag är glad, lättare i sinnet än på länge.
– Katharsis?
– Just det.
Från köket hörde hon hur han ringde till flickorna och bjöd dem på utflykt på söndan, utflykt med överraskning, som han sa. Han är så säker, tänkte hon, säker på att de skall ha tid. Och lust. Och säker på att köpet skall bli av.

När de kom ut på Roslagsvägen och trafiken minskade, sa han:
– Jag kom på en sak i natt. Du har envisats med att bo i de här förbannade höghusen för att du är rädd för trädgårdar.
– Herregud!
Han har rätt, tänkte hon. Betongförorterna har inga hemligheter. Det finns inget utrymme för mystik i neonljusens sken, inga symboler, inga relationer till träd och blommor. Eller till berg.
– Herregud, sa hon igen.

194

– Vad menar du?
– Att det är så sorgligt, Rickard. Att vi har bott så . . . trist i
alla år. Och vantrivts.
De var tysta länge och sen mitt i en omkörning sa han:
– På tomten därute är det gott om bergknallar.
– Härligt!

En äldre man mötte dem vid avtaget och när de skumpade fram
på den smala grusvägen tänkte Anna, att det här blir tuffare än
jag trott. Om vintern innan det blir plogat. Och om våren i snö-
smältningen. Men skogen stod grön runt vägen, riktig gammal-
dags blandskog med asp, björk och lönn mellan furorna.
Två låga hus kröp efter marken, fritidshus från sextiotalet.
Nu hade de knutits ihop med en verandalik glasgång. Mellan
asparna skymtade sjön, inte havet utan en stor och stilla insjö.
– Herregud, sa Anna och när mannen såg förvånad ut fort-
satte hon:
– Jag menar bara att jag inte kan begripa varför man säljer ett
sånt här ställe.
– Min fru dog i somras.
Det fanns inget att säga.
De båda karlarna började med brunnen, Anna hörde ord som
hydrofor och att det kunde bli besvärligt på vintern, innan hon
gav sig av på egen hand över tomten. Här var många berg som
Rickard sagt, flathällar med stensöta i sprickorna. Och gott om
rosor, just som hon föreställt sig. Neråt sjön låg det gamla tor-
pet, trött och försummat och underbart.
Det hade haft sin trädgård i lä inåt land. Två åldriga aplar stod
kvar, tunga av röda äpplen. Anna ställde sig med ryggen mot en
av de skrovliga stammarna och sa hej. Det var ingen tvekan, de
hade känt varandra i tusen år.

Nästa helg for Anna och Maria till Göteborg. Maria ägnade sig mest åt den gamle i huset vid havet, pratade, städade, lagade mat. Anna besökte sin mor på långvården.

Hon talade om Hanna.

– Jag har varit tillsammans med din mor länge nu. Jag tror nästan jag börjar förstå henne.

– Det är svårare att få en bild av dig och ditt liv. Det beror på att du står så nära att jag inte kan få syn på dig. Det är nog så att dem vi älskar mest begriper vi minst.

– Jag har förstått att du var en hemlighetsfull människa. Därför har jag tänkt att du får tala i egen sak. Du är ju en god berättare, mamma.

I bilen på väg hem berättade hon för Maria om Hanna och Dalsland.

– Din mormorsmor.

Tillbaka till första arbetsdagen gick hon från bokhylla till bokhylla, läste titlar, slog upp här och var, hittade ord som en gång betytt mycket för henne.

Letade hon efter förebilder?

Nej, hon hade praktiska tankar, tänkte på hur allt skulle packas och var det skulle få plats i de små husen vid sjön. Rickard hade sagt till henne som Ragnar en gång sa till Hanna:

– Det finns massor av gammalt skräp som du kan rensa ut.

Och hon tänkte som Hanna: Vad i allsin dar är skräp av allt

196

jag samlat på mig under årens lopp?

Hon fastnade i lyrikhyllan, blev sittande med Ekelöf, Stagnelius, Martinson, Boye. Då först slog det henne att hon var på jakt efter en ton, mammas ton. Hon tänkte att varje människa har en ton, unik, bara hennes. Självklart kan hon inte finna den nu, inte så här. Och hon vet att det är förmätet att tro att hon skall få den att klinga som den gjorde en gång.

Men om hon ger sig till tåls, om hon väntar, så kan hon kanske hitta tonarten.

JOHANNA

född 1902 död 1987

Mitt liv delar sig i två halvor. Den första varade åtta barnaår som därför är lika långa som de återstående sjuttio. När jag jag ser tillbaka på andra halvan, finner jag fyra tilldragelser som förändrade mig.

Den första var när jag hindrades av en osynlig hand från att öppna en dörr. Det var ett mirakel och det gav mig tillbaka sammanhanget.

Nästa avgörande skedde när jag fick ett arbete som jag tyckte om, blev självförsörjande och gick med i socialdemokratiska partiet.

Sen var det kärleken och äktenskapet.

Det fjärde var när jag födde min dotter och uppkallade henne efter den gamla jordemodern vid Norskvattnet. Och när hon fick barn och jag fick barnbarn.

Vad som utspelades mellan dessa händelser var vanligt kvinnoliv: Mycket oro, hårt arbete, stor glädje, många segrar, fler nederlag. Och så förstås sorgen som låg under alltsammans.

Jag har tänkt mycket på sorgen. Det är ju ur den som insikten föds. Och omtanken och lusten att förändra. Vi skulle nog inte bli mänskliga om inte sorgen fanns där, i botten av vårt väsen.

En sak till bör jag säga innan jag börjar min berättelse. Jag strävade alltid efter sanningen i den barnsliga tron att den fanns och var odelbar. Det var när den föll sönder i hundratals olika sanningar som jag fick allt svårare att tänka.

Jag har inga ord som rymmer de första åtta åren i Dalsland. Kan-

201

ske gjorde jag slut på dem när Anna var liten, slet ut dem på henne. Jag gjorde det för att det var roligt. Men också för att hon skulle bli hemma i den värld som blir till mellan barnet, berättelserna och naturen. Nu vet jag inte om det tjänade något till. Anna blev ingen lycklig människa.

Med åren förlorade också jag förbindelsen. Det blev så tydligt den gången Anna tog mig tillbaka till Dalsland. Jag kände igen allt, forsen och sjöarna och träden och stigarna. Men de hade glömt mig. Det var bittert och jag grät mycket.

Man ska inte återvända till heliga platser.

Stadsbarnet Johanna föddes i en sybehörsaffär i hörnet Haga Nygata och Sprängkullsgatan. Där luktade gott av nya tyger, där var trångt som i ett dockskåp och fanns hundra lådor fulla av hemligheter. Band, resårer, spetsar – all slags härligheter som breddes ut för mig på den polerade mörkbruna disken. Mest av allt älskade jag askarna med silkesspolar.

– Du måste va ren om fingrarna, sa Lisa och jag skrubbade händerna så att de blev fnasiga.

Jag började alltid med den violetta lådan, följde det gnistrande spelet från blekt rosablått över det ljuslila fram till det dunkelt djupblå med bara en viskning av rött i.

– Drottningfärgen?

– Jag tror du har rätt, sa Lisa och log.

Lisa skrattade sällan och skrek aldrig av förvåning eller ilska. Hon var lågmäld och oföränderlig och det gjorde mig trygg. De första dagarna passade jag butiken medan hon satt vid symaskinen i det lilla rummet bakom och sydde mig en klänning av smårutigt bomullstyg i grått och vitt.

– Vi får ta det försiktigt med färgen. Med tanke på mor din, sa hon.

Men hon gjorde manschetter, krage och ficklock av ljusgrön bomull med skära rosor på.

Det var när hon drog på mig den nya klänningen som jag började livet som nån annan, långt borta från far och vattenfallet. Det var inte lätt och många gånger har jag tänkt, att om

Lisa inte funnits hade jag gått i Rosenlundskanalen.

Först var det det fasansfulla med orden, de gamla orden som rann ur munnen på mig innan jag hann tänka mig för. Jag hade ju varit duktig i skolan därhemma och jag var finklädd i nya kläder när jag gick till stadsskolan första gången. Det är klart jag var rädd men ändå . . . jag trodde att jag var som de andra. Och kanske hade det gått om det inte varit för orden. Gud så de skrattade åt mig.

Jag fick läsa ett stycke i en bok. Men jag hann aldrig till slutet för de elaka skrattens skull. Och fröken sa:

– Har Johanna aldrig tänkt på att man talar som man skriver? Det ska vara samma ord i munnen som i boken. Gå nu hem och banka in det i huvudet.

Hon var väl inte elak men hon visste inget om hur det var för mig när jag kom hem till de obäddade sängarna, högarna av smutskläder, travarna av ingrodd disk. Och så pojkarnas skitiga skor som jag måste putsa. Jag hade bara en halvtimma på mig innan mor kom från bageriet, arg som alltid när krafterna tröt. Du ä e lat slyna, bortskämder åv far din när du va litta, skrek hon. En gång slog hon mig rakt i ansiktet så illa att jag inte kunde gå till skolan nästa dag.

Efter den dan rymde jag till Lisa så snart mor kom hem. Jag såg nog att hon blev ledsen, men hon sa inget. Vågade väl inte, jag kunde ju skvallra för Ragnar.

I rummet bakom Lisas butik läste jag högt, dag efter dag. Jag fann snart att det inte var alldeles sant som skolfröken sagt: det stod de och dem och mig och dig och det sa man inte, inte ens på den tiden. Men med Lisas hjälp lärde jag mig tala som folk.

Rikssvenska, trodde jag. Många år senare på ett politiskt möte var det en kvinna som sa:

– Det är trevligt med göteborgska men du borde kanske hyfsa den lite.

Jösses så förvånad jag blev.

I skolan blev jag så småningom duktig även om jag aldrig fick någon vän och kamraterna fortsatte att skratta åt mig. Hemma blev det allt värre. Min bröder slutade arbeta, satt hemma och söp. Medan jag försökte hålla undan i köket hörde jag dem tala om kvinnor, om horor och knull och kukar och hål. Jag diskade och lyssnade och hatade.

Det var då jag fattade mitt första beslut: Att aldrig gifta mig, inte på något sätt ha ihop det med en karl.

När det gick så långt att Ragnar ingrep och slog både pojkarna och möblerna sönder och samman stod jag i ett hörn och gladdes. Mor skrek av skräck och gud vad jag unnade henne det. Sen fick jag bo hos Lisa och Ragnar och ett stort lugn föll över mig. Jag gick fortfarande hemom efter skolan och röjde undan det värsta. Men jag såg noga till att komma därifrån innan mor satte nyckeln i dörren.

Då hade jag börjat förakta henne. Hon bär sig åt som en tattarkäring, sa jag till Lisa. Som tillrättavisade mig men gav mig ett ord som jag aldrig glömde:

– Det är klart att hon är lite . . . primitiv, sa hon.

Primitiv. Som infödingarna, tänkte jag som läst i skolan om vildarna i Afrika, då när Stanley mötte Livingstone.

Efter samtalet med Lisa fattade jag mitt andra beslut: Jag skulle bli en civiliserad och bildad människa.

I Lisas lägenhet som låg rakt över gården i förhållande till vår fanns det många böcker. Säkert tio, kanske femton. Jag läste alla, de handlade om kärlek och jag fann det underligt. När jag sa det till Lisa blev hon förvånad och tänkte länge innan hon öppnade mun:

– Men de är ju som de är, Johanna. Jag till exempel är hopplöst kär i Ragnar. Det tär på mig jämt men jag får det inte ur kroppen.

Jag måste ha sett konstig ut, jag minns att jag satte mig på en stol i butiken och öppnade mun utan att få fram ett ord. Jag ville säga henne att Ragnar var snäll, en ovanligt bra karl, jag ville trösta.

Trösta?

– Så det är därför du är så ledsen, sa jag till slut och blev själv

204

förvånad för jag hade aldrig tänkt på det förut, detta som nu tycktes så uppenbart. Att Lisa var ledsen. Jag minns inte vad hon svarade. Det tog många år innan jag förstod sambandet mellan talet om Ragnar som fruntimmerskarl och brödernas skryt om kukar i hål i hororna på Järntorget.

Lisa lärde mig tre saker av stor vikt: att förstå andra, att tålmodigt uthärda och att stå i en butik.

Anna säger att jag lärde den första läxan alldeles för bra, den att förstå och tycka synd om.

Min mor förstod aldrig, hon dömde och försköt och slapp på det sättet många bekymmer.

Men när Lisa började tala om mina supiga bröder, om hur rädda de var i storstan och hur främlingskapet gröpte ur dem, var det något i hennes tal som jag kände igen, som en melodi som jag kunnat en gång. Det skulle dröja länge innan jag begrep att far lärt mig den för så länge sen att jag inte kunde minnas orden. Bara känslan som alltid är starkare än det utsagda.

För övrigt delar jag Annas åsikt att den som förstår mycket får uthärda för mycket. Det är sant i sak. Det som skiljer oss åt är själva grundinställningen. Jag menar att livet måste göra ont. Anna anser att det är till för att njutas. Det gör henne bitter och hungrig. Det är svårt att tänka på detta för jag vet ju vem som lärde henne att förvänta sig mycket och bara det bästa.

Lisa var en förstående människa som fick uthärda långt mer än vad som är rimligt. Hennes far hade varit alkoholist, svår på att misshandla hustru och barn. Två bröder dog, en for till Amerika och Lisa flydde till Göteborg, bara tolv år gammal.

Hur hon försörjde sig ville hon helst inte tala om, men jag begrep av det lilla hon sa, att hon tiggt sig fram och sovit i portgångar. Tills hon fick arbete på spinnerifabriken där hon förstörde sina lungor i dammet. Det var hemskt att höra henne hosta under de långa våta höstarna i Göteborg. Ragnar tålde det inte, när hostan satte in försvann han som en jagad ut genom dörren och ner på stan. Jag visste ju vad det var som plågade honom, men Lisa blev ledsen.

När hennes mor dog därute på landet gjorde fadern självmord. Lisa ärvde gården ensam för några syskon gick inte att uppbringa. Det var nu det visade sig, att hon hade fallenhet för affärer. Hon sålde djuren på auktion, åkrarna till grannbonden, skogen till ett bolag och huset till en grosshandlare som ville ha sommarställe vid Hallandskusten.

Sen använde hon pengarna till att köpa sybehörsaffärn som låg på gränsen mellan arbetarnas Haga och finfolkets Vasastad. Säkert hade hon varit en fri och självständig människa ända till den dagen hon mötte Ragnar och blev så där hopplöst kär.

Var hon lycklig innan? Jag vet inte.

Men lycklig verkade hon när hon gifte sig, blev fru och ärbar. Att Ragnar kom till prästen med henne var Hanna Bromans förtjänst, sa hon. Och det skulle hon vara tacksam för så länge hon levde. Jag minns att jag grubblade länge på vad mor kunde ha sagt till Ragnar. Aldrig nånsin hade jag sett, att han tog något hon sa på allvar. Han skrattade åt henne.

Jag skrattade inte åt min mor. Jag hatade henne, skällde på henne och skämdes för henne.

Mitt under kriget när det var som värst med maten fick jag bröst och mens. Mor sa, att nu ä ellände igång, nu kunne skamma drabbe mej när som helst. Jag minns det tydligt för hon blev vit som ett lakan och såg vettskrämd ut i ögonen när hon lärde mig att fästa bindan.

– Du må löve mej å va försekti, sa hon. Og rädder om dej.

Jag försökte fråga vad jag skulle va rädd för men då fnös hon, rodnade och teg.

Som ofta när det var svårt gick jag till Lisa. Men den här gången hjälpte hon mig inte. Hon blev också konstig i ansiktet och hackig i rösten när hon sa att hon måste tala med Ragnar. Så jag förstod att det hemska inte bara var det äckliga blodet som rann ur mig. Det var något värre.

Dan efter sa Ragnar korthugget och generat att jag måste se

upp med karlar. Det var allt jag fick veta. Resten la jag ihop på egen hand. Jag tänkte på de hemska orden som jag hört av mina bröder, dom om kukarna och hålen. Och så fick jag hjälp av ett barndomsminne. Jag kom ihåg hur vi stretat genom skogen med en av mors kor som skulle till tjuren på gammelmorfars gård. Det var Erik och jag och när vi äntligen kom fram fick vi kakor och saft av en moster.

Sen såg jag på när tjuren rände upp på kon. Jag tyckte så synd om henne.

Nog visste jag hur det gick till.

Det var sommar när Lisa fick sitt första barn och jag på allvar fick lära mig att sköta en butik. Det gick bra för mig, jag räknade och mätte, klippte och pratade med kunderna. Lisa sa att jag var märkvärdigt duktig för att va så ung. Hon kom med ungen och mat till mig vid middagstid, räknade kassan och visste inte till sig av glädje.

– Jösses! Om jag ändå hade råd att anställa dig.

De fina fruarna från Vasastan sa att jag hade god smak. Det var lögn. Jag skrattade i smyg åt dem för att de inte begrep, att jag alltid tyckte som de om var de gula banden passade bäst och att fru Holm klädde i blått.

Jag lärde mig mycket, mer om människor än om tyger och band. Men mest lärde jag mig om konsten att stå i en butik.

Mor var glad för pengarna jag tjänade. Men hon tyckte inte om att jag skulle va ensam där i affären.

– Så fort du sluter skola får du ut å tjäne piga, sa hon. Så en vet va en har dej. Vi ska nock finne e bra familj.

– Aldrig!

Jag skrek. Jag fortsatte att skrika mitt nej genom hela det sista skolåret men det hjälpte inte. Mor var envis som en lus. Lisa försökte förgäves övertala. Inte ens Ragnar kunde rubba henne. Till och med Erik försökte:

– I ä dum, morsan. Flecka ä alldes for dokti for å tjene piga.

– Ho ä ente doktigare än nån annan.

208

Jag kom till en fin familj på Viktoriagatan. Särskilt herrn var fin, han var doktor och skrev i tidningarna. Nu efteråt förstår jag att det var där jag blev socialdemokrat. De var så kolossalt mycket finare än jag. Sådär utan vidare. Som en självklarhet. De såg mig inte, jag fanns inte. De släppte väder, talade över huvudet på mig, luktade snusk, hade äckliga fläckar på lakanen och konstiga gummitutor i sängen.

Först tänkte jag att de inte hade någon skam i kroppen. Men sen, när jag upptäckte hur de ställde till sig när det skulle komma folk, begrep jag. Jag var ingen. Jag var som hunden.

De slet mig som ett djur också, från sex på morgonen när deras ungar vaknade till sena kvällar när jag måste passa upp vid bordet. Min ynka lön skickade de till mor. Jag hade en ledig eftermiddag var fjortonde dag. Då gick jag till Lisa, inte hem. Jag var där i två år och aldrig kan en människa vara ensammare.

Så kom den natten när doktorn satt i matsalen, skrev på en artikel och drack konjak. Plötsligt hörde jag honom ragla genom köket på väg mot skrubben som kallades jungfrukammarn. Han fepplade vid dörren, jag hann upp ur sängen och när han kastade sej mot mej sparkade jag honom i skrevet. Han tjöt. Fina frun kom rusande. Under tiden hon skrek och skällde fick jag tag i min kappa och rusade nerför trapporna. Jag bankade mej in till Ragnar och Lisa och jag tror aldrig jag sett honom bli så arg som när han rusade till Viktoriagatan. Mitt i natten.

Vad han sa till den fina familjen, om han hotade med stryk eller med polis, fick jag aldrig veta. Men han måste ha skrämt dem för han hade med sig hela femtio kronor till mej.

– Göm pengarna för morsan, sa han.

Jag fick inte heller veta va han sa till mor nästa morgon. Men hon blev sjuk, låg i tre dygn i sängen och skakade i hög feber. När hon steg upp för att gå till bageriet, där man inte fick va sjuk mer än tre dar, försökte hon säja nåt till mig. Men hon fick inte fram orden och mig gjorde det detsamma. Jag visste att jag hade besegrat henne.

– Du ä mager som e spöke, sa hon när hon kom hem på eftermiddagen.

– I tror väl inte att jag fick något i magen, sa jag. Bara skulorna
som blev kvar när herrskapet ätit färdigt. Och det var sällan det
blev något över.

– Dä ä nock ont om mat hos herrskapa mä, sa hon.

Hon hade gjort mig en smörgås. Nu kastade jag den rätt i an-
siktet på henne och försvann till Lisa. Där åt jag upp mig, där
fanns gott om mat trots kriget. I huset viskades det att Ragnar
drev med svartabörsaffärer men jag visste inte vad det var och
för resten struntade jag i det. Jag åt som en galning och när jag
inte åt skickade Lisa mig på långa promenader med sina barn.

Det var snälla barn, lugna och tillgivna. Tillsammans upp-
täckte vi Slottsskogen, som var som hemma vid forsen men
finare förstås med grässlänter i mjuka kullar och märkvärdiga
träd som jag inte kände igen. Och så alla blommorna!

På kvällarna när jag låg ensam i soffan i Lisas kök grubblade
jag över vad som hänt den natten doktorn vart full. I början
tänkte jag mest på att jag inte blivit skrämd, jag riktigt njöt av
tanken att jag var en modig människa. Först så småningom be-
grep jag att jag inte haft vett att bli rädd.

Det var då jag började fundera på hålet som jag hade, det som
det rann blod ur varje månad.

Jag började undersöka det. Det var inget konstigt med det,
det var som en mun som vidgades när man körde upp ett finger
i den. Det konstiga var nåt annat, att jag blev så glad av det, så
upphetsad. När jag väl hade börjat hade jag svårt att sluta, jag
gjorde om det varje kväll innan jag somnade.

Ett halvår hjälpte jag Lisa med barnen och sybehörsaffären.
Sedan fick jag arbete hos Nisse Nilsson som hade en delikatess-
affär i Basar Alliance. Han var vän till Ragnar, de hade affärer
ihop och brukade jaga tillsammans om höstarna. Det var en
snäll och solig människa, särskilt på eftermiddagarna när bränn-
vinsflaskan var halvtömd.

– Då behöver jag nån å lita på, sa han.

Men han drack aldrig mer än han tålde. En flaska räckte i två
dar.

210

Nu var det nittonhundraarton och brödköerna på Södra Allégatan krympte. Svälten släppte långsamt sitt grepp om staden. Men då började folk dö i spanskan som bara var en vanlig influensa. Så egentligen dog de av undernäring, barnen i lägenheten under oss, tanten som var Lisas svalelag och många andra. Jag var rädd jämt, gav noga akt på Lisas barn och på mor som blev tröttare för var dag.

Men oron försvann när jag gick till mitt nya arbete klockan åtta varje morgon, korsade Södra Allégatan och tog vägen genom Allén, längs Rosenlundskanalen och över Basarbron till stan innanför vallgraven där Kungstorget och de stora hallarna låg. För första gången såg jag att stan var vacker med de glittrande vattenvägarna och de höga träden som bugade över kajerna. Och kände att jag hörde hemma här. Jag var en av många som trampade i takt på väg till dagens arbete.

Så småningom kom våren med sol och värme och vi trodde att den skulle göra slut på spanskan. Men sommaren gav sjukdomen ny kraft, allt fler dog i de eländiga källarhålen i Haga.

I den stora saluhallen hojtade vi gomorron till varandra medan vi slog upp luckorna och dukade upp dagens läckerheter på våra diskar. Greta som hade ostaffärn blev nästan alltid först färdig och ropade, att nu sätter jag på kaffet.

Vi stådrack och åt vita rundstycken med ost, hann just svälja sista kaffeslurken innan portarna slogs upp och folket kom, de som skulle ha färskbröd till frukost, nykärnat smör och ibland några kakor. Jag hade inte så mycket att göra de första timmarna, det var först fram på förmiddagen som göteborgarna började tänka på delikatesser. Och på eftermiddagarna hade jag kö.

Jag lärde mej mycket, att skära rökt lax i lövtunna skivor, att skilja på många sorters inlagd sill, att flå ål, göra läckra såser, känna när krabborna var fullmatade, koka räkor, hålla liv i humrar och tusen andra nyttigheter. Sånt som att väga och räkna. Och jag övade bort min blyghet och lärde mej prata. Slänga käft som Nisse Nilsson sa.

– De e viktigast av allt, Johanna. Glöm inte de.

211

Nisse var i fiskhamnen och på rökerierna på morgonen, och på eftermiddan, ja då var det ju som det var med honom. Till slut skötte jag nästan allt, kassan och räkenskaperna, inköpslistorna och bankaffärerna.

– Herregud, vilken tös, sa han när Ragnar tittade in nån gång. Jag växte.

Men det bästa av allt var att jag fick kamrater. Rent av några som blev vänner för livet, Greta i osten, Aina i charken och Lotta i konditoriet.

Och Stig förstås, kötthandlarns son. Han var kär i mej, sas det. Men jag låtsades aldrig om det och på det sättet kunde vi förbli vänner.

Det var här i hallen jag fick veta att jag var söt. Saluhallens skönhet, sa Nisse som alltid överdrev. Men överallt när jag sprang längs gångarna visslade pojkarna efter mig, så lite låg det väl i det. Det blev ett stående skämt för de sjöng också: "Kan du vissla, Johanna". Av en tolvårsgrabb hemma på gården lärde jag mig busvissla, två fingrar i mun och så ett tjut som skrämde katterna upp i träden.

Sen busvisslade jag i hallen varenda gång jag hörde den fåniga visan. Det blev uppskattat men Nisse tyckte inte om det.

– Sluta me de där, sa han. Du förstör den vackre munnen.

En dag alldeles i början fick jag syn på doktorn från Viktoriagatan. Med bestämda steg styrde han rakt mot min disk. Jag blev torr i mun och kände hjärtat dunka men tanken på Nisse som satt i skrubben bakom butiken lugnade.

För övrigt var det onödigt att bli upprörd. Doktorn kände inte igen mej. Han skulle ha två humrar, tjugo tunna laxskivor, ett kilo räkor och ett halvt kilo böckling.

Jag gjorde i ordning varorna, tog betalt. Slutsumman var jämnt på kronan dubbelt så stor som den lön han betalat mig per månad.

Han försökte pruta.

– Jag beklagar, men vi har fasta priser.

Nisse som hört samtalet kom ut och berömde mej, just så

skulle man va, bestämd och vänlig. Sen sa han:
– Men det var hemskt vad du e blek, tös. Gå och ta dej en kopp kaffe.

Så jag satt där på caféet och försökte smälta det orimliga: Han hade inte känt igen mig, den uslingen.

Jag sa förut att det var pigplatsen som gjorde mej till socialdemokrat. Men jag har för vana att göra mej bättre än jag är. Det var hos familjen på Park Victoria som jag lärde mej hata borgarklassen.

Det var en stormig aprildag nittonhundratjugo som det hände. Strax före middagsrusningen.

Jag var ensam i affärn, det var kletigt på disken för jag hade skurit ål åt en kund som sagt, att det var full orkan ute och att kanalerna svämmade över. När han gått och jag skulle torka av disken upptäckte jag att jag inte hade något vatten.

Vi hade inte rinnande vatten i bodarna. Men under den stora glaskupolen i mitten av basaren fanns en rund gård med en brunn och en pump. Jag bad Greta i osten att passa för mig medan jag sprang med vattenspannen.

– Sno på bara, sa hon.

Så jag rusade. Men just när jag skulle öppna den tunga dörren till glasgården tappade jag spannen som föll i stenläggningen med en skräll. Förargad försökte jag böja mej ner för att ta upp den. Det gick inte.

Sen skulle jag lyfta högerhanden för att öppna dörren. Det gick inte heller och jag förstod att jag var förstenad. För ett ögonblick tänkte jag på barnförlamningen. Men jag blev inte rädd, det var så stilla runt omkring mej. Och inom mej. En sån frid att det varken gick att tänka eller känna skräck. Det blev underligt ljust också. Det var på nåt sätt . . . högtidligt.

Det gick flera långa minuter och bara någon gång tänkte jag på att jag hade bråttom.

Så kom smällen när glaskupolen gav efter för stormen och föll med ett brak som skulle kunnat väcka döda. Dörren for upp, slog mej i huvudet och kastade mig rakt över gången in i väggen. Glassplittret yrde, det stack i min arm men jag höll båda händerna för ögonen och blev inte skadad i ansiktet. Folk kom rusande överallt ifrån, skrek att guskelov här är Johanna. Hon hann ut innan . . . men hon blöder. Ring! Polis! Ambulans!

Det var en snäll doktor på Sahlgrenska som drog ut splittret ur armen och sydde igen såret.

– Fröken hade skyddsänglar, sa han.

Sen var det poliser och en brandchef där: Nej, fröken hade varken sett eller hört något ovanligt.

– Jag hade så bråttom, sa jag.

De trodde mej.

Olyckan blev mycket omtalad för smällen hade hörts över hela stan. Det stod om den och om mig i tidningen: "Flickan med skyddsängeln." De retades i hallen:

– Hur har du de med änglarna i dag då?

En dag blev det för mycket, jag brast i gråt. Stig tröstade och snöt mej och sen vart det tyst om änglavakten.

Men mor läste i tidningen om mig och sa något underligt:

– Je hoppes du fatter att dä ä sant.

Jag svarade inte men för första gången på många år såg vi på varandra i samförstånd. Då log hon lite innan hon frågade:

– Va dä far din, Johanna?

– Jag vet inte, mor.

Det var sant, jag visste inte. Än i dag vet jag inte. Jag ville inte ha någon förklaring. Varken då eller senare.

Det enda jag visste var att det hänt ett mirakel och att efter det kunde jag minnas far och skogarna, forsen som dånade, lommen som skrek i skymningen, sagorna han berättade, visorna vi sjöng. Det hade jag inte vågat tidigare. Nu kom bilderna strömmande över mig, först i nattens drömmar och sen i klart dagsljus. Det var som om jag öppnat en dammlucka.

Jag drömde att vi flög, far och jag, seglade i uppströmmarna vid Ulvklippan. Det var natt när vi nådde klippspetsen och slog ner för att vila. Han visade mot stjärnorna och sa att de var avlägsna, främmande världar. När jag frågade vem som bodde där

215

fick jag höra att det var tomt och öde i stjärnornas hus.

Vi flög över sjöarna också, den långa sjön och norskvattnen och alla de tusen tjärnarna inne i skogen.

Flygdrömmarna fyllde mej med en obeskrivlig glädje, en känsla av seger. Av makt, ja rent av makt.

På dagarna var det annorlunda. Då blev jag påmind. Allt, allt kunde påminna. En fågel sjöng på hemvägen genom Allén, jag stannade, lyssnade, visste: Det är en bofink. Jag hälsade på Ernst, bagarn i basaren, kände plötsligt att där luktade mjöl ur en tunna och såg solstrålarna dansa med mjöldammet i kvarnen därhemma. En söndag vandrade Greta och jag upp till Delsjön, slog oss ner på en udde där storskogen speglade sig i den djupa insjön. I strandkanten stod vide och björk med sina hyllen och hängen. Då såg jag lönnarna där hemma, hur de fällde sina ljus-gröna spetsblommor i norsksjöarna.

– Känner du att här luktar honung?

Nej, Greta kände inte doften.

Nästan lika underligt var det med mor. Jag hade ju trott att jag var fri från henne. Nu kom hon tillbaka med all den makt som en mor har. Hon är ju trots allt den enda som alltid funnits.

Jag förde långa samtal med henne. Stumma samtal men för mig var de verkliga. Vi satt vid middagsbordet på första maj, jag hade gått med i tåget, hört kampsångerna och smattret från de röda fanorna i vinden.

Jag sa:

– Vad kan I finna för fel i att fattigt folk kräver sin rätt?

Och hon svarade:

– Dä kommer å gå ille när folk ente längre ä ödmjuke. Vem ska göre allt som måste göres om ente di fattie gör'et? Du trur väl ente att di rike og mäktige nånsin kommer å ta hann om sin egen dritt.

– Mor, I måste förstå att det är en ny tid.

– Je har förstått dä. Folk hater.

– Det ligger nånting i det, mor. Hatet håller äntligen på att mogna och kommer snart att bära frukt.

216

– Og hur smaker dä?

– Jag tror nog det blir strävt, som slånbären, mor, de som I alltid har sagt är så nyttiga.

– En kan ente leve på slånbär.

– Nej, men på hederliga löner och trygga arbeten. Det är nåt nytt mor, nåt som I aldrig har tänkt på.

– Å va skulle dä va?

– Rättvisa, mor.

– Dä finns inge rättvise i denne värla. Gud styr som han allti gjort.

– Tänk om Gud inte finns, den onde guden som I tror på. Tänk om det är vi själva som styr.

– Du vet nock ente va du taler om, tös. Somlege blir blinne, sjuke og lame. Oskyldige onger dör. Många får live fordärrva långt innen de lärt sej tänke.

– Fler skulle få leva å va friska om folk fick bättre mat och bostäder.

– Ackurat. Men dä kommer allti nye herrer.

– Nej. Vi ska ha en värld där varje människa är sin egen herre. De har jag just hört talarn säja på Järntorget.

Hon skakade på huvudet:

– Som Larsson i trean då, sa hon. Han e ju riker me si verksta og behöver ente böje rögg för nåen. Men han slår sine onger rent fördärva og super som e svin. Folk blir ente bättre åv å få de bättre. Tänk bare på den rike familjen där du tjänte. Ente va de bättre fölk än de hemskeste bönnera i mi barndom.

Jag tänkte länge på samtalet efteråt. Mors olycka var inte att hon var dum. Den var att hon saknade ord.

Så skulle Ragnar fylla fyrtio år. Det skulle bli kalas med ett långt smörgåsbord under de stora träden på gården. Vädret var vackert, Lisa bakade bröd och mor kakor. Nisse Nilsson packade en stor låda med sill och lax och pastejer och alla andra slags läckerheter.

– Födelsedagspresent till bror din, sa han. Men säj till en att öl och brännvin får han stå för själv.

Det skulle komma mycket folk, Ragnar hade vänner överallt i stan.

När bordet stod dukat var vi fruntimmer stolta. Det var vackert med blommor och björkris och breda gröna band. Man tänkte knappast alls på att de vita dukarna var lakan och att porslinet var av olika slag, hoplånat hos grannarna.

När mor och jag sprang upp i lägenheten för att dra på oss finkläderna hörde vi att dragspelarna kom och började öva. Kväsarvalsen. En kvanting träder i salen in, för att fröjdas med fjällan sin.

Mor fnös. Så tog hon fram sin gamla ylleklänning, svart och fotlång.

– Nog kan I för en gångs skull ta en modernare klänning. Den gröna . . .?

Men jag visste ju att hon var orubblig, hon ville se ärbar ut. Gammal och värdig.

Festen blev lyckad, folk sjöng och åt och efter hand som brännvinet sjönk i flaskorna blev de allt högljuddare. Mor såg ängslig ut men lugnade sig, när Lisa viskade att Ragnar var nykter och skulle se till att det inte blev slagsmål eller annat otrevligt. Mor bröt upp tidigt, sa tyst till mig, att ho var trött å hade de onne i röggen. Jag följde med henne upp, hjälpte henne i säng och la en filt över henne.

Det irriterade henne. Hon kunde aldrig ta emot hjälp eller vänlighet.

– Nu ska dä ble dans på gårn. Gå ner me dej å roe dej.

Jag dansade ett varv med Nisse Nilsson. Men jag hade inte roligt, jag tänkte hela tiden på mor och var både arg och lessen. Varför kunde hon inte vara glad som andra människor, som alla fruarna som satt här i kvällssolen och skvallrade och skrattade? Många var mycke äldre än hon. Hon var bara femtitre.

Hon var femtitre!

Nåt ofattbart hemskt ville fram, bröt sig genom huvudet.

Nej.

Jo. Hon var femtitre och hennes son fyllde fyrtio.

Vid tretton års ålder hade hon fött.

218

Jag räknade nio månader baklänges, kom till oktober.
Då var hon tolv.
Ett barn!
Det var ju inte möjligt. Han var kanske fosterbarn.
Nej, de är lika!
Jag hade alltid vetat att Ragnar hade annan far än jag och bröderna. Vem? Det hade sagts att mor som ung hade varit förälskad i en kusin, men det var ju inte heller möjligt. En tolvåring blir inte så kär att hon går och lägger sig med en karl. Nån hade sagt att hon sörjt sej rakt fördärvad när kusinen blev vådaskjuten vid en jakt. Vem? Måste fråga Lisa. Men vad kunde hon veta?

Jag bröt också upp tidigt, sa till Lisa att jag måste se till mor.

– Är hon sjuk?

– Jag vet inte, jag är orolig.

Jag sprang uppför trapporna och visste att jag måste våga fråga:

– Mor, sover I?

– Nä, je bare viler litt.

– Jag har just räknat ut att I var tolv år när I blev med barn och knappt tretton när I födde.

Hon satte sej upp, trots skymningen kunde jag se att hon blev flammande röd i ansiktet. Till slut sa hon:

– Du har allti vart klipsker. Dä ä könstit att du ente reknet ut dä förr.

– Ja, det är konstigt. Men nån sa att I var kär i Ragnars far och att I sörjde så hemskt när han dog. Så jag ville väl varken tänka eller fråga.

Då började hon skratta, ett hemskt skratt. Som om hon förlorat förståndet. När hon såg att jag blev rädd slog hon handen för munnen. Det blev tyst.

Sen sa hon:

– Ragnars far va e våldtäktsman og e illbatting. Dä va livets glaaste da för mej när de sköt han. Je va allti rädder för han. Fast je ente behövde för då var je gefter mä Broman som hade körkpapper på pojken.

– Hur länge var I ensam med Ragnar innan I mötte far?

219

– I fyre år va je hora og utskämder.
Jag vågade inte se på henne när vi klädde av oss och bäddade.
Men jag kröp ner till henne i kökssoffan och grät mig till sömns
medan dragspelen tjoade och dansen gick runt träd och lång-
bord, dass och bodar nere på gården.

Som jag dansade den sommarn när stan fyllde trehundra år och gav sig själv Liseberg i present! Nu tycker folk att det bara är ett nöjesfält med karuseller och berg- och dalbana. Även om de flesta nog får erkänna att det är vackert.

För oss som var med när det byggdes var det som en saga som blev verklighet. Hus sköna som tempel stod där i parken med spegeldamm och näckrosdamm, med bäckar som sjöng i branterna, orkestrar som spelade, teatrar, baletter i pelargångar och tusen, nej hundratusen blommor.

Jag dansade sönder tre par skor på några veckor. Och jag minns tjugotalets första halva som det roligaste i mitt liv.

Det var inte bara Liseberg.

Vi fick åtta timmars arbetsdag. Det var viktigt för mor som blev lite bättre i ryggen. Så fick vi semester och Aina och Greta och jag tog tåget till Karlstad. Därifrån vandrade vi uppåt Fryksdalen till Sunne och Mårbacka. Bara resan var ett äventyr inte minst för folket i byarna längs sjön. Tre unga kvinnor i långbyxor (!) som vandrade ensamma, ja det var märkvärdigt på den tiden.

Nu inser jag att jag glömt något viktigt: Selma Lagerlöf. Det var Aina som läst om henne i tidningen och lånat Löwensköldska ringen på Dicksonska biblioteket. Vi läste den alla tre, vi slet den som vi gjort med skorna under jubileumssommaren. Herregud vilket intryck hon gjorde!

Kanske mest på mej som kände igen. Här fanns den, förtrollningen från barndomen. Jag läste och läste och återigen fick

221

världen djup. Här berättade en som visste att inget var som det syntes vara, att allt hade dold mening. Jag satte undan av lönen varenda vecka och köpte hennes böcker på ett avbetalningskontrakt hos Gumperts. I fina halvfranska band. Gud så stolt jag var när jag samlade dem i min lilla bokhylla.

Jag minns inte mycket av Mårbacka och jag tror att det beror på att jag blev besviken. Kanske hade jag fått för mig att det skulle lysa om herrgårn, att det skulle ligga ett skimmer över parken och att Gösta Berling och Charlotte Löwensköld, Nils i Skrålycka och tösen från Stormyrtorpet skulle skymta under träden.

Det var av Selma Lagerlöf jag lärde att kärleken var en väldig kraft, oemotståndlig, smärtsammare och ljuvare än jag nånsin kunnat föreställa mig. Så här långt efteråt kan jag fundera på vad fröken Lagerlöf gjorde med oss som var unga och längtansfulla. Och födda i omständigheter där det knappt fanns plats för så storslagna känslor.

I alla fall började vi drömma om prinsen, Aina och Greta och jag.

Nu ska jag inte bara skylla på böckerna. När vi, den ena efter den andra, började ställa in siktet på "den ende rätte" och gjorde äktenskapet till mål för vår strävan, fanns fler drivkrafter. Fast vi såg aldrig sammanhanget.

Det var ju så att Göteborg började sakta farten mot slutet av tjugotalet. Folk fick sämre med pengar, två bodar i hallen gjorde konkurs, karlar utan jobb började driva på gatorna.

Den stora depressionen hade inletts. Men då i början kände vi varken ordet eller innebörden.

I tidningarna skrev de att kvinnorna tog arbetena från karlarna. Man krävde nya lagar som skulle förbjuda gifta kvinnor att ha ett yrke. I varenda affär i stan sas butiksflickorna upp och ägarna ställde sig själva bakom disken. Jag som sett det som en självklarhet att jag alltid skulle försörja mej blev allt ängsligare.

Det är nästan omöjligt att förklara för unga kvinnor i dag hur längtan efter kärlek flätades samman med rädslan och kom att leda till en desperat jakt. För oss gällde det livhanken. Vi var till-

222

baka där mor befunnit sej en gång, bara med den skillnaden att bondflickan hade släktens stöd i sökandet efter en karl som kunde försörja henne.

Om nån var mottaglig för den stora kärleken så var det alltså jag när jag mötte Arne. Han var verkmästare på ett av storvarven och dit kunde väl ändå inte krisen nå? Men den tanken skämdes jag för och senare när mor sa, att "dä ä e redi kar som allti kan försörje en familj", blev jag arg:

– Jag skulle gifta mig med honom om han var gatsopare.

Jag har sagt förut att jag har en olycklig vana att göra mej bättre än jag är. Försköna. Den enkla sanningen var nog att jag kände mig tvungen att bli förälskad, nu när Nisse Nilsson knappt sålde tillräckligt med lax för att kunna betala min lön och när Greta som ägde ostaffären gick i konkurs och fick ta pigplats.

Men jag var kär också. Det hände nåt i kroppen på mej första gången jag såg Arne Karlberg. Jag fick handsvett, hjärtdunk och en kittlande känsla i underlivet. För första gången förstod jag att det kunde finnas en hunger i hålet som jag hade och en het längtan i blodet.

Det var på ett möte i socialdemokratiska föreningen. Karl efter karl stod upp och sa det vanliga om orättvisorna och om att vi trots de eländiga tiderna måste stå fast vid våra krav. Mot slutet steg det fram en stor bjässe och sa att fruntimren inte bara tog arbete från karlarna. De bidrog också till att hålla lönerna nere när de gjorde samma knog som männen, men inte hade vett att ta samma betalning.

Jag blev så arg att jag glömde vara blyg, begärde ordet och frågade hur man ansåg att alla hustrur till försupna karlar, de ogifta kvinnorna, alla änkor och andra ensamma mödrar skulle få tak över huvet och mat till sig och sina barn.

Det muttrades i församlingen.

Men då gick han upp i talarstolen, Arne, och sa att han instämde med föregående talare. Och att fackföreningar borde sätta in alla sina krafter för att få med sig kvinnorna och se till att de fick samma villkor.

Samma lön för samma arbete, sa han och det var första gången jag hörde de orden.

Nu busvisslades det i församlingen.

Men jag såg på honom och allt detta kroppsliga hände, det som jag redan beskrivit. Han var så stilig. Lång och blond, ett både känsligt och kraftfullt ansikte, blå ögon och stridslysten haka.

Äntligen!

Efter mötet kom han fram till mig och frågade om han fick bjuda på kaffe. Det fanns ett café på Södra Allégatan, vi gick dit och fann att vi inte var kaffesugna. Så vi fortsatte att gå genom Allén och längs kanalerna. Vi gick halva natten, hann med också kajerna och Västra och Norra och Östra Hamngatan. Till slut satte vi oss på sockeln till hjältekonungens staty på Gustav Adolfs torg och Arne sa, att den kungen va en rövare och en olycka som kunde behöva höra på ett ärligt samtal mellan moderna människor.

Jag skrattade. Sen såg jag länge på honom och mindes hur far sagt om Karl XII, att det var en välsignad kula som gjort slut på den hjälten.

Men natten blev kallare, vi frös och han följde mej hem. I porten sa han att han aldrig i livet hade sett nåt grannare än den tösen som stod på mötet och var så gnistrande arg.

Han hade en segelbåt, han hade byggt den själv. På fredan just när vi skulle stänga boden dök han upp i saluhallen och frågade om jag ville följa med ut och segla på lördan. Vi kunde sträcka utomskärs norröver mot Marstrand och se på fästningen.

Sen sa han prövande:

– En sån tur tar lite tid. Så du får räkna med att sova över i båten.

Jag nickade, jag förstod, jag var beredd.

Han hade en del föreskrifter också, varma kläder. Och svala. Ägg och bröd och smör och korv skulle han skaffa. Ville jag ha nåt mer så kanske jag kunde ordna det.

På lördag middag rensade jag butiken på läckra rester. Jag hade nog sett att han haft hungriga ögon när han stod vid disken med allt det goda som vi sålde.

Vad sa jag till mor? Det har jag glömt. Det jag minns bäst av den helgen är varken Arne eller kärleken i den trånga kojen i båten. Nej, det är havet. Och båten. Det var konstigt. Jag hade bott i Göteborg många år nu, jag hade känt att stan luktade hav och salt när vinden låg på från väster. Men jag hade aldrig sett havet. Alla utflykter hade gått mot skogarna och de höga bergen inåt land, inte mot kusten. Visst hade jag strövat i hamnen som alla andra, glott på de främmande skeppen och känt på dofterna av kryddor och hampa och frukt. Och som alla andra göteborgare hade jag stått på kajen när Kungsholm sakta gled in och förtöjde.

Men amerikabåten med sina lutande skorstenar, så väldig och stilig, hörde inte till min värld. Den var till för de rika.

Nu satt jag i en båt som med utslagna segel dansade fram över oändligheten. Blå vidder till världens slut, vindsus, vågstänk, glitter – så gnistrande att det skar i ögonen.

– Du får låna en skärmmössa, sa Arne.

Men jag ville inte ha skärmen som skuggade, jag ville ha vidöppna ögon och ta in allt, havet och himlen.

– Du får hänga en skjorta över axlarna så du inte bränner upp dej, sa han.

Men jag ville inte ha skjortan heller. Jag ville ta emot allt det storslagna med hela kroppen. Men Arne gav sig inte när det gällde skjortan så det blev att lyda. Och det var jag tacksam för senare när kvällen kom och jag fick känna hur skinnet sved i ansiktet och på halsen.

– Där ser du Böttö fyr om babord, sa Arne. Och långt därute har du Vinga. När vi kommer dit ska vi göra slag och lägga henne på kryssen norröver i farleden mellan Invinga och Vinga. Då kommer båten att luta och det är inte farligt.

Jag nickade och när han gjorde slaget och båten la sig på sidan skrek jag, inte av rädsla, mer av den hisnande känslan.

– Tycker du de är roligt?

Roligt var ju inte ordet och jag skrattade som en barnunge.

225

– Det är underbart, ropade jag.

Vi strök utomskärs längs kusten norrut i hård bidevind, det sjöng i seglen, brusade från sjön och fräste saltvatten över oss.

– Om du är rädd kan jag reva.

Jag visste inte vad det betydde men jag skrattade igen och ropade att jag inte var rädd.

– Jag tar mej mot Stora Pölsan och får lä under Klåverön, skrek han. Där finns en bra hamn som kallas Utkäften.

Allt lät som om han läste dikter, tyckte jag. Vinden ökade och Arne skrek igen:

– Vi får nog stryka focken.

Jag ritade ett stort frågetecken i luften, han gapskrattade och skrek:

– Du får styra ett tag medan jag går föröver.

Jag tog rorkulten, han visade på kursen, rakt mot kvasten därborta, ser du. Det tog mig bara några minuter innan jag lärt mig hålla rak kurs.

När focken var borta rätade båten upp sig, vi saktade farten. En stund senare smög vi in i lä bakom ön och det blev stilla som i himmelriket.

– Då får du styra igen medan jag tar ner storen.

Storseglet fladdrade och slog innan det gick i däck. Sen blev det tyst, så tyst. Nu fanns bara det stilla sorlet när båten gled genom vattnet. Så skrek en mås och efter det blev tystnaden ännu djupare. Sen ett väldigt plask när Arne slängde draggen i sjön innan han sprang förut och hoppade i land med ett rep.

– Här ligger vi bra, sa han när han kom tillbaka. Men du gråter ju?

– Det är så storslaget.

Sen stod vi där på däcket och kysstes och kramades.

– Gud, sa han, du e tösen som jag väntat på hela livet.

Sen visade han mej båten. Ner i ruffen gick en trappa och fotstegen var handtag till stora rymliga lådor. I dem fanns ett helt kök, glas, porslin, knivar, bestick, kastruller – allt. Maten hade han stuvat under golvet i ruffen, i kölsvinet hade han sagt. Han visade mej fotogenköket och hur jag skulle hålla lä kring det.

Jag lagade maten medan han tog rätt på seglen , det luktade gudomligt, salt och tång och stekta ägg och korv. Vi åt som om vi varit utsvultna.

– Sjön suger, sa han.

– Vad menas med det?

– Att man blir hungrig av havet.

Jag minns ön, blommor som jag aldrig sett förr, hur varma bergen var att gå på och så måsarna som dök mot oss och skrek som om de blivit galna.

– Det finns ägg i bona, sa Arne. Vi ska nog inte störa.

Just så sa far när vi kom för nära Ulvklippan om våren.

Så vi gick tillbaka till båten och fortsatte att kyssas och nu kände jag att luften mellan oss stack som om den blivit elektrisk och att blodet rusade i ådrorna.

Sen minns jag att det gjorde ont och sen var det över. Det var snopet på nåt vis. Inte överväldigande.

Mor och jag bodde ensamma i lägenheten nu och kunde ha det fint och städat. Jag hade fått några överblivna pelargoner av blomsterhandlarn i hallen och mor skötte om dem så det blev rent praktfullt i våra fönster. Mitt i vardan unnade vi oss att ha vackra broderade dukar på bordet i rummet.

Hon var bättre till humöret och det berodde inte bara på att vi blivit förtroliga och kom så gott överens. Nej, det var nog mest för att det ljusnat för bröderna. Alla tre hade arbete och var ordentligt gifta.

Rätt ofta var hon pratsam. Vi kunde sitta på kvällarna och tala om det gamla. Minnas tillsammans. Jag kom ju mest ihåg skogen och sjöarna, pilgrimsfalkarna vid Ulvklippan och fågelsången i kvällningen. Mor mindes människorna, smefrun som hade onda ögat, smen som locka far till brännvinet. Och Anna, jordemodern.

– Du må kunne kom ihåg na. Ho bodde hos oss när du var lita, sa hon och då kunde jag det, den ljusa människan som lärt mej allt om mat och bak, om örter och mediciner.

– Ho va e redi menske, sa mor. Å sneller.

Hon var som en ängel, tänkte jag. Varför, hur hade jag kunnat glömma henne?

– Dä e hennes doktighet söm du har å tacke för live, sa mor och så fick jag höra om den hemska förlossningen "me ongen som ente ville ut i värla. Ho bet fast tills Anna vart tvongen å klippe opp mej."

Jag blev skräckslagen. Vågade inte tänka på lördan i Arnes båt.

228

Mest talade vi om far och hans sagor.

– Kommer I ihåg berättelsen om Döden som hade ett ljus för varje människoliv i sin grotta?

– Ja. Den handla om Johannes.

Så fick jag höra om botaren, om mormors död och Johannes spådom om far.

– Dä stämde ackurat på åre.

Hon talade om Ingegerd, mostern som aldrig gift sej och var en fri och självständig människa fast hon var kvinna. Mitt i berättelsen hejdade hon sej och sen sa hon något underligt:

– Ho hade ege liv. De va for dä ho allti kunne va sann og hederli.

Jag var tyst länge. Sen berättade jag om Arne.

Hon rodnade som alltid när hon blev upprörd:

– Kan han försörje dej å ongera?

– Ja.

Då tänkte hon en lång stund och sen sa hon:

– Töcker du om han?

– Jag tror de.

– Dä ä inte så vektigt i börjen. Ä dä e bra kar blir en fäster ve han me årena.

Detta var så långt från Selma Lagerlöf som man nånsin kunde komma. Men jag skrattade inte, jag hoppades att hon hade rätt.

Så kom den lördan när Arne skulle besöka oss. Då hade jag hunnit berätta för honom om Dalsland och far, bröderna som haft så svårt för storstan, Ragnar som var som en far för oss, "han är storslagen och lite galen men nu har han tre bilar och det går lika bra för honom som alltid".

Vid talet om Ragnar såg Arne sammanbiten ut. Men när jag sa om mor, att hon var snäll men lät mun löpa med sig som en barnunge, lyste han upp:

– Jag tycker om sånt folk, sa han. Dom ljuger inte.

– Jösses, sa jag. De var ju sant, det har jag aldrig tänkt på. Och fast vi gick på gatan stannade jag och gav honom en kram. Folk skrattade och Arne blev generad.

229

Hemma var det fint med de dyraste kopparna på den vackraste duken och sju sorters kakor till kaffet. Mor hade den svarta ylleklänningen, strasshalsbanden, krås i halsen och bländvitt förkläde.

– Vi har en likadan lägenhet men tvärvänd, om ni förstår, sa Arne.

Sen fick han syn på värmlandssoffan:

– Vilken vacker möbel! Ett sånt fint arbete.

Han strök över fogar och hörn, sa att sånt snickeri gjordes inte längre och inte sån grann intarsia heller.

Varken mor eller jag visste vad intarsia var, jag var förvånad och mor höll på att få slag av glädje.

– Arne ska vete att alle i alle år har hånet mej for denne soffa.

Allt gick som smort denna eftermiddan. Arne berättade om sitt arbete på Götaverken, att han hade ansvaret för snickeriverkstan där man tillverkade inredningen till de stora fartygen.

Inredningen, de va ett nytt ord för både mej och mor.

– Menar du möblerna?

– Jo, men de är ju inte vanliga möbler. Det mesta är inbyggt. Som i min lille båt. Fast finare, mahogny och valnöt och sånt.

– Dä va grant, sa mor.

Mot eftermiddan tittade Ragnar in och de två karlarna synade varann som om de skulle mäta styrkan innan de började slåss. Men de skakade hand som hyggligt folk och mitt i allt började Ragnar skratta. Jag har nog inte sagt det förr, men det är på det sättet att ingen människa kan motstå hans skratt. Det skakar om rum och porslin och går rakt in i hjärtat, tvingar varenda en som hör det att skratta med. Arne såg först förvånad ut, sedan skrattade han och så skrattade de tillsammans så att pelargonerna började fälla sina blomblad.

– Ente för att je begrepe va som ä så muntert, sa mor. Men je koker nytt kaffe.

Då sa Arne nåt förvånansvärt.

– Det är nog bara en karl som kan förstå det roliga.

Jag såg en glimt av gillande i Ragnars ögon innan de nya skratten rullade genom lägenheten. Sen började de två karlarna tala om bilar, Ragnar la ut texten men det stod snart klart att Arne visste en del om motorer han också. Efter en stund började de prata om båtar och Ragnar la sig:

– Det där vet jag inget om. En annan är landkrabba.

– Men följ med på en tur.

Så det blev bestämt att nästa dag skulle vi ut och segla om det var lagom vind och väder. Men mor ville inte:

– Je ä så uschligt rädder för sjöen.

Jag fick mensen nästa morgon så jag kom inte heller med på segelturen. Men jag förstod ju när karlarna kom hem framåt kvällen att de haft roligt. Jag var glad för det, nästan lika glad som jag var för den välsignade blödningen.

Två saker av vikt blev sagda den kvällen. Först var det Ragnar som sa till mig, att du har alltid varit en duktig tös så de är klart att du kunnat skaffa dig en redig karl.

Arne sken av stolthet när Ragnar sa ajö.

Men sen var det mor som fick höra att Arne bodde kvar hemma fast han var äldst av bröderna. Då sa hon:

– Så du ä en sån därenge ongfågel som ä rädder for å flyge ur bot.

Han blev först röd och sen vit. Jag visste inte då att det var så han skiftade färg när han blev arg. Nu kunde han ju för skams skull inte skrika eller slå näven i bordet. Så han teg.

Många år efteråt berättade han för mig att det var mors ord den där kvällen som fick honom att bestämma sig. För det gjorde han till slut. Men först när jag blev med barn. Då hade jag träffat hans mor och börjat begripa saker och ting.

231

Hon satt mitt i soffan i rummet i landshövdingehuset i Majorna. Ensam. Hon var en liten människa som krävde stort utrymme.

Hon var vacker också, liknade de kinesiska elfenbensstatyetterna som såldes i finaffärerna på Avenyn. Rak i ryggen, lång hals, fint tecknade ansiktsdrag, blå ögon. Lik sin son. Men kallare än han, mycket kallare. Jag neg för henne och räckte fram handen. Hon tog den inte.

Då ångrade jag nigningen.

Där fanns en kvinna till, yngre och vanligare.

– Det här är Lotten som är gift med min bror, sa Arne.

– Gustav kommer snart, sa hon. Han skulle bara gå ett ärende.

Jag tyckte genast om henne och hon skakade min hand både länge och väl. Som om hon ville uppmuntra.

Det dröjde en stund innan jag fick syn på hans far, en stor karl som inte tog någon plats alls. Han satt i vrån bakom köksdörrn och läste tidning, det fanns nåt skyggt över honom och han mötte inte min blick när vi hälsade. Men han tog i hand. Jag förstod genast att han var rädd.

– Så detta är Johanna som vill gifta sej med min pojk. Hon är väl med barn då, sa isdrottningen.

– Nej, inte så vitt jag vet, sa jag. För resten är det nog mest han som vill gifta sig.

Det elfenbensgula ansiktet rodnade av vrede innan det blev vitt. Som sonens.

– Mamma. Arnes röst vädjade.

232

Hon bjöd inte på nåt, inte ens den enklaste kopp kaffe. Alla var tysta, det var spöklikt. Jag såg mej om, det var en lägenhet som var äldre och sjabbigare än vår. Mörkbruna tapeter, väggarna fulla av fotografier och blanka Jesustryck. Jag hade känt med ens vi steg över tröskeln att här luktade snusk, att här bodde sånt folk som pinkade i köksvasken. Sen stormade Arnes bror in och gav mig en stor kram:

– Jösses, vilken grann tös du har fått tag i, sa han till sin bror. Till mig sa han:

– Låt dig nu inte skrämmas av morsan, hon är inte så mäktig som hon ser ut.

Elfenbensdamen tog sig för hjärtat, Lotten sa, att då sticker vi nu. Gustav och Arne skulle ju prova det nya seglet.

Vi sprang nerför trapporna alla fyra. Ingen sa ajö. Utom jag som tog den gamle mannen i hand.

Vi gick inte till båten, vi gick hem till Gustav och Lotten. De hade en fin tvårummare på Allmänna vägen och där stod kaffebordet dukat. Där fanns till och med en tårta för att hälsa mig välkommen.

– Du blev väl inte skrämd, flicka lilla, sa Gustav.

– Lite blev jag nog det. Men mest förvånad.

– Så Arne har inget sagt? Det var Lotten som frågade och det fanns is i rösten.

– Men vad fan skulle jag ha sagt? Det går ju inte att beskriva hur morsan är.

– Jodå, sa Lotten och frosten bet i orden. Hon är självisk och har storhetsvansinne.

Nu såg jag för andra gången hur han först blev vit och sedan röd. Sen slog han näven i bordet och skrek:

– Hon har bara ett fel och det är att hon tycker för mycket om sina barn.

– Nu lugnar du ner dig, skrek Lotten. I vårt hus bär man sig åt som folk.

Gustav försökte medla:

– Det är inte så lätt, Lotten. Hon var en snäll morsa ända tills hon fick ont i hjärtat.

– Och det fick hon så lämpligt när sönerna hennes började skaffa sig hustrur.

– Nu går vi, Johanna, sa Arne rasande.

– Inte jag, sa jag. Jag tänker inte bli den som ställer till osämja mellan er. Och nog får du erkänna att hon bar sig illa åt som inte tog mig i handen och inte bjöd ens på kaffe. Sånt bemötande har jag aldrig fått förr.

Först nu kände jag hur ledsen jag var, jag svalde klumpen i halsen men kunde inte göra något åt tårarna.

Gustav och Lotten tröstade, Arne såg förtvivlad ut.

– Kan ni inte försöka förklara för mig utan att börja gräla.

Det kunde de inte så det blev alldeles tyst. Jag sa:

– Jag tyckte så synd om er pappa. Som han måste ha skämts. Varför sa han inget?

– Det är många år sedan han vande sig av med att prata, sa Gustav. Det är hemskt.

– Men han kunde ju stå på sig, skrek Arne. Varför i helvete är han så feg så han bara kryper undan och tiger?

– Han är rädd för henne, sa Lotten. Som du är. Och Gustav.

– Jag är väl för fan inte rädd för henne.

– Visa det då, gå inte hem igen förrän hon bett om ursäkt. Och gift dig med Johanna.

– Jag vet inte längre om jag vill, sa jag och reste mig, tackade för kaffet och gick. I dörren hörde jag Lotten skrika att Arne lät sin mor förstöra livet för honom. Han sprang efter mig i trappan men jag vände mig om och sa, att jag ville vara ensam, att jag behövde tänka.

Men det gick inte bra, tankarna snodde runt i mitt huvud och trasslade in sig.

När jag nu ser på vad jag har skrivit om detta första och underliga möte med Arnes mor undrar jag om jag far med osanning. Jag kan ju inte komma ihåg så här ord för ord vad som sas. Minnet väljer och vrakar och kanske ljuger jag utan att mena det. Det blev ju så att jag avskydde min svärmor så länge hon levde. Och genom åren kom jag att hata de sidor hos Arne som på-

minde om henne, hans krav på att alltid vara medelpunkt, hans
sätt att ständigt driva sin vilja igenom, hans vrede och hans eviga
snarstuckenhet.
När jag kom hem till mor sa jag att jag aldrig träffat en så svår
människa som min blivande svärmor. Jag grät och berättade och
mor sa:
– Ä ho relesjöser mä?
– Det tror jag för det var kors och Jesusbilder på väggarna.
– Dä ä värste sorten, sa mor. Dä ä de som e onne i dä goes
namn.

Arne väntade på mig när jag slutat i hallen på måndagskvällen.
– Jag har flyttat hemifrån, sa han.
– Men var bor du?
– I båten. Det går bra så länge sommaren varar.
– Vad har du sagt till henne?
– Ingenting, jag var bara hemåt och packade mina saker. Nu
får hon mjukna.
Det är klart jag blev glad. Ändå?
– Jag behöver mer tid att tänka, sa jag och gick ifrån honom.

Men det fanns ingen tid och jag hade inget val. För tre veckor senare stod det klart att jag var med barn. Vi växlade ringar, vi försäkrade varandra att vi hörde ihop och jag övertygade mig själv om att han var snäll och trygg.

Mor sa:

– Du behöver ente gefte deg. Nock klarer vi ongen, du og je. Det var storslaget.

Då måste jag berätta för henne ur illa det stod till i Nisse Nilssons butik, att vi knappt sålde för mer än vi köpte in.

Den kvällen hade jag svårt att somna. Jag låg där och vred mig, försökte få bilderna av Arne att stämma. Pojken som modigt ställt sig upp på mötet och blivit hånad för att han höll på rättvisa åt kvinnorna. Seglaren som gjorde sina djärva slag till havs. Politiskt klarsynt, intelligent och kunnig. Verkmästare! Och så denna ynkrygg som smet undan för sin mor.

Jag ska inte förneka att jag tänkte en del på Stig också, kötthandlarns son som var kär i mig och skulle ärva butiken. Med honom kunde jag behålla mitt arbete, alla kamrater, hela mitt självförtroende. Han var en snäll människa. Omtänksam. Och båda hans föräldrar tyckte om mig.

Men han kunde inte få det att spritta i kroppen på mig.

Vi skulle vigas i Köpenhamn, segla dit. Men först skulle det bli lysningskalas hemma hos mor. Hon lyfte på sparpengarna och sydde en utrustning som till en herrgårdsfröken, lakan och örngott, handvävda handdukar, finaste spets till gardiner och två stycken damastdukar.

236

Det var ont om lägenheter men vi litade på Ragnar, nog skulle han ordna sånt, han med alla sina förbindelser med stans byggmästare.

Så kom den hemska måndagen. Jag var i tredje månaden men hade konstiga mensvärkar när jag gick till arbetet på morgonen. Där hos Nisse Nilsson föll jag ihop och började störtblöda. Aina körde mig i taxi till ett privat förlossningshem där de sövde mig. När jag vaknade var det svidande tomt i min kropp.

Mor kom på eftermiddagen, var blek och talade om ödet. Ragnar och Lisa sände blommor. Jag mådde illa, halvsov och längtade hem, en underlig längtan till en okänd plats där jag kunde bli bofast.

De väckte mig med starkt kaffe och en smörgås. Jag klarnade. Det fanns några få tankar i mitt huvud och gott om tid att ruva dem.

När Arne dök upp skulle jag tala om för honom, att han skulle flytta hem till sin mor igen. Lugnt, inte argt eller elakt, skulle jag förklara att det var bäst för oss båda. Han skulle återfå samvetsfriden och slippa klyvas mellan modern och mig. Jag skulle bli fri och må bra av det för jag var nu en gång en mycket självständig människa.

Men när han kom tog han båda mina händer i sina, hans ögon var blanka och rösten stakade sig:

– Lilla tös, sa han. Min lilla tös.

Det var allt, det räckte, jag visste med ens att han var en människa att lita på. Och jag felbedömde inte. För så var det med honom att när det blev svårt, när fara var å färde och sjukdom och skräck hotade, växte han, blev stark och trygg som far en gång.

– Det var en liten pojk, sa Arne och då såg jag att han grät, han också.

Innan de körde ut honom ur sjuksalen försökte han säga att det var en olyckshändelse och att det snart skulle komma ett nytt barn till oss. Det gav hopp och när jag somnade för natten tryckte jag händerna mot det värkande tomrummet nedanför naveln och viskade: Kom tillbaka.

Efteråt har jag många gånger tänkt att det var den här stunden på den fina kliniken som beseglade mitt öde. För frågan om vem han var kom ju igen många gånger under årens lopp. Först så småningom lärde jag mig att också fråga vem jag var. Och sen: Vad han var för mig och jag för honom? Vad vi hade gemensamt mer än vår längtan? Han var ju som jag, långt hemifrån.

Först nu när jag är gammal har jag förstått att längtan inte är dålig grund för gemenskap. Den kan vara både tryggare och större än den verklighet jag åtrådde så hett när jag var ung. Nu tror jag inte längre att verkligheten finns och att det är i jakten på den som vi dödar allt.

Mor höll lysningskalas en solig sommarsöndag, direkt efter högmässan. Arnes mamma satt ensam mitt i värmlandssoffan och äntligen kom den till sin rätt. De passade för varandra, elfenbensdamen och den obekväma men eleganta möbeln. Hon sa inte många ord men iakttog mycket noga. Lysningspresent hade hon inte med och jag tror inte att hon tyckte det var pinsamt när hon länge och kritiskt granskade allt mors fina linne. Lisa den snälla människan ägnade sig åt Arnes far, de talade om jordbruk, det blev liv i hans ögon och klang i rösten.

Här kunde han minsann tala.

Sen kom Gustav och Lotten med en kaffeservis och både mor och jag la märke till att Lotten inte ens hälsade på sin svärmor. Sist dök Ragnar upp och därmed var det slut på bekymret att hålla samtalet igång. Han hade med sig vitt skummande vin, öppnade det med en smäll och utbringade en skål för oss.

– Du har haft mer tur än du förtjänar, sa han till Arne. För Johanna är inte bara den sötaste jäntan i stan, hon har också det bästa förståndet och det goaste hjärtat.

Arne såg stolt ut, hans mor tog sig för hjärtat och Ragnar som såg det brast ut i ett av sina berömda skratt. När det spred sig genom sällskapet tappade den gamla kvinnan sin säkerhet. Hennes ögon irrade och handen som höll glaset darrade. För ett kort ögonblick tyckte jag synd om henne.

Ragnar som nu även drev taxirörelse körde det gamla paret hem medan jag hjälpte mor med disken. Arne smög runt oss som om han ville säga nåt och till slut fick han ur sig:

– Hon är lite egen, min mor.

Nu var ju inte Hanna Broman en människa som någonsin strök medhårs så hon sa:

– Dä e de minste en kan säg. Dä e synn om far din.

Sen var Ragnar tillbaka och ville prata med oss om en idé han hade. Det byggdes utåt havet, nya små egnahem kring ett gammalt fiskeläge bara någon halvmil från stan. En av nybyggarna hade mist jobbet och gjort konkurs, en brägård som Ragnar körde för hade övertagit huset. Det var under tak, det var egentligen bara snickerierna inomhus och målningen som fattades. Brägårn ville sälja, snabbt och billigt.

Färgen steg i Arnes ansikte när Ragnar pratade, ögonen lyste.

– Hur mycket?

– Kring tolvtusen men vi kan pruta.

– Jag har bara halva summan.

Ivern i de blå ögonen slocknade men Ragnar fortsatte.

– De va bra, resten får du låna i bank. Det går, du har anställning och jag går i borgen.

– Men jag har lovat mor att aldrig låna.

– Men för fan, nästan skrek Ragnar, och Arne som insåg att han gjort sig löjlig sa:

– När kan vi se på huset?

– Nu. Jag har bil på gatan. Men du kanske skulle fråga Johanna först.

– Titta kan vi väl alltid, sa jag men när vi sprang nerför trapporna kände jag mig yr av förväntan och kramade Arnes hand.

Det var lera och klafs, höga berg och låga granithällar, det var mållor och kvickrot och ett halvfärdigt hus, lågt och långt, tre rum och kök och plats för barnkammare på övervåningen. Vi tyckte om det från första stund och jag mindes de konstiga drömmarna om att komma hem och bli bofast.

– Det är mycket arbete, sa Ragnar.

– Vem är rädd för arbete, sa Arne.

239

– Jag vill ha en trägård, sa jag.

– Här är vindpinat så det blir inte lätt, sa Arne. Jag får bygga dig en mur så du får lä.

Vi tog en stege och klättrade upp i övervåningen och det var som Arne trott: vi såg rätt ut i havet över hamnen där fiskebåtarna vilade under söndan.

Sen satt vi hela kvällen i mors kök och räknade på räntor och amortering. Det skulle bli knapert, men det skulle gå.

Nån segling till Köpenhamn blev det inte, det blev enkel vigsel hos prästen i Haga och sen slet vi, jag på tomten, Arne på huset. Det var nu jag fick veta att Arne hade gott om kamrater och en förvånansvärd fallenhet för att organisera, leda och besluta. Han betalade med brännvin till all den goda maten som jag lagade. På söndagskvällarna blev det muntert och inte mycket gjort. Själv tog han sällan en sup.

I backarna runt om oss arbetade andra unga människor på halvfärdiga hus. Jag fick genast bekanta, nygifta kvinnor med samma förväntan som jag.

I oktober flyttade vi in, det var inte målat och vi hade nästan inga möbler. Men vi hade roligt. Och köksspis och två kakelugnar så vi slapp frysa.

Det fortsatte att vara svåra tider, det blev värre. På Kullager-
fabriken där nära fem tusen människor arbetat fanns det nu bara
tre hundra kvar. De andra svalt och frös. I en tom kullagerverk-
stad på Hisingen byggdes bilar, de kallades Volvo och det fanns
folk som trodde att det skulle bli något av det.

Även varven var hotade, sa Arne. Men än så länge drog man
sig fram med reparationer.

Mitt i allt var jag lycklig. Jag anlade en trädgård och jag skry-
ter inte när jag säger att den blev storslagen. Ingen har så granna
äpplen som jag och ingenstans, inte ens på Trädgårdsförening-
en, finns det vackrare rosor.

Min trädgård har höga berg i ryggen, öppen sluttning mot
sydväst och mur mot havet. Och så märkvärdigt är det här på
västkusten att om du har ett stycke mark i soligt läge med skydd
mot vindarna från havet så blir din trädgård nästan sydländskt
praktfull. Du kan få druvor att gå, du kan spaljera persikor. För
att inte tala om rosor.

Jag berättade aldrig för Arne att det gick utför med Nisse Nils-
sons delikatessaffär. Det behövdes inte för Arne tog för givet att
jag skulle bli hemma och att han skulle försörja familjen.

Det kändes naturligt också för mig då, den hösten när jag ha-
de så mycket att göra. All sömnad till det nya hemmet för att
bara nämna en sak. Jag fick en gammal symaskin av Lisa, den var
trögkörd och hängde ständigt upp sig och jag svor och grälade
på åbäket. När Arne kom hem skrattade han åt mig, plockade

241

isär maskinen i småbitar, bytte nåt här och smorde lite där. Jag stod bredvid, full av beundran. När han satt ihop den igen blev den snäll och genom åren har jag trampat många mil på den! Vår första möbel var en stor begagnad hyvelbänk. Till källaren! När Ragnar kom körande ut med den blev jag arg, köpa hyvelbänk när vi inte ens hade ett bord att äta vid. Men jag sa inget och jag förstod snart. För Arne försvann i källaren varenda kväll och snart kom det bord och stolar, skåp och hyllor i jämn ström uppför källartrappan.

Det var fina möbler, ek och mahogny och teak till köksbänkarna.

– Var köper du det fina trät?

Han rodnade och sa ilsket att jag inte skulle fråga så mycket. Som vanligt begrep jag inte varför han blev arg.

Min mesta tid den första hösten gick åt till att passa upp målarmästare Andersson. Han var en av Arnes oräkneliga kamrater och jag hade fått bestämda förhållningsregler: En pilsner varannan timma, inte mer för då kommer tapetvåderna snett. Lagad mat och en sup innan han går om kvällen. Inte mer, då kommer han inte tillbaka.

På det sättet höll jag igång Andersson och hemmet ljusnade i samma takt som kvällarna mörknade utanför fönstren. Vi fick ljusgröna ränder i sängkammaren och svagt skära rosor på vit botten i finrummet där de nya möblerna stod och lyste mörkröd mahogny. Köket målade vi själva, för en lördag hade Andersson försvunnit med en back öl som jag trodde att jag lyckats gömma i matkällaren.

Jag förebrådde mig men Arne skrattade åt hela äventyret.

Det blev jul och vi bjöd släkten på middag. Mor tredskades, hon hade svårt för de nya släktingarna. Men jag gick till Ragnar och sa, att kommer ni inte slår jag ihjäl dig. Så de kom alla, mor, Lisa, Ragnar och barnen. Och två av mina andra bröder med sina fruar. Vi bjöd Gustav och Lotten också men de tackade nej.

Isdrottningen var tyst, inte en elakhet kom över hennes läppar.

– Du ser, viskade Arne till mig, hon mjuknar.

Jag kunde inte se det. Men innan vi satte oss till bords hände något betydelsefullt. Det var barvinter, åtta grader varmt och en mjuk vind från havet när min svärfar och jag gick över tomten och jag berättade om trädgården som jag drömde mig den. Den gamle mannen förvandlades, det blev klang i rösten, spänst i gången och han sa att han skulle hjälpa mig. Här kunde bli ett paradis, sa han. Kan vi bara ordna mur mot väster . . . så gör solen och Golfströmmen resten. En potatisåker, sa han, kålrötter, jordgubbar.

– Rosor, sa jag.

När han skrattade var han lik Arne.

– Lita på mig.

När gästerna gått, jag hade diskat och Arne burit julmaten till matkällaren, berättade jag om samtalet med den gamle. Arne log över hela ansiktet men mulnade snart:

– Det kommer inte att gå, han får inte för morsan.

– Ska vi slå vad, sa jag. Han kommer vad hon än säger.

– Du är en märkvärdig människa, sa Arne och jag rodnade. Av glädje men också för att jag långt ifrån var så säker som jag verkade. Den kvällen satt vi länge vid köksbordet och ritade, gjorde skiss efter skiss på hur vi skulle ha vår trädgård. Jag talade om rosor och violer, Arne om potatis och grönsaker.

– Vi måste spara på varenda krona.

– Jag vet, men jag ska ha rosor längs muren och en stor rabatt framför huset. Flox, rosenskära, malvor . . .

En morgon en bit in i januari sa jag till Arne att i kväll far vi in och hälsar på dina föräldrar. Trädgårdsritningarna tar vi med så vi kan diskutera med din far. Han blev rädd och glad på en gång, jag såg nog men låtsades inte om det. Vid det laget hade jag förstått att han ständigt hade dåligt samvete för att han försummade sin mor. När vi steg in genom dörren i det gamla huset på Karl Johansgatan blev hon glad, det tog henne flera sekunder att styvna till anletsdragen.

– Men kom in. Jag ska sätta på kaffe.

Vi satte oss vid köksbordet, jag drog svärfar från köksvrån och sa, att kom nu så vi får diskutera.

Och jag lyckades, det blev återigen liv i den gamle, han hade invändningar, han hade tänkt. Bergtall här vid murslutet, sa han. Det blåser ju inte bara västan, stormen kan komma söderifrån också. Muren skulle gå i vinkel, sa han, för Johanna vill ha rosor och behöver en vägg rätt i söder.

Den som blev mest förvånad var inte isdrottningen, det var Arne.

Och glad, så glad. Då tog jag nästa steg:

– Jag ska försöka ordna med min bror så att svärfar får åka bil ut och in.

– Jag tar bussen, sa den gamle.

– Blir du för trött kan du sova över i kammarn, sa Arne.

Min svärmor teg.

Det var roligt den våren när svärfar och jag anlade trädgården. Vi lånade häst och harv från en bondgård och den gamle körde som han aldrig gjort annat. Vi grävde land, fick potatis i jorden, vi grävde sängar och jag sådde grönsaker, vi grävde rabatt och jag sådde blommor, vi grävde djupa hål och planterade äppleträd och vinbärsbuskar. En gång när vi rastade med kaffe och smörgåsar sa svärfar:

– Jag har ju gammalt bonnablod i ådrorna.

Då kände jag att det hade jag också.

Min svärfar var inte mycket för ord och ändå lärde han mig så mycket. Att skilja på färsk och välbrunnen gödsel. Om jorden, hur man smular den mellan fingrarna och känner om den vill ha sand eller torvmull. Att de söta styvmorsviolerna skvallrar om kalkbrist och att jag ständigt måste se upp med leran som fick myllan i rabatterna att styvna.

Det var erfarenhetens kunskap och den kunde förmedlas utan många ord.

Men han hade idéer också.

– Rosor är nog granna på sommarn, sa han. Men jag skulle nog sätta en forsythia invid muren häruppe vid fönstret. Med scilla och krokus inunder.

Jag nickade, jag kunde se det framför mig. Så vi anlade en vårhörna mellan muren och köksfönstret. Det blev grant och som

244

den gladde mig i mars när de blå dagarna stod som is utanför rutan och man knappt vågade sticka ut näsan i snålblåsten. Då satt jag med min kaffekopp vid fönstret och såg på vårbuskens gyllene skyar.

Svärfar försökte lära mig tålamod också.

– Att odla är till att vänta, sa han. Man kan inte göra nåt åt vädret.

Det är sant men jag lärde aldrig att tåla mig. Jag rasade när det snöade på tulpanerna i maj och när den lömska februari drev fram knoppar på buskar och träd. För att ha ihjäl dem med nattfrost.

Och jag svor åt pionerna som hukade på tredje året och inte gick i blom fast jag gav dem både gödsel och ny mylla. Den fjärde våren såg jag inte ens åt dem, inte förrän den dagen jag kom med spaden för att gräva upp och kasta dem på komposten.

Då var de täckta av stora feta knoppar. Och sen har de blommat varje försommar i över tjugo år.

Nu var det inte bara jag och svärfar som slet med trädgården. På helgerna reste Arnes bror muren, sten på sten. Han var murare, Gustav, och glad som en lärka när han och fadern resonerade om tjälfritt djup och höjd och bredd och om han skulle kosta på ett sluttande tak av tegelpannor. Det skulle han, sa den gamle och lät som om han gav order.

Muren fick inget skarpt hörn, den fick gå i båge mot sydväst och ansluta till berget som bildade mjuk kurva mot norr. Så kom min trädgård att bli som en rund skål med huset i mitten.

En dag mitt i knoget dök Ragnar upp. På flaket hade han rosor, klätterrosor, ädelrosor, gammaldags buskrosor. Jag hoppade runt honom, glad som en barnunge.

– Men var har du köpt allt detta? Och vad kostade det?

– Det har du inte med att göra, lillsyrran, sa han och såg ut som Arne gjort när jag frågade vad han betalat för det dyra trät till möblerna.

245

Jag märker att jag får akta mig noga så att inte de goda minnena ur det förflutna förvandlas till den enda sanningen. Det är lätt hänt. Det är väl en gåva som vi har fått för att uthärda, denna välsignade förmåga att minnas det som var ljust och glömma det som var svårt. Men mycket blir snett om man bygger på så osäker grund som Arne gör när han talar om sin goda mor och sin ljusa barndom.

Kanske är jag orättvis. För vad kan man veta, vad vet man egentligen om vad som är lögn och vad som är sanning. Om hur det var och hur barnet upplevde det? Numera är jag ständigt osäker.

I vart fall står jag fast vid att de första åren där ute vid havet var goda år. Jag tog dagarna som de kom och karln min som han var. Jag tror inte att unga kvinnors förälskelse är så blind som de försöker inbilla sig.

Första gången jag såg Arne få ett raseriutbrott blev jag nästan lika arg som han, pekade på dörrn och skrek: Försvinn. Han hade slagit sönder två tallrikar, det flöt soppa, matrester och porslinsskärvor över hela köksgolvet.

Jag torkade inte upp, jag gick rakt in i sängkammarn och packade en väska. Sen satte jag mig på den i hallen och väntade. När han kom tillbaka var han förtvivlad och ångerköpt:

– Johanna. Förlåt mig.

Då blev jag rädd, tänkte för första gången att det är nåt galet med dessa sinnesväxlingar, nåt sjukt. Jag såg ju att han njöt lika mycket av förkrosselsen som av raseriet.

– Jag tänkte åka hem till mor, sa jag. Händer det en gång till så gör jag det.

Sen gick jag upp mot bergen, satt länge på en klipphylla, grät en skvätt och såg solen sjunka i havet. När jag kom hem var det städat i köket och efteråt var han onaturligt snäll en hel vecka. Nästa gång det hände slog han mig. Det var sommar, jag sprang, flydde till bussen, stan och mor. Hon sa inte mycket när hon plåstrade om mig och fick mig i säng. Men hon tog det inte särskilt allvarligt, hon ansåg att dä e sånt som kvinnfolk får finne sej i.

– Mener I att far slog er?

– Nock gjorde han dä, flere gånger.

Jag blev ledsen. Jag visste ju att hon inte ljög och ändå kände jag det som om hon for med förtal.

Senare förstod jag att hon talat med Ragnar, för när Arne dök upp i Haga, full av ånger och självmedlidande, sa han att min bror hotat honom med polisanmälan för hustrumisshandel.

– Det var bra, sa jag. Går han till polisen så får jag skilsmässa lättare.

I fjorton dar sökte jag arbete i hallen och fick några timmar här och några där. En fast anställning var inte att tänka på, bod efter bod hade slagit igen. Sen träffade jag Greta som lärt till damfrisörska och öppnat en liten salong i Vasastan, där folk ännu hade råd att gå och ondulera sig. Jag kunde få börja hos henne, lära mig yrket och så småningom få såpass lön att jag kunde reda mig. Men jag hann bara tvätta några damskallar innan jag upptäckte att jag var med barn igen. Mor sa att det var som hon trott, ödet.

När jag for tillbaka till huset vid havet var trädgården övervuxen av ogräs och vinbärsbuskarna nästan knäckta av övermogna bär. Jag var ändå glad för återseendet, jag vågade erkänna att jag längtat hit hela tiden . . . efter äppleträden och blommorna och utsikten över havet.

Arne grät som en barnunge när han kom hem och fann mig. Jag sa som det var, att jag kommit tillbaka för att vi skulle ha en unge. Han blev glad och hans glädje var äkta. Men jag trodde in-

247

te längre på hans försäkringar att han aldrig skulle ge efter igen för sitt hemska humör.

Det blev varmare mellan oss även om jag ständigt var på min vakt. Riktigt lugn var jag bara när Ragnar kom ut och han kom ofta. Om Arne var hemma frågade han högt:

– Och hur har du det, lillsyrran?

Det var kränkande, i början var jag rädd att Arne skulle bli förbannad och släppa loss sin ilska över mig. Men han blev inte arg och så småningom förstod jag att han njöt av att sättas på plats.

Jag skulle aldrig begripa mig på min man.

I september fick jag missfall igen. Jag förmår inte berätta om det.

Vad jag vill minnas är trädgården och de långa sommarseglingarna på tu man hand. Det var storartat, i båten blev Arne vuxen, aldrig oberäknelig. Vi seglade till Köpenhamn och njöt av att vandra i gränder och parker och se på allt det märkvärdiga.

Nästa sommar smög vi in i Oslofjorden för att hälsa på släkten.

Hela min uppväxttid hade jag haft fantasier om min moster, den vackra Astrid. Jag hade vaga minnen av nåt fjärilslikt, spännande och underbart. Sen hade jag breven. Hanna och Astrid brevväxlade genom alla åren. Astrid brev var långa, fulla av lustigheter och ovanliga tankar. Eftersom mor var dålig på att stava var det alltid jag som fick skriva svaren. Astrid frågade ofta om Ragnar och jag beskrev vältaligt hur bra det gick för honom i Göteborg och hur lycklig han var med Lisa och de två sönerna.

Hon svarade att hon alltid vetat att det skulle gå honom väl i livet, att han var gudarnas älskling med fri tillgång till deras goda gåvor.

Jag älskade hennes häpnadsväckande formuleringar och den slingrande handstilen som flög över sidorna.

När jag skrev och berättade att jag skulle gifta mig skickade hon ett pärlshalsband, äkta men odlade pärlor som räckte långt ner på magen på mig.

Jag måste ärligen säga att jag skrev mycket mer i breven än mor dikterade och att jag inte läste upp allt för henne.

Henriksen hade flyttat sin rörelse till Oslo och så vitt vi förstod levde de gott där. Så denna julidag när Arne förtöjde i den fina gästhamnen i Norges huvudstad var jag illa till mods:

– Jag känner mig som den fattiga släktingen från landet.

– Äsch. Är de inte trevliga dricker vi en kopp kaffe och går. Men du kanske skulle ringa först.

Så jag ringde och den mjuka rösten i telefonen blev så glad att den slog drillar.

– Jag kommer, jag kommer genast och hämtar er.

Hon körde sin egen bil, hon var lika vacker som i mina drömmar. Det var som om åren inte satt spår i hennes gestalt eller kynne, blommig organza stod som skyar kring den smärta figuren och hon luktade som persikoblommen på muren därhemma. Hon kramade mig, sköt mig ifrån sig, slog ihop händerna och sa: Gud så söt du har blivit, Johanna. Sen kramade hon Arne som rodnade, förtjust och förfärad, och sa:

– Men herregud, så lika ni är.

– Ja är vi inte, skrattade Astrid. Det är det gamla släktarvet. Och jag har dubbelt av det, som Ragnar men på annen måde.

Vi förstod inte och hon fortsatte med huvudet på sne och nerdragna mungipor:

– Mina egna söner brås alla på Henriksen och är fula som stryk. Nu vill jag se båten.

Hon hoppade ombord, lätt som en älva, beundrade allt och kysste Arne när hon fick höra att han byggt både båt och inredning.

– Henriksen vill också ha en segelbåt, sa hon. När han får se den här kommer han att bli galen. Galn, sa hon, hon talade fort och jag upptäckte att jag hade svårt att förstå norska. Fast det lät hemvant.

Vi åt middag i en stor lägenhet, hon och jag pratade ivrigt medan Henriksen och Arne diskuterade Hitler. Plötsligt hörde jag Arne ropa högt:

– Är det sant!

Henriksen hade affärer med Tyskland och detta var första

gången vi hörde talas om judarna som försvann och de sinnessjuka som dödades.

Henriksen var säker på sin sak. Det blev tyst kring bordet och tungt att andas. Sen sa Astrid:

– Om några år trampar nazisternas stövlar på Karl Johan.

Det lät som en spådom, Arne protesterade:

– Det kommer England aldrig att tillåta.

Men Henriksen suckade när han sa:

– Astrid har sagt det länge nu. Och hon är svår på att se i framtiden.

Henriksen och Arne seglade, men fiskhandlarn var gammal, tung i kroppen och långsam att lära. Han blir aldrig nån seglare, sa Arne efteråt. Vi åt ännu en middag i den fina våningen, jag fick träffa mina kusiner och kände mig för första gången som den fattiga släktingen från landet.

Det viktigaste som hände i Oslo var ett långt samtal när Astrid, Arne och jag satt på ett café ute vid museet med Osebergsskeppet. Vi talade om min far, hon hade många ord om honom och många minnen.

– Han var en sån människa som nöjer sig med att vara, sa hon. Ni vet att den sorten inte behöver hävda sig.

Så fick jag höra om hur han älskade mig, den lilla dottern som uppkallats efter ett barn han haft i sitt första äktenskap, hur han vårdade mig som liten, bar mig i sin kont på ryggen och lärde mig att lyssna till skogens alla röster och se vattnen, himlarna och molnen.

– Hanna fnös förstås, sa Astrid. Du var ju bara ett spädbarn.

Jag hade ju vetat det för kroppen och sinnena har ju egna minnen. Men ingen i min familj hade nånsin sagt ett ord om det, bara att han skämt bort mig. Nu blev allt bekräftat.

Hon talade om hans sagor och hans sånger. Det hade mor gjort också så nu blev jag inte så överraskad.

– Jag har ofta tänkt på dig, på vilken stor förlust du gjorde när han gick bort, sa hon.

Sen var hon tyst en stund som om hon tvekade innan hon fortsatte:

250

– Ändå unnade jag honom att få dö. Sista gången vi träffades sa han att livet alltid hade varit för tungt för honom. Att han hade haft svårt att orka med det redan när han var barn.

Om vintrarna gick Arne och jag på mötena i partiet, jag läste mycket och lärde mycket och vi hade mycket att tala om.

Arne satte samman en radio, ett stort åbäke som jag älskade för musikens skull. När han märkte mitt intresse följde han med mig på konserter, där han somnade i fåtöljen medan jag njöt.

Vi köpte vevgrammofon.

Det var goda år.

Vi delade oron för Hitler och nazisterna i Tyskland. Ragnar som var politisk idiot sa att den jäveln får i alla fall hjulen att snurra igen och Arne sa, att säkert skulle det bli bättre tider nu när rustningarna drog igång. Men sen skulle kriget komma.

Han lät som Astrid men jag vägrade att låta mig skrämmas.

Jag var med barn igen. Och den här gången skulle det födas, jag bestämde mig för det. Läkaren som hjälpt mig genom missfallen hade försäkrat att det inte fanns några fel på mig.

Distriktssköterskan kom en gång i veckan. Det var en rejäl människa som sa åt Arne att han skulle vara förtröstansfull och rädd om mig. Det var han, han var alltid att lita på i kritiska situationer. Mig befallde hon att vara lycklig.

Jag gjorde mitt bästa för att lyda henne. Jag tänkte på min trädgård och skaffade nya frökataloger, jag tänkte på Arne och hur mycket mjukare han blivit, jag tänkte på mor som snart skulle få pension och vila. Mest tänkte jag på allt det vackra som Astrid sagt om far och varje kväll innan jag somnade lovade jag honom att jag skulle föda honom en dotterdotter.

Jag var alldeles säker på att det var en flicka. Och konstigt nog var Arne det också.

Jag nämnde som hastigast att vi fått grannar därute i det gamla fiskeläget, unga familjer som vi själva. Och att det var trevligt folk, sådana som kunde bli vänner. Jag var väl vän med de flesta, vi drack kaffe i varandras kök och pratade och bytte förtroenden på kvinnors vis. Några värjde jag mig för, det var såna som kom för nära. Det var intressant och otäckt att se hur vi återupprättade de mönster som styrt tillvaron i de gamla byarna där alla hade sina rötter. Vi iakttog och avundades, hjälpte och stjälpte. Mycket snart hade vi rankat in varandra, i botten de stackare som var arbetslösa och söp och i toppen de fina.

Finast var lärarfamiljen. Sen kom lotsen, polisen och tullaren. Nej, näst efter lärarn kom nog fru Gren, hon som hade affären. Inte för att det gick så väldigt bra för henne, mer för att hon hade makt. Det var hos henne vi måste be om kredit när det knep någon gång i slutet på veckan.

Det gamla folket, fiskarna och deras familjer, utgjorde en värld för sig, de blandade sig inte med oss. De var pingstvänner, åtminstone på helgerna.

Deras båtar löpte in lördag förmiddag. Då hade de redan varit i Fiskhamnen i stan och sålt sin fångst. När de förtöjt båtarna for ungkarlarna snyggklädda och i samlad trupp till krogarna i Majorna och satte igång att supa. Fram på nattkröken kom de tillbaka och det blev sång och fest i hamnen. Ibland hade de kvinnor av känt slag ombord. Men på söndagen när fiskarpojkarna sovit ruset av sig gick de med mörka ansikten till Pingstkyrkan där de bekände sina synder och fick förlåtelse.

252

Arne tyckte det var upprörande, jag tyckte det var underligt, men mor som ofta var på besök på helgerna fann det naturligt, det var som det alltid varit, menade hon.

Naturligtvis hade vi en skvallertant också, den vanliga sorten med ögon som aldrig såg längre än metern, ett avgränsat stycke i taget men noga, varje småsak. Och tydde allt till det värsta när hon la samman detaljerna i skumma mönster.

Arne sa om Agneta Pettersson att hon visste allt som stod i alla brev som kom till oss. Och det redan innan de skrivits. Han avskydde henne.

– Man kan ju undra hur Karlgrens har råd både med den fine trägårn och med båten, sa hon till Irene som bodde närmast och inte dröjde med att berätta det för oss.

Jag skrattade, Arne blev arg.

Det var den våren vi skaffade telefon. Än värre, Arne köpte en begagnad bil, en sliten DKW, av Ragnar. Sen försummade han båten för att laga bilen, plockade isär motorn, bytte delar och fick mycket beröm av Ragnar.

– Du kan få jobb som mekaniker vilken dag som helst.

Men Arne hörde inte på det örat, han var stolt över sitt arbete på varvet där det var goda tider nu.

– Vi bygger skidor till flygmaskiner, sa han. De har beställts av militären och ska försvara Norrland.

– Herregud!

Rakt in bland oss rödbrokiga egnahemsägare flyttade en judisk familj. Agneta Pettersson fick mycket att iaktta och mycket att tala om, hon rände upphetsad runt med truten, som mor uttryckte det.

Rakel Ginfarb såg ut som en fågel och var lika skygg. Jag tänkte på vad jag hört Henriksen berätta om i Oslo, gick till trädgårdsmästarn och köpte en blomma och ringde på de nyinflyttades dörr:

– Jag ville bara hälsa välkommen, sa jag.

Hon såg nog hur blyg jag var för hon gav långsamt efter för ett leende och jag vågade fortsätta:

253

– Om ni vill ha hjälp eller har något att fråga om så bor jag i sista huset ner mot hamnen.

– Tack, sa hon. Tack så mycket.

Så började vår vänskap som skulle få stor betydelse för mig. På söndan bjöd vi på kaffe i trädgården. Egentligen bjöd vi till lördag eftermiddag, men det passade inte för då hade de sabbat, sa Rakel.

– Vi har ju en del problem, sa Simon Ginfarb sen han druckit tre koppar kaffe och smakat av alla mina kakor. Jag klarar inte att få upp bokhyllorna.

Han bad inte direkt om hjälp men Arne förstod. Han försvann med Simon och blev borta hela eftermiddagen medan Rakel och jag talades vid och hennes barn lekte i trädgården.

Hon hade en son och två flickor.

– Och en på väg, sa hon och strök med handen över magen.

– Det har jag med, sa jag och blev själv förvånad. Av någon vidskeplig anledning hade jag inte berättat det för någon tidigare. Bara Arne och mor visste. Nu räknade vi raskt ut att våra barn skulle komma samtidigt och Rakel lyste när hon sa:

– Så underbart för bägge två med en jämnårig. Min är en flicka, det vet jag.

– Det är min med.

– Det måste vara ett tecken, sa hon och jag blev plötsligt rädd.

– Vad är det, Johanna?

För första gången kunde jag berätta om missfallen, hur ont det gjort att förlora barnen och om hur . . . mindervärdig jag känt mig.

– Jag tappade liksom självförtroendet, sa jag.

Hon sa inget men hon kunde lyssna. Efteråt satt vi länge tysta. Det var en tystnad av genomgripande slag, så djup att den måste förändra något. När barnens skratt, måsarnas skri och dunket från en fiskebåt ute till havs bröt in i stillheten hade jag fått nytt hopp.

När hon gick viskade hon att hon skulle be för mig och jag, som inte hade någon Gud att vädja till, blev tacksam.

Arne kom tillbaka och sa, att Simon var precis som han trott, en karl med tummen mitt i handen. De hade skrattat åt det och medan Arne spikade, sågade och skruvade hade de pratat politik.

– Det är sant det Henriksen berättade. Både Rakel och Simon har släktingar i Tyskland och är jävligt oroliga. Jämt, varenda dag.

Arnes ögon mörknade som alltid när han var rädd.

– Jag tänkte på Astrids spådom, sa han. Tror du att hon kan se i framtiden?

– Det har sagts så. Det har alltid funnits synska människor i mors släkt.

Arne fnös.

– Bara skrock.

Men sen sa han att Astrid inte sagt att tyskarna skulle marschera på Avenyn. Inte ett ord om Sverige, sa han och såg lättad ut.

Innan han somnade på kvällen talade han om Ginfarbs:

– Du kan inte ana hur in i helvete mycket böcker de har. Han är lärare på Högskolan.

Jag blev lite ängslig, jag tänkte att den nya familjen var finast av alla i byn. Och på hur obildad jag var och på hur jag hatade borgarklassen.

Men mest tänkte jag på den underliga stunden när vi suttit tysta.

Den hösten hjälpte jag Rakel att plantera rosor i hennes trädgård. Men gladast var hon när vi gick med barnen genom det höga passet mellan bergen, in mot ängarna, längs stränderna, upp i skogen. En dag visade jag henne min hemliga klipphylla, varm, i lä för västvindarna och med den grannaste utsikten över havet.

– Jag blir snart en riktig svensk natursvärmare, sa hon.

Det var hon som övertalat sin man att köpa huset här ute på landet, berättade hon. Hon tyckte inte om städer, hon såg dem som försvarsverk.

– Stora hus och prydliga gator, sa hon. Det är som om människorna försökte få trygghet genom att begränsa tillvaron. Jag tänkte på de smutsiga gränderna i Haga och på det utsatta, ständigt hotade livet innanför landshövdingehusens väggar. Hennes stad var inte min stad. Men jag sa inget, jag var feg, ängslig för att klyftan mellan oss skulle bli uppenbar.

Hon hade mycket att ge. Tillförsikt först och främst men också kunskap. Om barn, om barnuppfostran och om hur viktigt det var att ha respekt för varenda liten unge.

– De är alldeles olika, ända från början, sa hon.

En gång berättade hon att hon alltid visste när en människa ljög. Det var en egenskap hon fått i arv av sin mormor. Sen sa hon att hon var osäkrare än hon brukade när det gällde mig och då visste jag att det var sant. Jag hade ju en vana att ljuga för mig själv, fast jag inte vare sig förstod eller menade det.

– Du är full av hemligheter, sa hon.

Hennes man var mycket elegant, han doftade av välmåga och cigarrer. Han var religiös och gick som varje rättrogen till synagogan. Men hans inställning var resonlig, mer präglad av aktning för de uråldriga riterna än av religiös hänförelse, förklarade han. Vi tyckte nog, både Arne och jag, att han var en smula högfärdig. Men vi tillät oss aldrig att ens nämna det för varandra. De nya grannarna var judar och därför höjda över all kritik.

Nu hade Arne en stor radio som han macklat ihop av olika delar. Som allt han gjorde med sina händer blev det storslaget, vi hade bättre mottagningsförhållanden än någon annan. Det fick Simon att styra kvällspromenaden mot vårt kök om kvällarna för att höra nyheterna från Berlin.

Rakel var aldrig med när vi hörde Hitler vråla i apparaten.

– Kvinnor ska sparas, sa Simon.

Men Arne stod på sig:

– Jag tror inte Johanna vill bli förd bakom ljuset, sa han.

Simon skrattade. Vid det laget hade vi lärt oss att han alltid skrattade när han var villrådig.

Sen kom höststormarna och vintern och min och Rakels mage växte i kapp. Jag började få svårt att knyta mina skosnören

och jag tänkte att nu är det ett barn, en riktig färdig unge som
bara ska växa till sig lite innan den kommer ut.

Så kom hon då, en blå marsdag och aldrig hade jag trott att det skulle vara så svårt. Det var som att gå en lång väg genom en outhärdlig smärta för att till slut nå fram till den barmhärtiga döden när narkosen utplånade allt.

Det höll på i över ett dygn.

I många år efteråt såg jag på varenda mamma med förvåning: Du! Och du också, och du flera gånger!

Herregud vad kvinnor får tåla. Och så lite det talas om det, så hemlighetsfullt de flesta behåller det för sig själva.

Men sen blev det ju för mig som för andra, en gränslös glädje. Värd vilket lidande som helst.

När jag vaknade på kliniken fick jag saftsoppa. Och sen las det ett barn på min arm. De närmaste timmarna är svårare att beskriva än smärtan. Vi såg på varandra, hon såg stadigt på mig, jag såg oklart genom tårar. Vi var omslutna av ljus. Jag kände igen det från vandringarna längs sjöarna sommaren innan far dog och från undret i saluhallen när jag inte fick öppna en dörr.

Det fanns inte många tankar i mitt huvud den första dagen, jag kunde bara le som en fåna när Arne kom och försökte tala om hur lycklig han var.

När mor hälsade på nästa dag mindes jag hennes berättelse om hur hon fött mig.

– Mor, sa jag. Så stark I var.

Hon blev generad och värjde sig som vanligt mot beröm. Det var inte hennes förtjänst att det gått bra den gången, det var jordemoderns.

Då mindes jag Anna, den ljusa människan. Och så sa jag utan att ha tänkt att jag ville kalla flickan Anna. Mor blev glad, det såg jag nog, men hon sa att jag måste tala med Arne först. Han tyckte namnet var gammaldags och rejält. Så var han glad att det inte fanns i släkten.

– Har du sett hur intelligent hon ser ut, sa han.

Det är klart att jag skrattade lite åt honom, men i hemlighet höll jag med. Och rätt fick han ju.

Vilken vår det blev! Och vilken sommar! Som om livet ville gottgöra att det farit så illa med mig var hela denna tid som välsignad, jag hade gott om mjölk, Anna var frisk, åt, sov, växte, log och jollrade. Nu förstod jag att Arne hört noga på den gången i Oslo när Astrid berättade om min far. För han gjorde som far, tillverkade en kont och strövade i bergen med flickan. Och sjöng för henne! Han hade sångröst, jag kunde berätta. Plötsligt fanns de där bara, alla fars rim och ramsor.

Mitt överflöd var så stort att jag kunde ta emot min svärmor med värme.

– Se Anna, detta är farmor!

Det var hennes första barnbarn, hon kom ut ur sin förstening, log och jollrade med barnet. För första gången såg jag att det fanns en vädjan bakom elfenbensmasken. Men när hon sa, hon var den första som sa det, att barnet var likt henne, blev jag rädd.

Och förbannad.

Kanske blev Arne rädd han också. För han hånskrattade och sa att alla gamla fruntimmer var galna.

– Johannas mamma var här i går och menade att Anna var lik henne och hela hennes släkt.

Jag såg på honom och log. Vi visste båda att mor inte sagt ett ord om släktdrag. Han står på sig, tänkte jag. Han har blivit pappa och kan äntligen bjuda motstånd.

Min svärmor fnös.

Långt senare insåg jag att hon inte hade helt fel. Det finns en spröd skygghet hos Anna, en stolthet och en rädsla för att släppa in och släppa efter. Och hon hade sin farmors elfenbenshy och fint tecknade ansiktsdrag.

259

Bara munnen var min, stor och uttrycksfull.

Rakel kom hem från sjukhuset en vecka efter mig. De små flickorna var olika, min blond, stark och envis, hennes mörk, snäll och undergiven.

Men nu var det nittonhundratrettiosju och Franco fällde Hitlers bomber över Spaniens städer. Det gick inte längre att blunda för att världen mörknade runt oss.

Jag tänker inte försöka beskriva vad andra världskriget gjorde med oss, vi som hukade som skrämda harar bakom en bräcklig neutralitet. Själv ansträngde jag mig till det yttersta för att bygga en mur mellan världen där ute och min värld med barnet. Jag hade tidigt insett att hon kände varje skiftning i min sinnesstämning och jag tvingade mig att inte tänka på kriget, inte lyssna på nyheter, inte bli rädd så länge flickan var vaken.

Sen satt jag framför radion om kvällarna. Och sov dåligt om nätterna. Ensam i långa perioder för Arne fanns "någonstans i Sverige."

Det var inte lätt att försöka leva i två världar men jag gjorde mitt bästa och det tog en tid innan jag förstod att jag misslyckades. När Anna fyllde ett år tågade Hitler in i Österrike, när hon var två införlivade han Tjeckoslovakien med Tredje Riket och på hösten var det Polens tur och världskrig.

Så långt klarade jag att hålla rädslan stången. Men sen kom Annas treårsdag och strax efter invasionen av Danmark och Norge.

Nu knattrade det svenska luftvärnet i bergen runt om oss och Annas ögon mörknade av frågor: "Vad skjuter de på?"

Jag ljög och sa att de bara övade.

Men en dag brann ett flygplan rakt ovanför våra huvuden, ett plan med hakkors på. Flammade upp, snurrade runt och försvann västerut. Jag såg den tyske pojken brinna som en fackla mot himlen innan han slocknade i det barmhärtiga havet.

Vi stod på berget, jag höll Anna i famn och försökte hålla nere hennes huvud mot min axel. Men hon slog sig fri och stirrade som förhäxad. Sen sökte hennes ögon mina och jag visste att nu såg hon rätt in i min skräck. Hon frågade inget. Jag hade inget att säja.

Arne kom hem på permission. Annorlunda. Hårdare. I uniform. Han väjde inte för Annas tysta frågor, han satte henne i sitt knä och sa som det var, att det fanns en stor ondska i världen och att alla hyggliga människor måste stå emot. Att han var soldat för att vi måste försvara oss, att luftvärnet sköt för att hålla fienden utanför våra gränser och att det goda skulle segra till slut.

Hon sa:

– Men de dödar . . .

– Ja, Anna, de måste.

Till mig sa han att det stod bedrövligt till vid gränserna, att de ibland hade vapen och ingen ammunition, ibland ammunition och inga vapen.

– Är du rädd?

– Nej. Mest förbannad.

Han ljög inte, han var ju som han var, stark när det var svårt. Nästa dag ringde han sina föräldrar:

– Hej morsan. Jag har bråttom och vill prata med pappa.

Sen talade han länge om evakuering till släktgården i skogarna på Billingen.

– Du får resa ut hit, farsan. Och göra upp med Johanna. Hon hjälper dig att ringa dit upp och be dom ställa i ordning det gamla torpet.

– Men vad gör vi med mor, sa jag när han lagt på luren.

– Om inte Ragnar ordnar för henne får ni ta henne med.

Men Ragnar var inkallad han också tillsammans med alla sina bilar och jag tänkte att det går aldrig med mor och svärmor i en trång torparstuga. Sen skämdes jag.

Innan Arne reste den kvällen stod han länge med Anna på armen:

– Nu får du lova mig att vara en duktig flicka och ta hand om mamma.

Det var fel, jag kände i hela min varelse att det var fel. Men jag ville inte ha ett gräl i den stunden. Sen blev det som det blev, Annas oro fick ett bestämt mål.

– Inte va rädd, lilla mamma.

– Jag är inte rädd, sa jag och sen grät jag medan treåringen tröstade.

Kriget kröp närmare också på andra sätt. Genom Rakels hus strömmade judiska flyktingar från Danmark och Norge. De dök upp i mörkret om kvällar och nätter, sov ut, åt sig mätta och försvann. Ännu hölls en flyktväg öppen från Torslanda till London.

De flesta skulle vidare till Amerika.

Några av dem var judar av den sorten som jag bara sett på nazistiska affischer och i Albert Engströms avskyvärda skämtmagasin. Tagit för karikatyrer. Nu fick jag inse att de fanns, männen med de konstiga hattarna och de långa kindlockarna. Så här långt efteråt kan jag erkänna att de skrämde mig.

En av dem var rabbin och till skillnad från de andra kom han med hustru och söner en solig eftermiddag. Anna var i Ginfarbs hus, det hade gått med småflickorna som Rakel förutspått; de var oskiljaktiga.

Hon kom hemspringande, med lysande ögon.

– Mamma, jag har blivit välsignad av Gud. Han la handen på mitt huvud och sa vackra saker som jag inte förstod.

Tack gode gud för det, tänkte jag och drog på mun åt min formulering.

Sen kom alla frågorna om Gud. Anna hade ett sätt att fråga som om man stod inför domstol utsatt för korsförhör. Varför bad inte vi till Gud? Vem var han? Vad är osynlig?

Jag svarade efter bästa förmåga, det kan jag i vart fall berömma mig av. Allvarligt och som till en vuxen. Nu blev hon besviken för att rabbinen inte var Gud själv, bara hans utsände på jorden. Men något hade han gjort för flickan för hon fortsatte att lysa länge efter den judiska välsignelsen.

263

– Rakel sa:
– Simon pressar mig. Han vill att vi ska resa, vi också.
– Vart?
– Till Amerika. Vi har släkt där. Jag försöker hålla emot men han talar om alla dessa blinda och galna judar i Tyskland som höll sig kvar tills det var försent.

En vecka senare hade svenska nazister ritat hakkors och davidsstjärnor på fönster och dörrer i Ginfarbs hus. Jag var där och hjälpte henne att tvätta rent, jag grät och aldrig i mitt liv har jag skämts som den förmiddagen. Fjorton dagar senare var familjen på väg till USA. En av Arnes snickare på varvet köpte huset billigt, det var en skam sa jag till Arne.

Hela bohaget magasinerades.

Jag blev ensam.

Den fruktansvärt kalla vintern nittonhundrafyrtioett, på själva julafton, räknade jag dagar och fick klart för mig att jag var gravid igen. Jag tror inte att jag begrep från början att jag skulle förlora barnet, men redan i februari gjorde jag upp med Lisa att Anna skulle bo hos henne någon vecka i mars. Om nåt skulle hända.

Det var bra, Anna fick aldrig veta. Den femtonde mars kom den första smygande värken, jag hann in till Lisa med flickan innan jag fortsatte till sjukhuset och när jag vaknade efter narkosen tänkte jag på hur bra hon hade det, Anna, i sybehörsaffären med alla de vackra silkesspolarna.

Nog sörjde jag också detta barn. Men runt om i världen fanns så många döda.

Arne fick permission, kom och hämtade mig på sjukhuset. Han var ledsen, det hade varit en pojke den här gången också. Vi hämtade Anna i Haga, hon hade vitnat och Arne sa, att inte kan du bli stadsblek på en vecka, lilljänta!

Det var första gången jag tänkte att hon vet. På nåt sätt vet hon, fast hon inte kan veta. Jag hade blödningar, jag låg ofta till sängs. Det var den våren Anna tog för vana att leka uppe på berget, ensamma, hemlighetsfulla lekar.

Hon saknar lilla Judith som jag saknar Rakel, sa jag till Arne.

264

Trots allt var han ljusare till sinnes, det svenska försvaret fungerade äntligen och Tyskland angrep Sovjet.

– Nu jävlar, sa Arne och la ut texten om Karl XII och Napoleon.

Och så lagom till jul anföll japanerna Pearl Harbor och det mäktiga Amerika tvingades in i kriget.

– Du ska se att vi klarar oss, sa Arne.

Och det gjorde vi ju.

1943 när tyskarna kapitulerade vid Stalingrad fick jag mitt nästa och sista missfall. Det kom plötsligt, jag blödde redan när jag lämnade Anna hos Lisa.

Mer vill jag inte säja om det.

Jag minns fredsvåren. Det fanns ett skimmer över dagarna, ett ljus som gav skärpa åt varje detalj.

Examen nittonhundrafyrtiofem.

Bussen rullade mot skolan med vattenkammade pojkar i vita skjortor, tångkrullade småflickor i nya ljusa klänningar och finklädda mammor med blombuketter i händerna. Anna hade platsen mitt emot min och var lika ljuvlig som äppelblommen i trädgården därhemma. Trots att det blonda håret var spikrakt. Det fanns ingen tång som bet på den kalufsen.

Jag satt och tänkte på att kriget skuggat hela hennes barndom. Och på att freden gjort det än svårare att dölja något för henne. En gång i våras hade hon köpt en tidning på hemvägen från skolan, en utländsk tidskrift med bilder från de öppnade koncentrationslägren.

När hon kom hem var hon grön i ansiktet, slängde tidningen på mig och försvann in på toaletten där hon kräktes.

Jag hade inte ett ord till tröst, jag satt vid köksbordet, såg på de ofattbara bilderna och kunde inte gråta.

Den blomstertid nu kommer.

Inbillade jag mig eller fanns det ett ljust hopp i rösterna som sjöng på den skolavslutningen? Ingen hade ännu hört talas om bomben eller staden med det vackra namnet.

Hiroshima väntade till hösten.

Snart började hjulen snurra som aldrig förr, välståndet steg och grunden las till det folkhem vi drömt om så länge. Nu satt socialdemokraterna ensamma vid makten och de reformkrav som hållits tillbaka under kriget låg på riksdagens bord. Skatterna höjdes för bolag och rika och jösses vilken ilska som sprutade ur de borgerliga leden.

Arne och jag jublade.

Jag hade det ju bra, både mor och mina väninnor ansåg att jag hade det så bra en kvinna kan ha det. Bara en unge att sköta och en man som kom hem med pengar varje vecka och inte söp och inte horade. Mor beklagade inte ens missfallen, oföränderligt ansåg hon att varje barn som slapp födas var att lyckönska. Men jag ägde inte mors förmåga att lydigt godta den roll jag hänvisats till. Arnes makt växte, min förmåga att säga ifrån minskade.

Jag ville tro att det var missfallen som knäckte mig. Men jag var inte säker. Det var ju så tydligt att det barn jag hade ökade min sårbarhet. Jag kröp undan för Arne, teg för att skydda henne. Inga uppträden, inga gräl. Det skulle vara sol, trygghet och hemtrevnad.

Om jag haft fyra ungar till hade jag väl krälat på golvet i ödmjukhet.

Eller?

Vari bestod hans makt över mig?

Varför blev jag lättsårad och undergiven? För det blev jag. Det var nu jag började vädja om medlidande. Självklart förgäves. Jag blev martyr, en av dessa hemmafrumartyrer.

Avskyvärt.

Det dröjde innan jag fann svaret på mina frågor och kanske var det för att jag inte ville se det. Det verkade så ynkligt för det handlade om pengar.

Jag tror inte att någon som inte upplevt det kan förstå hur det känns att be om varenda krona. Hans pengar rann genom mina fingrar, sa han. Det var sant, men det var inte min skuld. Jag var ingen dålig hushållare, det var pengarna som sjönk i värde. Efterkrigstiden präglades av framtidstro och inflation.

Jag försökte tänka att min situation var rättvis. Jag hade sökt trygghet och jag hade fått trygghet.

267

Jag ser att jag undervärderar kärleken. För den fanns där. Jag var glad i Arne. Genom alla åren var jag det, lite kär så där. Men jag tror inte att kärleken hade fört till underkastelse om jag haft kvar mitt arbete och tjänat mina egna pengar.

En underlighet som jag delar med många kvinnor i min generation var att förälskelsen inte hade med sexualiteten att göra. Samlagen var ofrånkomliga, nåt som hörde till. Som män måste ha. Jag fann det inte, eller sällan, frånstötande. Men inte heller njutbart.

Kanske sårade det honom? Nej, jag tror inte det, jag tror att han skulle ha blivit chockerad och tyckt att jag var horaktig om jag tyckt om det.

Vi var så okunniga. Vi visste inte hur man visar ömhet i det sexuella. Vi blundade och lät på nåt sätt det hela ha sin gång. Om känslor talade vi bara när vi grälade. Också han då, när han blev så där äckligt sentimental.

En gång i sängen, efteråt, sa han att hans morföräldrar hade varit liderliga. Han rodnade, jag blev förvånad, jag hade faktiskt aldrig tänkt på hurdana de var, elfenbensdamens mor och far.

– Men de var ju religiösa, sa jag.

– Det har väl aldrig hindrat nån från att hora.

– Horade din mormor? Nu var jag så förvånad att jag satte mig upp.

– Nej, det gjorde hon väl inte. Men morfar var en horbock och hon gillade det.

– Hur vet du det?

Nu skrek han:

– Va fan va du tjatar.

Jag blev rädd som vanligt när han blev arg. Teg. Snart hörde jag att han sov. Själv blev jag liggande vaken och grubblande.

Länge efteråt funderade jag på det underliga samtalet, på om det kunde vara sant det han sagt och på varför han sagt det. Nu många år efteråt kan jag tänka att han ville ursäkta sin egen inställning till sexualiteten. Och moderns.

Vi hade ont om ord så fort det inte gällde det praktiska. Eller politiken.

Som jag, när Anna var kring elva år och kom in en dag, vit i ansiktet och stel i rörelserna. Hon berättade vad en kamrat sagt om den där äckliga grejen som en karl har och hur han för in den i en och pumpar och pumpar och hur det gör så ont så man kan dö. Jag stod och strök handdukar och blev så rädd att jag brände en. Sen sa jag som mor, mormor, mormorsmor hade sagt genom seklerna, att detta är nåt som kvinnor får finna sig i.

– Och ont gör det inte, Anna. Många tycker att det är härligt.

– Gör du det?

– Jag har inget emot det.

Så torftigt. Men hur skulle jag ha kunnat förklara hur oändligt invecklat det var med kärlek och sex, med förälskelse och åtrå, hur dubbelt, hur mångdubbelt.

En dag om hösten när himlen och havet hade förenat sig i tung gråhet ringde Nisse Nilsson och sa att affärerna gick lysande igen. Kunde jag tänka mig att hjälpa till fredag eftermiddag och lördag förmiddag? Mot bra betalning.

Jag tänkte inte, jag sa ja utan vidare.

Sen satt jag länge vid telefonen och insåg att det skulle bli ett våldsamt uppträde i huset till kvällen. Jag gjorde i ordning middagen med lite extra omsorg och Arne åt och sa som så ofta att jag lagade god mat.

Sen försvann Anna till sitt rum på övervåningen och Arne gick ner i källaren som han brukade. Det var bra, om det blev gräl skulle flickan slippa höra.

Så jag gick efter honom och berättade om samtalet med Nisse. Han blev förvånad, nickade, sa att Anna ju var stor nog att reda sig själv några timmar. Om jag nu ville . . .

– Jag vill.

– Jag har förstått att du tycker dagarna blir långa här hemma.

Gud så förvånad jag blev!

– Det är inte det som är det svåra. Jag har ju fullt upp att göra med att sy och allt. Men det är som att ha pigplats, stå till tjänst jämt och be om vartenda öre.

Han blev inte arg, han blev ledsen.

269

– Men varför har du inget sagt?

Det var en konstig kväll, det var jag som blev rasande, inte han. I säkert tio minuter rann allt ur mig, båten som fick kosta hur mycket som helst, matpengarna som det var ständigt gnäll om, det självklara i att han hade rena och strukna skjortor, full betjäning hemma, mängder med kamrater på jobbet.

– Piga det är vad jag är, skrek jag. Ingenting annat.

Sen rusade jag uppför källartrappan.

När han kom för att lägga sig var han förtvivlad:

– Jag har inte förstått, sa han. Du kunde ha sagt nåt.

Jag tänkte efter länge och sen gav jag honom rätt.

– Du är en hemlighetsfull människa.

Han sa som Rakel sagt.

Också det fick jag hålla med om.

Allt blev bättre från den dagen. Det var inte bara glädjen i att trampa över Basarbron i takt med alla andra på lördag morgon, inte bara arbetskamraterna, inte bara pratet, skratten och konsten att intressera sig för varje kund, lysna och slänga käft, som Nisse Nilsson sa.

Det handlade om självkänsla.

Till Nisse sa jag att du har räddat livet på mig. Till mor sa jag att vi behövde pengarna och det var lögn. Till Anna slutligen sa jag att jag måste få komma från väggarna.

Hon förstod mig, hon växte, lagade middan på fredagarna, städade huset på lördagarna och kom på det sättet att lära sig en hel del om hushållsarbete. Och det trots att hon inte var mer än tolv år gammal.

– Hon har ansvarskänsla, sa Arne och klagade inte när köttbullarna var för salta och fisken dåligt genomstekt. Och det hände bara i början. Som alltid var Anna ambitiös och lärde ur böcker, slet ut min gamla kokbok och fick en ny och bättre av Arne.

När jag kom hem med min första lön sa han, att han hade tänkt på allt jag sagt. Han erkände att han varit snål och knepig med pengar.

270

– Jag var väl rädd för att bli som farsan, sa han. Hon tog vartenda öre ifrån honom och gav honom i nåder nån slant till snus. När han bad om det.

Guskelov blev jag så förvånad att jag teg med vad jag tänkte. Arne löpte ingen risk att bli som sin far men hade många drag gemensamma med sin mor.

Nu ville han att jag skulle ta hand om familjens ekonomi. Jag var säkert bättre på det än han, trodde han. Från den dagen lämnade han sin lön till mig, det blev slut på talet om "mina pengar som du gör slut på". Och mycket bättre ordning på ekonomin. Till våren ville han beställa nya segel till båten men jag sa nej. Vi hade inte råd. Vi måste ta sparpengarna och installera oljepanna och värmeledning.

Jag hade äntligen förstått något som jag alltid vetat. Att kvinnor aldrig får respekt om de inte kan stå på egna ben.

Nu, många år senare, är jag mer tveksam.

Anna har alltid kunnat försörja sig och sina barn. Hon stod på sig bättre än jag, det gjorde hon. Med skilsmässan. Men sen. Finns det nåt i kvinnors väsen, nåt vi inte vill se och erkänna?

Några ord bara om de gamla.

Med den kraft som det nya självförtroendet gav mig tog jag itu med mors bostadsproblem. Lägenheten i Haga var för stor för henne och för tungarbetad, omodern, vedeldad, dragig. Och så dasset på gården och tre trappor upp och ner. Hon trivdes inte heller sen så många av hennes grannar flyttat. Och sen svalelaget Hulda Andersson dött.

Det byggdes nya hus med pensionärslägenheter i Kungsladugård. Jag fick med henne och Ragnar för att titta på en enrummare, mindre än den hon hade men med värmeledning, badrum och varmvatten.

Hon tyckte det var som i paradiset.

Arne hjälpte mig med pappersarbetet, det var många papper som stiftelsen skulle ha. Och det tog längre tid i byråkratin än det tog att bygga husen.

Men vi fick hyreskontraktet och hon flyttade in med sin värmlandssoffa, som jag klädde om i nytt randigt siden och försåg med många mjuka kuddar. Där satt hon och var lycklig.

Hos de gamla på Karl Johansgatan hände nåt hemskt och oväntat. Elfenbensdamens hjärta höll genom åren men en dag om våren gick hon rätt ut i gatan framför en spårvagn.

Hon dog i ambulansen på väg till sjukhuset.

När telefonbudet kom var jag ensam hemma. Jag hann tänka många tankar innan Arne kom, oroliga tankar på hur jag skulle säga honom det. Och lättnadens tankar, det skall inte förnekas.

272

Så fort jag hörde bilen sprang jag och mötte med kappan över axlarna.

– Arne, det har hänt något förfärligt. Vi måste genast till Karl Johansgatan.

Sen berättade jag om olyckan. När jag såg hur befriad han blev slog jag ner blicken men han visste att jag sett och skulle aldrig förlåta mig det.

– Vad gör vi med farsan, sa han när vi backade ut.

– Han får väl flytta hem till oss.

– Men ditt jobb?

Jag blev rädd. Men jag sa:

– Han kan säkert reda sig ensam några timmar.

Det kunde han. Han var glad att få bo hos mig, som han alltid tyckt om. Men han ville rå sig själv, sa han. Anna avstod sitt rum på övervåningen. Hon gjorde det utan knot, hon hade alltid gillat farfar.

Arne byggde om och drog upp vatten och WC på övervåningen.

Det blev mycket att göra för mig den sommarn. Jag blev trött och fick erkänna att jag inte var ung längre.

I början hade jag trott att den gamle skulle känna lättnad sedan hans egendomliga hustru dött. Men jag hade fel. Han sörjde henne, ropade på henne när hostan väckte honom om nätterna och grät som ett barn när hon inte kom. Den ena förkylningen avlöste den andra, doktorn kom och gav antibiotika, det hjälpte inte. Så tacklade han av och dog om vintern i en barmhärtig lunginflammation. Jag satt hos honom och höll hans hand i min. Det var bra för mig. Efteråt tänkte jag att han botade mig för dödsskräcken som plågat mig sen far hostade ihjäl sig i mjölnarstugan i Dalsland.

Anna gick i läroverket nu. Hon tror sig minnas att det var diskussion om det men hon har fel. Det hade på nåt sätt varit självklart för både Arne och mig att hon skulle ha allt det vi inte fått.

Och viktigast var utbildning.

Men det hade följder som vi aldrig förutsett. Anna kom att stå med ett ben i en annan värld, bildningens och borgarnas.

273

Hon grubblade mycket den första tiden.

– Jag kan ju inte neka till att jag gillar några av mina nya kamrater, sa hon.

– Det var roligt att höra, sa jag och menade det. Men hon gav mig en misstänksam blick.

– De är på många sätt väldigt barnsliga, sa hon. Kan du tänka dig att de nästan inte vet nåt om kriget och judeutrotningen?

– Jag förstår det. I deras hem talar man inte om sånt som är obehagligt. Jag vet det för jag har tjänat piga i ett borgarhus.

I samma stund mindes jag hur jag själv försökt skydda Anna från krigets alla hemskheter. Hann tänka att också jag blivit en smula borgerlig innan Anna sa:

– Har du? Det har du aldrig berättat om.

Då gjorde jag det, med alla hemska detaljer ända fram till våldtäktsförsöket.

Anna grät av medlidande. Då kunde också jag gråta, känna sorgen för de två förlorade ungdomsåren.

Men hon såg allting mycket mer personligt än jag och blev plötsligt förbannad på mor.

– Hur kunde hon . . .?

– Du förstår inte. Det var en självklarhet för henne, för alla då. Det var ett samhällssystem.

I början var det svårt för mig med alla borgarbarnen som plötsligt flöt runt i mitt hus och min trädgård. Skolkamrater som i all sin säkra självklarhet påminde om doktorsfamiljens äckliga ungar. Men sen tänkte jag på Rakel, den fina judiska frun.

Vi skrev till varandra. Å så jag minns det första brevet med amerikastämplar, hur jag dansade runt mina rosor och läste.

Lilla Judith skrev också. Till Anna som rynkade på sin fina näsa och sa att hon kan ju inte stava. Både Arne och jag skrattade åt henne och förklarade att Judith säkert kunde stava på engelska, att hon fått ett nytt modersmål. Några år senare skrev Anna sina svarsbrev på engelska, i början med hjälp av sin lärare, snart på egen hand.

274

På sextiotalet emigrerade Judith till Israel och Anna och Rickard flög till Jerusalem och var med om hennes bröllop.

Hur Anna klarade att jämka samman sin läroverksvärld med vår vet jag inte. Hon sa inte mycket, hon var som jag hemlighetsfull med det som var svårt. Men jag såg att avståndet ökade mellan henne och mor, ja hela min släkt. Hon tog avstånd till och med från Ragnar som hon älskat och beundrat.

Hon började rätta mitt språk.

Ibland var hon elak mot Arne, ironisk och spydig.

När hon skulle fortsätta vid universitetet, sa Arne att han skulle skrapa ihop pengarna även om det blev drygt. Då sa hon, att du behöver inte bekymra dig, pappa lilla. Jag har redan fått studielån.

Hon låtsades inte se att han blev ledsen.

Det blev tomt när hon flyttat till studentlägenheten i Lund. Men jag vill inte förneka att det också var en lättnad. Jag behövde inte dagligdags se hur klyftan mellan oss vidgades och jag måste inte längre gå på slak lina mellan henne och Arne. De sista åren hade grälen mellan dem blivit allt hätskare.

Men jag sörjde närhet och förtrolighet, gud så jag sörjde. Och sa varje dag till mig själv att man inte får hänga fast vid sina barn, att man måste ge dem fria. Att det kanske är så att förtrolighet inte är möjlig mellan människor som står varandra nära, att risken att såra är alltför stor. Hur skulle jag kunna säja till henne att jag kände till den förtvivlade kärlekshistorien med utlänningen i Lund. Och aborten.

Aborten.

Hur skulle jag kunna tala om den, jag som tigit med att jag haft fyra missfall.

När hon kom hem den sommaren, blek, tunn och allvarlig, höll jag på att sprängas av ömhet. Vi arbetade sida vid sida i trädgården, men hon berättade inget och jag vågade inte fråga. Sen fick hon vikariatet på korrekturet på tidningen.

Rickard Hård.

Jag tyckte om honom från början.

Det berodde på många saker, på ögonen som var ljust grå med ögonfransar så långa att de borde ha varit en kvinnas. Så var det hans mun. Många anser att det är ögonen som säjer mest om en människa. Men jag har aldrig förstått det, milda bruna ögon ljuger lika bra som kalla blå. För mig har det alltid varit munnen som avslöjar sinnelag och avsikter. Inte genom orden som rinner ur den, nej det är själva formen jag talar om.

Jag har aldrig sett en känsligare mun än Rickards, stor, generös med mungipor som drog uppåt i humor och nyfikenhet. Så ung han var hade han gott om skrattrynkor.

Skratta kunde han.

Och berätta, den ena galna historien efter den andra.

Han påminde mig om någon men jag kom inte på det då för han var inte alls lik. Först några veckor senare när han drack kaffe hos mig och Ragnar drällde in visste jag. Så jag kan egentligen inte säja att jag blev förvånad när Anna ringde en dag och sa med panik i rösten:

– Det påstås att han är kvinnojägare, mamma.

Jag minns inte vad jag svarade, jag minns bara att jag blev sittande länge vid telefonen efteråt och tänkte att Anna är inte lik Lisa, inte på något sätt.

Det var först detta år, när Anna var tjugotre år och vi skrev nittonhundrasextio, som jag lärde att man inte kan göra nåt för sina vuxna barn.

Rickard hade snart charmat in sig hos släkt, vänner och grannar. Värst var det med mor, hon formligen smalt bara hon fick syn på pojken. Det var roligt att se också för han både tyckte om och respekterade henne. Han skrattade aldrig åt henne som mina bröder gjort, tvärtom lyssnade han med stort intresse.

Till mig sa han:

– Man borde skriva en bok om henne.

– Inte har hon så mycket att berätta!

– Hon har uråldriga tankar och värderingar, sa han. Har du aldrig tänkt på att hon är en av de sista i ett utdöende släkte.

Jag blev förvånad men gav honom rätt. Plötsligt och utan att vilja det berättade jag om Ragnars födelsedag och min upptäckt mitt i festen.

– Våldtagen vid tolv års ålder och mor vid tretton. Hora, sa jag.

– Herregud!

Sen ångrade jag mig förstås, tyckte att jag utlämnat henne, och tog löfte av Rickard att inte berätta det.

– Jag vill inte att Anna ska få veta.

– Jag förstår inte varför, sa han men lovade att hålla tyst.

De förlovade sig redan i augusti innan Anna återvände till universitetet och Rickard for till Stockholm där han fått arbete på den stora tidningen.

– Så ni kommer att bosätta er i Stockholm?

– Jag måste ju följa med honom. Och det är lättare också för mig att få jobb däruppe.

Hon sa att hon var ledsen, men jag visste att hon ljög. Hon var glad åt flyttningen och det nya livet i den stora spännande staden. Glad också att komma bort från mig och mina ögon som såg alldeles för mycket.

– Det går så många tåg, mamma. Och fort, på några timmar är du uppe och hälsar på mig.

Både Arne och jag hade urgöteborgarnas rädsla för den främmande huvudstaden på fel sida om landet. Och vi tyckte stockholmarna var dryga och gnälliga, både när de talade i radio och när de kom på semester till våra öar.

Men vi fick lära om. Redan vid första besöket kom vi över rädslan, folk i Stockholm var som folk är mest, hyggliga. Och mycket enklare klädda och mindre högfärdiga än många skitförnäma göteborgare. Stan var vacker, vi hade ju hört talas om det men blev ändå tagna när vi flanerade med Anna längs Strömmen och såg på fiskarna med sina egendomliga jättehåvar.

Men nu har jag gått händelserna i förväg. För först hade vi bröllop, hos oss i huset vid havet. Och där träffade jag Signe, Rickards mor, och kom att begripa ett och annat.

277

Vi slog på stort, det gjorde vi verkligen. Som Arne sa: Har man bara en dotter så . . . Men jag har glömt det mesta, har bara några spridda hågkomster av hur jag lagade mat i en hel vecka och hur huset fylldes av ungdomar, dans och musik. Det jag minns är Signe.

Den här gången visste jag genast vem hon var lik trots att hon var olik, luktade parfym, var målad i ansiktet och pratade om allt utom om sånt som var viktigt. Hon hade samma blå ögon utan blick som elfenbensdamen.

– Ytlig och dum, sa Arne efteråt.

Värre än så, tänkte jag. Iskall.

– Pojken är som vax i hennes händer, sa Arne.

Jag sa inte det jag tänkte, att många män var såna.

– Han måste väl ha haft en bra pappa.

Arne såg lättad ut, så var det naturligtvis. Vi visste att fadern dött när Rickard var tolv år men inte att han begått självmord.

Innan de for på bröllopsresa till Paris hann Anna och jag med ett kort samtal. Vi staplade flaskor i dunklet nere i matkällaren och Anna sa:

– Mamma, vad tyckte du? Om Signe?

För en gångs skull sa jag rent ut:

– Att hon var . . . lik din farmor, Anna.

– Då hade jag rätt då, sa hon. Tack för att du var uppriktig.

Men det var jag inte. Jag sa inte ett ord om att Anna också liknade sin farmor, inte till karaktären men till sin utstrålning. Och jag tänkte på hur otroligt förälskad Rickard var i henne och att

278

kärlek ofta är en spegling av en inre längtan, ett tillstånd hos den som älskar.

När de rest var jag orolig, måste lugna mig med att jag såg spöken, att det var en ny tid och nya, klarsynta unga människor. Och att så galen som min svärmor var hon ändå inte, Signe från Johanneberg.

Jag hade funderat mycket under förlovningstiden. Varför sammanförde Rickard inte oss med sin mor? Skämdes han för oss? Nej, han var inte den sorten. Och hans bakgrund var inte märkvärdig, pappan hade varit handelsresande. I papper.

Nu insåg jag att det var sin mor han skämdes för. Jag hade sett det i hans ögon på bröllopsmiddagen, att han var generad och rädd för vad vi skulle tänka om hennes pladder och skryt. Men jag hade också förstått att han aldrig skulle erkänna det, han skulle göra som Arne, försvara och förgylla henne.

Och jag visste ju bättre än de flesta att män som inte besegrat sina mödrar tar hämnd på sina kvinnor, hustrur och döttrar.

Jag försökte tänka på att Rickard inte var brutal, inte som Arne. Men jag var orolig. Det är bra att de flyttar till Stockholm.

Men inte ens den trösten höll. För efter något år flyttade Signe efter, bytte lägenheten i Johanneberg mot en liknande i samma norrförort som Anna och Rickard slagit sig ner i.

– Han är ju det enda jag har, sa hon när hon ringde till mig för att berätta om sina planer.

– Var inte orolig, mamma. Jag kommer att stå på mig, sa Anna i telefonen.

Och fjorton dar senare ringde hon och jublade:

– Kan du tänka dig att Rickard har skaffat henne ett jobb på ett tidningskontor i Södertälje. Så nu ska hon flytta dit.

– Så bra, Anna.

– Han förstår mycket mer än han vill erkänna.

– Låt honom inte veta att du begriper det, sa jag och så skrattade vi på urgammalt kvinnovis.

Genom alla åren höll vi kontakt, Greta, Aina och jag. Inte Lotta tyvärr, hon hade gift sig med en polis i England. Vi andra träffa-

279

des en gång varannan månad, på vintrarna i Ainas lägenhet i Örgryte, om somrarna i min trädgård. Det var trevligt, vi åt smörgåsar och tävlade om att hitta på nya och läckra varianter. Aina var också gift och hemmafru. Hennes man som var på posten ville inte att hon skulle arbeta. Hon sa inte mycket om det personliga men det var tydligt att hon vantrivdes. Ett slag var hon tjock. Sen magrade hon förskräcklig. En julidag bland rosorna vid muren berättade hon att hon hade kräftan och inte lång tid kvar. Jag skäms när jag tänker på att jag inte fann några ord till tröst, ur mig rann bara tårarna.

Två gånger den hösten hälsade vi på henne på sjukhuset där hon tynade bort.

Men Greta och jag fortsatte att träffas, oftare nu som om vi behövde varandra. Vi talade om åldrandet, hur svårt det var att fatta. Greta hade slutat med damfriseringen och var tillbaka i ostaffären i Alliancen.

– Jag börjar få svårt med jobbet, sa hon en gång. Inte med orken utan med huvudet. Jag rör ihop och kan inte räkna längre.

Jag skyndade mig att tala om att jag också blivit glömsk. Det såg inte ut att trösta. Sen gick det ett halvår och jag måste se hur hon blev mer och mer . . . utan sammanhang. Hon höll inte ihop ens den enklaste tankegång, allt föll sönder i småbitar. Bara någon månad senare måste hon läggas in på mentalsjukhus.

I augusti kom Anna och Rickard på semester till oss, vi skulle segla till Skagen var det bestämt. De var lyckliga, det lyste om dem. Redan vid välkomstmiddagen sa Anna:

– Tack, inget vin för mig. Det är så att vi ska ha ett barn.

Jag blev så glad att jag grät och så rädd att jag höll på att svimma.

– Men, mamma lilla! Så du tar vid dig.

Jag sökte Arne med blicken, såg att han förstod. Och att han blivit lika rädd som jag.

Anna hade en lektorstjänst på universitetet, ett vikariat.

– Det får jag ändå inte behålla, sa hon.

– Ska du bli hemmafru?

Jag försökte hålla rösten stadig men jag vet inte om jag lyckades.

Men Rickard sa:

– Aldrig i livet! Jag vill inte ha nån hemmafru. Nu ska ni få höra.

Sen talade de i mun på varann om boken som Anna skulle skriva, en begriplig bok på avhandlingen från Lund.

– Rickard ska hjälpa mig.

– Så bra, sa jag men tänkte att det blir väl inga pengar av sånt arbete.

I början av mars skulle barnet komma, Anna tog löfte av mig att jag skulle bo hos dem.

Maria kom på utsatt tid och det låter säkert besynnerligt när jag säger att jag nog var lika glad för barnet som Rickard. Och Anna själv. Första gången jag höll henne i mina armar var det som om jag fått tillbaka något dyrbart och för länge sen förlorat.

Hon var en otrolig unge, tillgiven och solig. Hon såg på mig med Annas klarblå ögon och log med Rickards mun. Ändå var hon mest lik . . . jo så var det, hon var lik min mor. En liten Hanna, tänkte jag men aktade mig noga för att säga det. Jag visste ju hur det plågade Anna när folk sa att hon liknade sin farmor.

De hade bytt till en trerummare, en ljus och rymlig lägenhet som de inrett vackert, så där svalt och sparsmakat som Anna vill ha det. Men jag såg redan när jag kom att det låg en tung skugga över både Anna och Rickard. Bitter hos henne, laddad med ångest hos honom.

Jag hade trott att de skulle jubla över framgången med Annas bok och vara fyllda av glädje för barnet. Men något hade hänt och jag ville inte fråga, jag ville förresten inte veta.

– Det är inte så lätt, var allt hon sa.

– Jag har förstått det. Vill du prata om det?

– Inte nu. Jag vill bara tänka på barnet. Och på att det ska få det bra.

Sen blev hon ju som jag varit, så tagen av den nyfödda att allt annat sjönk undan. Jag stannade tills hon kommit ordentligt

igång med amningen, sen reste jag utan att fråga om vad som
hänt.

– Du vet ju var jag finns, sa jag när vi tog farväl.

– Det handlar om solidaritet.

– Jag har förstått det.

I själva verket hade jag förstått hela tiden. Redan första kväl-
len i Stockholm hade jag tänkt på telefonsamtalet, då för några
år sen när hon ropade: "Det sägs att han är en kvinnojägare,
mamma!"

Under hela tågresan hem försökte jag stanna i glädjen över
Maria. Jag visste att vi skulle bli de bästa vänner, jag fantiserade
om långa somrar med henne vid havet och i min trädgård, allt
jag skulle lära och visa henne, alla sagor jag skulle berätta och
sångerna jag skulle sjunga.

Men det gick inte så bra, skenskarvarna dunkade sitt: Fan ta
karlar, fan ta karlar, fan ta alla jävla karlar.

Min egen stod på centralen i Göteborg, sur för att jag varit
borta så länge.

– Jag har hållit på att svälta ihjäl, sa han.

Fan ta dig, fan ta dig.

– Så du hittade inte till frysen då?

Jag hade gjort i ordning tio middagar, bara att värma.

– Du behöver väl inte va ironisk.

Jag teg.

Då sa han att han egentligen menat att han känt sig så ensam
och jag fick bita ihop för att inte tycka synd om honom. Hem-
ma stod forsythian i knopp, ett svagt gyllene skimmer.

Mor var ofta sjuk den våren. Till slut fick Ragnar och jag ta i med hårdhandskarna för att få henne till en läkare.

Hjärtat, sa han.

Hon fick medicin och den hjälpte efter ett tag.

En kväll när jag suttit så länge hos henne att jag missat sista bussen hem hände något obehagligt. Jag hade ringt Arne och sagt att jag skulle ta spårvagnen till Kungsten. Han skulle möta där med bilen.

Visst var jag trött när jag satt där långt fram i vagnen, såg upp och rätt in i förarens stora backspegel. I den fanns en kvinna som var så otroligt lik min mor att jag ryckte till, samma åldrade ansikte och sorgsna ögon. Jag vände mig om för att se vem hon var.

Vagnen var tom, jag var enda passageraren.

Det tog mig en lång stund att inse att det var min egen bild jag såg. Jag blev så ledsen att tårarna började rinna utför det gamla ansiktet i spegeln.

– Du ser trött ut, sa Arne när jag satt mig tillrätta i bilen.

– Ja, jag är nog tröttare än jag begripit. Jag börjar bli gammal, Arne.

– Inte, sa han. Du är lika ung och söt som alltid.

Då såg jag noga på honom i det svaga skenet från instrumentbrädan. Och han var sig lik, ung och grann.

Kärlekens ögon ljuger. Han var sextiotvå och hade bara tre år kvar till pensionen.

Arne somnade som vanligt så fort han lagt huvudet på kudden. Men jag låg vaken och försökte tänka att jag sett fel, att det

283

inte kunde vara sant. Sen smög jag upp till spegeln i badrummet och stod där länge i det kalla avslöjande ljuset.

Jag hade inte sett fel. Jag hade skarpa lodräta rynkor på den långa överläppen, så lik mors. Slapp haklinje, bekymmersveck kring ögonen, ledsna ögon, grått i det kastanjeröda håret som varit min stolthet. Det var ju inte konstigt, jag skulle fylla sextio nästa år.

Det konstiga var att jag inte sett det, faktiskt inte haft en aning om det. Inte känt det. Jag var jag som jag alltid varit, samma barnsliga människa. Inuti.

Men kroppen åldrades och den ljög inte.

Jag höll mig fast i tvättstället och tårarna rann och ansiktet i spegeln åldrades ytterligare. Kan du vissla, Johanna. Nej det kunde jag inte längre.

Till slut kröp jag till sängs och grät mig till sömns.

Nästa morgon sa Arne att du får ligga kvar i sängen i dag. Vila ut. Du har väl böcker.

Jag hade alltid böcker, jag lånade en packe varje vecka på biblioteket. Men den här dan kunde jag inte läsa. Jag låg hela morgonen och försökte fatta detta med åldrandet, att jag var gammal, att jag måste godta det.

Åldras med värdighet.

Vad betyder det? Så idiotiskt. Klockan elva steg jag upp, ringde till damfrisörskan och beställde klippning och färgning. Köpte en dyr "undergörande" kräm och mitt livs första läppstift. Jag slutade dan med en lång vandring i de branta bergen.

Motion skulle ju vara så bra.

När Arne kom hem sa han att jag såg strålande ut, att det var skönt för han hade blivit orolig. Att jag hade mättat mörkrött hår utan ett grått strå och mirakelkräm i ansiktet såg han inte.

Läppstiftet hade jag inte vågat använda.

Och inte hjälpte alla mina konster mot insikten.

Du är gammal, Johanna.

Jag försökte med glada tankar. Jag hade det bra, en rejäl karl som inte kunde leva utan mig, en strålande dotter, ett nytt och ljuvligt barnbarn. Trädgårn, havet, min mor i livet, vänner, släkt.

Men hjärtat gjorde invändningar hela tiden, min man blev med åren allt mer lik sin svåra mamma, grinig och krävande. Min dotter var olycklig, mor sjuk.

Lilla Maria!

Ja.

Och trädgården?

Jag hade nog börjat tycka att det var tungt, allt arbete den krävde. Havet?

Ja, det hade kvar sin kraft.

Mor?

Det var svårt att tänka på henne, hon som valt ålderdomen tidigt och aldrig varit ung.

Senare när jag vant mig vid tanken på åldern funderade jag på om chocken den där kvällen på spårvagnen var nåt slags dödsskräck. Men jag trodde inte det. Jag hade aldrig tänkt på åldrandet men ofta på döden. Och det hade jag alltid gjort. Varje dag sen jag var barn.

Jag var inte rädd för den längre, inte sen svärfar dog. Men jag hade ett behov av att grundligt sätta mig in i vad det betydde att inte finnas. Rent av en längtan dit ibland.

Kanske lär man sig inte att åldras om man försöker vänja sig vid döden.

I slutet av veckan ringde Anna. Hon lät gladare på rösten och hade nyheter. Rickard skulle få göra en lång reportageresa i Amerika och nu ville hon fråga om hon fick bo hos oss med Maria under sommaren.

Om hon fick!

Jag blev så glad att jag glömde åldrandet.

– Du kanske måste tala med pappa först.

– Men du förstår väl att han blir lycklig.

– Jag har ju inte varit så snäll mot honom.

– Men kära barn . . .

Och glad blev han, Arne. Jag hade honom att ringa upp Anna och jag hörde när han sa att hon var efterlängtad och att det skulle bli roligt med lilltösen.

– Vi ska segla. Vi ska göra henne till en riktig sjöman. Inte är det för tidigt, sa han. Du vet, det ska böjas i tid.

Jag förstod att Anna storskrattade.

På lördagen tog han itu med att måla om det gamla flickrummet på övervången. Vi köpte ny säng till Anna, Arne gjorde en söt liten vagga till Maria och snickrade ihop ett skötbord. Ny matta kostade vi också på och jag sydde luftiga vita gardiner.

– Så jävla bra att vi drog upp vatten och WC till farsan, sa Arne.

De kom till Valborg. Med flyget. Arne tyckte inte om det, han litade inte på flygmaskiner och när vi for för att hämta dem blåste det halv storm. Som vanligt på valborgsmässoafton.

Hans rädsla smittade, också jag stod och höll mig stadigt i ett räcke i terminalen när stockholmsplanet dansade ner och bromsade så att det skrek om hjulen. Det var ju som Rickard sagt i telefon, lika tryggt med flyg som med tåg. Och väldigt mycket bekvämare för barnet.

Jag hade nog trott att Arne skulle bli glad i flickan men inte förstått att han skulle bli så översiggiven. Han stod där med ungen på armen och såg ut som om han var i himlen. När bagaget kom fick Anna och jag bära allt till bilen för han vägrade att släppa Maria.

– Ska du inte hälsa på mig, sa Anna.

– Jag har inte tid.

Vi skrattade högt och än högre när vi kom till bilen och Arne satte sig i baksätet med barnet och sa att du får köra, Anna.

Det tog längre tid än vi räknat med för genom stan drog Chalmerist-kortegen.

– Vi parkerar, sa Anna. Jag vill se karnevalen som vi alltid gjorde när jag var liten. Mamma kan väl sitta kvar och hålla babyn.

– Det gör jag, sa Arne. Dra iväg med er bara.

Allt var fest den dagen, Anna och jag skrattade som barnungar åt de tokiga chalmeristerna och när vi kom hem stod bordet dukat och Annas älsklingsrätter i ugnen.

Anna ammade medan jag värmde maten, flickan åt, rapade som hon skulle och somnade tvärt.

286

Arne frågade om Rickard och jag såg att det gick en skugga över hennes ansikte när hon sa att han rest och att han var ledsen att vara ifrån Maria denna första sommar. Men att han inte kunde tacka nej till det stora uppdraget. Han skulle göra en lång serie reportage om rasmotsättningarna i USA, sa hon och log omotiverat. Det var ett sorgset leende.

– Några månader går ju fort, sa Arne tröstande. Under tiden får ni hålla tillgodo med oss.

– Du kan inte ana hur gärna vi gör det.

Det var första gången jag förstod att hon funderade på skilsmässa.

Hon drack ett glas vin, slök det i ett drag. Jag måste ha sett ängslig ut för hon sa:

– Det ska bara bli ett, mamma.

På första maj sjösatte Arne båten, den var skrapad och nymålad. Allt vårarbete i trädgården var också färdigt, vi hade haft en lång och varm vår. Anna hade inte barnvagn med så jag gick i källaren och letade fram hennes egen. Den var gammal men inte skraltig, tyckte jag, när jag tvättade den ren och vi bäddade till barnet i lä under det blommande körsbärsträdet.

– Det gick ju inte att få med sig allt på flyget, sa Anna. En vän till mig, Kristina Lundberg, kör ner min bil med allt vi behöver i nästa vecka. Hon är väldigt trevlig, socialarbetare. Frånskild.

Hon var tyst ett ögonblick innan hon fortsatte:

– Hon har sina två små pojkar med sig. Jag hoppas att de får sova över här?

Jag blev irriterad på hennes ödmjukhet:

– Du vet mycket väl att dina vänner alltid har varit välkomna hit.

– Jag vet snart ingenting längre, mamma. Och jag har svårt att ta emot, all den här omsorgen, rummet som ni gjort så fint åt oss . . . och . . .

Nu grät hon.

– Anna lilla, sa jag. Vi tar alltsammans i morgon när vi blir ensamma.

287

– Ja. Pappa behöver inget veta, inte än åtminstone.

– Just det.

Arne kom hem och höll på att få slag när han fick se vagnen.

– Men Johanna, för fan! Du måste ju ha sett att sprintarna är lösa och hjulen inte sitter fast. Är du rent från vettet?

Sen lagade han barnvagnen, det tog en dryg timma och han var fullständigt lycklig medan han muttrade sitt: "Ja se fruntimmer."

Det var sol i köket. Varmt. Vi klädde av babyn och lät henne sprattla naken på en filt på köksbordet. När Arne kom tillbaka blev han sittande länge på kökssoffan. Jollrade med ungen, sa:

– Vilket underverk.

Då kissade hon på honom och log befriat.

Han fortsatte att smälta men sen sa han:

– Hon är lik Johanna. Och Hanna. Har du sett det?

– Ja, sa Anna. Och jag är glad för det.

Govädret fortsatte hela veckan. På måndagen satt vi återigen under körsbärsblommen och jag fick äntligen veta. Det var värre än jag trott.

Det fanns inga ord att trösta med.

På eftermiddagen strövade vi med Maria i bergen och jag berättade om Ragnar. Och Lisa.

Anna lyssnade storögt, detta hade hon inte vetat.

– De är ju lika de här två karlarna, sa jag. Samma värme, humor och . . . lättsinne.

Hennes ögon var stora och mörkblå när hon svarade:

– Du har rätt. Det sorgliga är att jag inte är lik Lisa.

Det hade jag ju själv tänkt.

Det var förtvivlat.

Men i slutet av veckan kom det första brevet från Amerika och när jag såg med vilken iver hon slet upp det och hur det lyste om henne när hon läste tänkte jag att hon kommer aldrig loss.

Vi talade mycket om karlar den sommarn, om hur gåtfulla de var. Jag berättade att Arne slagit mig när vi var nygifta, att jag flytt till mor och att hon tagit det med en axelryckning.

– Då fick jag veta att far, min underbara pappa, durvat till henne ordentligt några gånger.

– Det var ju en annan tid, sa Anna. Varför gick du tillbaka till Arne?

– Jag tycker ju om honom, sa jag.

– Det hände aldrig nån mer gång?

– Nej.

Jag talade om Ragnar, hur han vakat som en hök över mig.

– Jag tror han hotade Arne med både polis och stryk. Du vet, han är ju bra mycket större och starkare.

Vi satt länge tysta och tänkte nog båda att våld var ett språk som män begrep.

Sen sa Anna:

– Jag har ju sett genom åren hur han ströp dig långsamt med sina förbannade härskarfasoner. Redan när jag var tolv och du började deltidsarbeta förstod jag det.

Man kan inte dölja något för barn, det borde jag ha vetat. Ändå gjorde det ont.

– Det handlade mycket om pengar, sa jag och berättade om pigan som var jag och som fått be om vartenda öre. Jag sa inte att jag var på väg tillbaka i samma läge, jag ville inte oroa. Men kanske begrep hon. Och hon förstod vad jag menat med min berättelse för hon sa att hon hade egen ekonomi, goda inkomster på sin bok och beställning på ännu en.

– Dessutom skriver jag ju artiklar för olika tidningar och tidskrifter.

Vi talade om våra svärmödrar. Anna sa:

– Har du aldrig tänkt på att farmor var sjuk, psykiskt sjuk? Det hade jag väl någon gång. Men ovilligt. Jag tyckte illa om det moderna sättet att förklara ondska med sjukdom. När vi gick tillbaka längs stranden frågade jag henne om hon trodde att sån sjukdom var ärftlig. Det gjorde hon inte, hon sa:

– Jag skulle då inte velat va barn till farmor. Tänk dig själv en sån här liten utlämnad på nåd och onåd.

Hon bar Maria i en påse på magen, kängurupåsen som Arne kallade den.

Sen sa hon och lät förtvivlad:

– Det gäller ju Rickard också och hans förbannade iskalla morsa.

Hon var en osäkrare mamma än jag varit, räddare och tafattare. Det var ju inte konstigt, jag var trettiofem när jag fick barn, Anna var bara tjugofyra. Och det bekymrade mig inte för hon öste ömhet över barnet. En eftermiddag hade Maria magknip, Anna gick fram och tillbaka med ungen som skrek så fort vi la ner henne i sängen. Jag avlöste henne, hon jagade barnläkare i telefon och fick tag i en som sa som jag redan sagt, att det var normalt och inget att oroa sig för.

Anna höll på att gå i småbitar av oro.

Mitt i allt kom Arne hem, tog med stora lugna händer över barnet, la det mot sin axel och började gå fram och tillbaka han också. Sa att nu lugnar du ner dig, pyret. Inom två minuter sov Maria, djupt och lugnt.

Anna grät av lättnad i Arnes famn och sa att hon mindes, att hon plötsligt kom ihåg hur det kändes när pappas händer tog tag om en när man var liten och rädd.

Sen grät hon ännu värre tills Arne sa, att det är ju på det här sättet du skrämmer upp ungen. Du får lugna ner dig.

Men jag som visste varför hon grät teg.

Kristina Lundberg kom med bilen och alla Annas kläder. Det var en storvuxen, rätt ful flicka med bondsk kroknäsa, tunga ögonlock och ironisk mun. Två småpojkar hade hon med, de flög som huliganer runt hus och trädgård och värst av allt längs bryggorna i hamnen.

Det var underbara ungar.

Vi tyckte om mamman också, en sån som man kan lita på. Hon var rödare än vi, kommunist. På kvällarna grälade hon och Arne i köket om reformsocialism och proletariatets diktatur, de blev ofta högljudda och njöt ohämmat båda två. På helgen seglade Arne och hon med småpojkarna och lugnet la sig över Anna, Maria och mig.

När de kom hem på söndan packade Kristina, de skulle vidare till hennes släktingar på nån gård i Västergötland.

– Det skulle ha varit roligt om du kunnat stanna lite längre, sa jag och menade det.

– Det tycker jag med, sa hon. Men nu gäller det att stryka släkten medhårs.

Hon såg ledsen och bestämd ut.

– Det blir bra för pojkarna också, sa hon. Inte så jobbigt, för mor min har gott om tjänstefolk. Hon har redan städslat barnflicka, för barnen ska stanna där i sommar och mamma vill inte bli besvärad.

Hon måste ha sett min förvåning för hon sa:

– Så Anna har inte sagt det, att far min är godsägare och greve, blåblodig, högfärdig och allmänt inskränkt.

Jag minns den här stunden så tydligt för det var första gången jag förstod att vi bara ser i enlighet med våra fördomar. Bondjäntan framför mig förvandlades, den långa böjda näsan och de tunga ögonlocken blev aristokratiska.

Så stilig hon var!

Breven från Amerika kom i jämn ström, brev gick, Anna blev lättare till sinnes, jag kände att det ljusnade. Juli kom med regn som den brukade. Jag var ofta ensam med Maria för Anna arbetade på sin bok, jag sjöng för barnet och hörde det jämna knattret från skrivmaskinen på övervåningen. I alla slags väder gick jag långa promenader med barnvagnen, det var nyttigt, jag blev spänstigare.

Anna tyckte inte att jag åldrats.

Plötsligt får jag ett annat tydligt minne. Det var grå eftermiddag, regnet grät längs rutorna och Anna sa:

– Kan vi inte ta och titta på smyckena?

Jag inser att det är mycket jag hoppat över i denna min levnadsbeskrivning. Som detta med den norska släkten. Moster Astrid dog, hastigt, utan att ha varit sjuk när tyskarnas stövlar trampade som värst på Karl Johan. Och utanför Möllergatan 19 där fiskgrossisten Henriksen försvunnit. Mor fick ett kort brev från en av sönerna, jag ett längre från hans hustru Ninne, den enda jag fått kontakt med vid besöket i Oslo. Vi blev ledsna, men mor var inte förvånad. Hon hade alltid vetat att Astrid skulle lämna livet när det inte passade henne längre.

En tid efteråt fick jag telefon från Oslo. En advokat! Han sa att det fanns ett testamente, att Astrid Henriksen testamenterat sina smycken till mig. Han sa också att de troligen inte var så mycket värda men att den norska släkten ville behålla dem av sentimentala skäl.

Jag blev arg, sa kort att det rörde sig om morssläktens arvesmycken och att jag självklart ville ha dem. Sen rusade jag iväg till mor, som ännu bodde i Haga. Hon blev så ilsk att hon skrek i högan sky och sen i telefon till Ragnar som kom och blev lika arg han. Eftersom han hade bekanta i alla kretsar dröjde det inte länge förrän jag satt på ett advokatkontor på Östra Hamngatan hos en rar, äldre judisk herre.

Jag hade skrivit upp namnet på norrmannen som ringt och snart hade juristen i Göteborg fått fram både en kopia av testamentet och en förteckning över smyckena.

– Den norske advokaten var guskelov en hederlig karl, sa han.

Jag fortsatte att skicka livsmedelspaket till de norska kusinerna. Men jag slutade skriva brev.

Jag hann nästan glömma bort det hela, det var ju en småsak i jämförelse med allt som hände de åren. Men på sommaren nittonhundrafyrtiofem for min advokat till Oslo och kom tillbaka med ett stort brunt paket, som Arne och jag hämtade på hans kontor. Mot kvitto. Arne hade inte heller tagit saken så allvarligt förrän denna höstkväll när vi i närvaro av mor och Ragnar klippte upp det bruna papperet, hittade det blå skrinet och öppnade med den förgyllda nyckeln.

Det var broscher och ringar, det var halsband med gnistrande röda stenar, armband, örhängen. Men mest var det gammaldags spännen i olika former. Grå. Av tenn? Eller kunde det vara silver? Anna var stum och storögd, mor sa att det är då mycket mer än arvet, det är allt hon köpt själv och fått av Henriksen under årens lopp, Ragnar sa att vi måste få det värderat och Arne att var i helvete ska vi gömma det.

Där fanns några tunga ringar av guld.

– Karlsringarna, sa Ragnar.

Och så berättade han om en bonde i släkten som hittat ett jättelikt guldmynt en gång när han grävt för nya gärsgårdsstörar. Det var Karl XII själv som tappat dukaten för han hade rastat här en gång. Trodde bonden. Han lät Rye smälta ner myntet och guldet räckte till två vigselringar som sen dess gått i arv i släkten.

– Får jag känna.

Anna vägde kungaringarna i handen, hennes ögon glänste i kapp med guldet.

Ragnar log mot flickan och berättade om alla rikedomar som gömts i det fattiga landets jord. När man äntligen byggde väg mellan Ed och Nössemark hittade man en stor silvergömma med mynt från sextonhundratalet.

Anna såg förvånat på honom och han förklarade.

– Gränsbygd är ofredsbygd, sa han. Ibland var landet på västsidan den långa sjön norskt, ibland svenskt. När Karl XII bodde i Ed och planerade sitt fälttåg mot Norge gömde rikt folk sina skatter i jorden.

Mor tog upp ett av de fint arbetade spännena och så fick vi höra den sällsamma berättelsen om den norske guldsmeden som flytt från Bergen och fått ett torp under Framgården.

– Rene vildmarka, sa mor.

Men där hade han bott i många år med fru och ungar, haft sin guldsmedja i kammarn och tillverkat broscher, hängsmycken och spännen i silver. Det kallades röjesilver.

– I kan sjölve se att han blanne dä mä billige metaller, sa mor. Dä e alldes grått.

Jag minns att jag ville ge en av kungaringarna till Lisa. Men Ragnar sa nej, släktarvet skulle inte skingras och ville Lisa ha guldring var han karl nog att skaffa henne en.

Arne grubblade hela helgen på hur han skulle lösa problemet att förvara skatten. Sen köpte han ett brandsäkert kassaskåp och byggde ett lönnfack under golvet i matkällaren. Vi brydde oss inte om att värdera smyckena, det var som om vi inte ville veta. Vi ville tänka på den gömda skatten som en extra försäkring, en trygghet om nåt skulle hända.

Nu sexton år senare ville Anna se på smyckena och jag sa, att det är ju inte mer än rätt, det är ju du som ska ha grannlåten. Men du får vänta tills pappa kommer hem för jag gör inte inbrott i hans lönnfack.

– Där dina smycken finns, sa Anna.

– Jag vill inte såra i onödan, sa jag. Förresten har jag ingen aning om hur man öppnar facket.

– Men mamma . . .

Det blev en festlig kväll när vi stod runt Arne i matkällaren, Anna med Maria på armen och jag, medan Arne visade oss den hemliga vägen till kassaskåpet med smyckeskrinet.

– Så ni vet om något skulle hända med mig.

Sen satt vi där som förr en gång och gapade över allt gnistret och Maria var lika storögd som Anna en gång. Fast hon var nog mest tagen av den högtidliga stämningen. Anna tog upp ett hängsmycke i ljusgrön emalj, delvis förgyllt och rikt smyckat med glittrande små stenar.

– Det är jugend, sa hon. Och det skulle inte förvåna mig om gnistret var briljanter.

– Du är tokig, sa Arne. Hon var ändå bara en fiskhandlarfru.

– Men ta det om du är så glad i det, sa jag.

Då sa Anna som Ragnar en gång:

– Nä, morsarvet ska inte skingras.

I slutet av juli kom solen tillbaka och i slutet av augusti kom Rickard från Amerika. Han hade mognat, det fanns en djup smärta i fårorna runt munnen och svart sorg i hans ögon.

Vi talades vid i enrum en enda gång.

– Du kan inte förstå mig, Johanna?

Det var mer ett konstaterande än en fråga så jag behövde inte svara.

Han la huvudet på sned och då såg jag för första gången att han liknade en katt, en smidig hankatt, säker på sitt värde och sin skönhet. Men också en sån som snor runt knutarna och skriker efter kärlek i marsnätterna.

Jag har alltid haft katt. Kastrerade hankatter.

Jag rodnade, hjärtat dunkade.

Den här mannen hade hela sin sinnlighet i behåll och jag snuddade vid tanken att det kanske gick att begripa honom. Sen fnös jag åt mig själv. Dumheter.

När de rest blev det tomt omkring mig. Jag saknade Maria. Jag tänkte mycket på Anna och på det hon riskerade att förlora. Nåt som jag inte förstått för att jag aldrig haft det. Men som kanske betydde mer än tryggheten.

Vi sysslade mycket med vårt hus de här åren. Det var slitet och behövde repareras. Som vanligt gjorde Arne nästan allt själv under kvällar och helger och fick billig hjälp av kamrater, en plåtslagare och en elektriker.

Så fort han gick i pension inredde han ännu ett rum på vinden.

På dagarna sydde jag gardiner till de nymålade fönstren, påverkad av Anna skaffade jag bara enkla vita tyger.

Men det är nätternas drömmar jag minns bäst från denna tid. Särskilt den första. I den fann jag en dörr på kortsidan i det nya vindsrummet, jag öppnade den och kom in i en lång korridor, trång och skrämmande. Jag trevade mig fram, det var mörkt, gången blev smalare men så småningom såg jag en strimma ljus långt borta. Där fanns ännu en dörr, på glänt. Jag tvekade länge innan jag knackade.

Rösten som sa "Kom in" var välbekant som om jag hört den varje dag i tusen år. Äntligen! Jag öppnade och där satt far och slog i en bok. Hela rummet var fyllt av böcker, de bågnade ur bokhyllorna, travades i högar på golvet. Han hade en gul blyertspenna bakom örat och en stor anteckningsbok vid sidan av. I ett hörn satt en liten flicka och såg på mig med strålande bruna ögon.

– Dä va bra du kom, Johanna. Du får hjälpe mej å söke.

– Va söker I, far?

Jag vaknade så jag fick aldrig höra svaret. När jag satte mig upp i sängen, lite rädd men mest glad, mindes jag att det stora

296

biblioteket inte haft något tak. Det var öppet mot himlen. Sen tänkte jag att det inte fanns något överraskande i drömmen, inget som jag inte alltid hade vetat.

Drömmen kom tillbaka, den ändrade sin form men budskapet var alltid detsamma. Och känslan av något välbekant. En gång var korridoren en brant trappa och rummet där far satt ett laboratorium. Han bodde där, sa han, och sysslade med kemiska experiment. Där luktade fränt och stärkande. Återigen blev han glad att jag kom och bad om hjälp.

Drömmarna tvingade mig att städa. Mornar när drömbilderna riktigt bitit sig fast i sinnet gick jag så långt att jag tog ut mattorna och tvättade fönstren.

Mitt hus blev aldrig sånt som jag ville ha det, aldrig färdigt. Det bästa med det var havet som brusade utanför muren. Jag blev till en visa i byn för mina vandringar längs stränderna, varje dag i alla slags väder. Dessa strövtåg genom alla år lärde mig mycket om havet, hur det låter och luktar i storm och stiltje, i grådusk, sol och dimma. Men jag vet ingenting om dess avsikter, i vart fall inget jag kan uttrycka i ord. Det händer att jag tänker att det är allomfattande som Guds närvaro.

Det var nog Sofia Johansson som fick mig på sådana tankar. Jag hade fått en ny vän, så olik Rakel som nån kan vara, en fiskarhustru från den gamla byn.

Som jag sa förut umgicks det ursprungliga folket inte med oss nybyggare. Men Sofia hade en vacker trädgård och en dag hade jag stannat vid hennes staket och sett på hennes anemoner, stora djupblå blommor med svarta pupiller.

– Jag står här bara och beundrar, hade jag sagt.

Då hade hon givit mig ett varmt leende:

– Ja, de är granna. Nog kan jag gräva upp några knölar till frun.

Jag hade rodnat av glädje och sagt att jag ska ta väl vara på dem.

– Det vet jag. Jag har sett hennes trädgård.

Hon kom nästa morgon med de knotiga bruna knölarna och

hjälpte mig att finna en plats där de skulle trivas. Jag fick bjuda på kaffe, det var vackert väder och vi satt i lä under muren mellan rosorna. Jag hade en låg, nästan markkrypande gammaldags vit ros som hon blev glad i och vi kom överens om att jag skulle gräva upp en och ge henne till hösten.

– Nog kan vi säga du, sa jag.

Då log hon det goda leendet igen och sen den dan träffades vi ofta i hennes eller min trädgård. Vi talade som kvinnor gör om mångahanda ting. Hon hade två söner i en av fiskebåtarna men mannen hade havet tagit för många år sen.

– Så svårt, sa jag. Hur gamla var barnen?

Pojkarna hade gått ur skolan och båten som förlist med hennes man var deras. När försäkringen föll ut köpte de ny fiskebåt.

– De trivs inte i land, mina söner, sa hon.

Hon hade en dotter också som sålde fisk i Alliancen.

Då blev jag intresserad, berättade att jag själv arbetat där i många år, ja faktiskt ända fram till förra året.

– Fast bara på lördagarna.

Hon visste det, dottern hade sett mig ofta i hallen och varit förvånad.

– Varför det?

– Du är ju av fint folk, sa Sofia.

– Nej vet du va, sa jag, och innan jag riktigt hann tänka mig för berättade jag om uppväxten i Haga, om mor och bröderna och om far som dött när jag var barn. Hon tyckte om historien, berättade sin egen, om barndomen i det bohuslänska fiskeläget där far och bröder, kusiner och grannar slet på sjön för bärgning. Det var en värld av män, helt beroende av karlar, deras styrka och kunskaper. Men jag förstod att hon aldrig känt underläge eller kvinnoilska.

– Sen blev jag frälst, sa hon och hennes ögon lyste.

Jag blev generad men vågade inget fråga, tänkte att hon var för intelligent för den naiva pingsttron.

Tala om fördomar.

Nu har jag glömt vilket år det var när vårstormen växte till orkan och havet drev upp över bryggor och hus, slog sönder båtar och slet förtöjningar. Vi hade guskelov inte sjösatt kostern. Den stod väl stöttad i lä mellan huset och berget. Men presenningen slet sig och försvann som en jättelik svart fågel inåt land.

I tre dygn höll den på med sitt, orkanen, och när den äntligen drog vidare gick jag runt i min trädgård och sörjde. Den gamla åkeröapeln hade knäckts. Mina rosor stod med fötterna i saltvattnet som stormen öst över muren. En grannfru dök upp, ropade:

– Har du hört att en fiskebåt härifrån är borta? Med man och allt.

Jag skakade i hela kroppen när jag slog på radion och fick höra att det var som jag fruktat. Sofias söner var borta. Då grävde jag upp mina vackraste julrosor, gick ner till fiskeläget och knackade på Sofias dörr.

Där var många kvinnor. De bad för pojkarnas själar.

Sofia var blek, mycket vit och spröd. Hon grät inte, det var jag som grät när jag räckte henne julrosorna och viskade:

– Låt mig veta om det är nåt jag kan hjälpa dig med.

– De är hos Gud nu, sa hon.

När jag gick hem grät jag än värre och tänkte att Gud var grym som mor alltid sagt. Om han nu fanns. Men jag var på nåt vis högtidlig.

Det blev aldrig så att jag kom att hjälpa Sofia. Men hade hon inte funnits det året mor låg hemma hos mig för att dö tror jag inte jag klarat det.

Varje sommar hade Arne och jag hand om Maria och mellan henne och mig blev det som jag drömt. Vi hade samma långsamma takt, barnet och jag, vi strövade och upptäckte nya och märkliga ting i bergen och längs stränderna. Herregud, så mycket det finns att stanna inför och förundras över, drivved, egendomliga stenar, nya blommor som vi inte sett förut, som vi plockade och slog upp i floran därhemma. Och maskar. Och insekter. Och grodyngel som vi samlade i handfatet i källaren. Det försvann och jag teg om att det var katten som åt upp det.

299

Maria älskade katten.

Jularna firade vi ofta i Stockholm. Rickard och Anna hade det bättre, var lugnare båda två. Men jag vågade inga frågor. Anna väntade barn igen:

– Det kommer en ny flicka i maj, sa Rickard.

– Och hur vet du att det inte är en pojk, frågade Arne.

– Anna är säker. Och de har ju nån mystisk förmåga, kvinnorna i dalslandssläkten.

Arne skakade på huvudet men sen berättade han vad Astrid sagt om nazisternas marsch på Karl Johan. I mitten av trettiotalet!

Vi gjorde upp att Maria skulle bo hos oss under våren. Jag skulle ta tåget upp och hämta henne.

Så blev det nu inte. Redan i mars flyttade mor hem till mig för att dö.

– Dä ska ente ble länge, sa hon.

Men det blev det. Hon ville dö men hennes kropp ville inte och den var starkare än hon.

Det var tungt. Min vän distriktssköterskan kom tre gånger i veckan, skötte mors sår och hjälpte mig att bädda om. Jag fick låna rullstol och bäcken. Så småningom kom doktorn och vi fick sömnmedicin. Det blev lättare sen när jag fick sova på nätterna. Arne var som vanligt när det var svårt, stark och tålmodig. Men det var inte mycket han kunde göra för mor blev dödsens generad så fort han dök upp för att hjälpa mig med att lyfta henne.

Detta var det tyngsta. Att hon var så förtvivlat skamsen och rädd för att vara till besvär.

– Du må önske live av meg, sa hon.

Det var inte sant, inte ens när det var som tyngst var det sant. Jag kände ömhet för henne, en ömhet som jag inte kunde uttrycka och hon inte kunde ta emot. Hos mig fanns också en mörk och arg sorg för hennes ensamma fattiga liv.

Den enda människa som kunde ge mor någon glädje under den sista tiden var Sofia Johansson, som kom varje dag, satt vid mors säng och talade om sin ljusa Gud. Mor hade ju alltid trott men hennes gudsbild var mörk. Nu lyssnade hon till talet om den andre guden och fick tröst.

– En måste ju tru'na, sa hon. Gud har tage frå'na både man og söner. Sjolv säg hon Han kallet hem döm.

Själv sa Sofia att hon inte kom för att frälsa. Hon ville att jag skulle få en promenad mitt på dan, sa hon. Och kanske lite vila om natten varit besvärlig.

I slutet av maj reste Anna ner med det nya barnet. Malin var annorlunda, inte så älsklig som Maria, allvarligare, mer iakttagande. Lik Anna som liten.

Redan första kvällen berättade hon att hon tagit ut skilsmässa. Inget kunde längre döljas vare sig för Maria eller Arne. Han blev näst intill galen när hon kort berättade om den andra kvinnan, en journalist som Rickard levt med när Anna var gravid och låg på sjukhus. Hon hade haft äggvita och en komplicerad förlossning.

Arne ville resa till Stockholm för att lära Rickard veta hut.

– Då får du fara till Hongkong. För det är där han arbetar numera, sa Anna.

Maria sa och det skar i hjärtat:

– Det är synd om pappa.

Det fanns ingenting vi kunde göra för att hjälpa, inte ens det självklara att ta hand om Maria. När Anna rest tillbaka med barnen för att byta lägenhet till en mindre och söka fast jobb ringde jag Kristina Lundberg och bad henne hålla kontakt med mig.

– Anna är ju så stolt. Och sluten, sa jag.

– Jag vet. Jag smygringer dig en gång i veckan. Men du ska inte va orolig. Hon är stark också.

Arne reste upp i juni och hjälpte Anna att flytta. Hon hade fått en tvårummare och plats på dagis för båda barnen.

Han sa som Kristina:

– Hon är stark. Hon klarar det.

I oktober dog mor. Det var svårt, hon skrek i smärta ända in i det sista.

Jag sov i två dygn. Arne ordnade med begravningen och när jag återvände till vardagen kände jag lättnad. För hennes skull och för min. Hon begravdes på en fredag. Ragnar höll tal.

På söndagen var han död, skjuten av misstag vid en jakt. Då blev jag sjuk och kräktes både dag och natt. Jag hade blött ur tarmen länge och känt mig svag. Nu kunde jag inte stå på benen, vi måste ta hem doktorn och nån vecka senare las jag in på sjukhus.

Magsår. Operation.

Ibland tänker jag att jag aldrig blev mig själv igen efter den hösten.

Men då överdriver jag.

Det jag menar är att efter mors och Ragnars död blev jag gammal, slutgiltigt gammal. Och att det nu gjorde mig detsamma.

Det känns inte heller bra med detta berättande. Det är för att jag inte förmår att göra det sant. Jag har läst många memoarböcker i min dag och alltid funnit dem osannolika. Rätt snart i en bok tyckte jag mig se hur författaren valde bland alla minnen, vilket ljus han la på och varför just där? Sen man upptäckt det kan man ana sig till vad han lät försvinna i mörkret.

Hur gjorde jag? Jag tror inte jag valde, inte medvetet. Minnet gjorde nerslag här och var som om det styrde själv.

Jag tror att jag har många hemligheter kvar. Men jag vet inte riktigt vilka de är. Det rör väl sånt som var så svårt att jag inte vågar se det.

Nu minns jag den dagen Lisa kom och hälsade på mig på sjukhuset.

Det var nog en dryg vecka efter operationen. Det stygga såret på magen hade börjat läka, jag hade mindre ont men var så trött att jag sov både natt och dag.

Jag hade gruvat mig för mötet med Lisa, jag ville inte se hennes sorg. Nu glider jag på sanningen igen, jag ville inte se den som hade rätten till den väldiga sorgen efter Ragnar.

Hon var blek men lugn och vanlig. Jag grät och sa:

– Det var så orättvist, Lisa. Ragnar skulle va odödlig.

Hon skrattade åt mig och när hon sa, att det där är ju barnsligheter Johanna, hatade jag henne. Men hon fortsatte:

– Du blev nog aldrig riktigt vuxen i förhållande till din storebror. Du bara blundade och dyrkade.

Då blundade jag rent bokstavligt och tänkte att hon har rätt. Jag har aldrig blivit vuxen när det gäller män. Först far, sen Ragnar. Så Arne som kunde behandla mig som en barnunge utan vett. Varför tillät jag det? Och sög på min förnedring som på en bittersöt karamell.

– Men Ragnar var ju en storslagen människa, sa jag till slut.

– Jodå, sa Lisa. Han lämnade ett stort tomrum efter sig också. Men det fylls nu. Av lättnad.

När hon såg min förskräckelse blev hon talförare än hon brukade:

– Fattar du inte? Jag behöver aldrig mer ligga vaken om nätterna och vänta på honom, aldrig undra var han är och med vem, aldrig känna efter hur det luktar om honom. Jag har tvättat hans förbannade fläckiga kalsonger för sista gången.

304

– Lisa, snälla du . . .

– Ja, ja, sa hon. Vi lugnar ner oss.

Hon fyllde en halvtimma med prat om framtiden. Hon hade köpt en stor våning på Sprängkullsgatan, i stenhuset snett emot sin butik. Dit skulle hon flytta och använda ett av rummen till syateljé.

– Jag ska utvidga, sa hon. Pojkarna och jag säljer åkeriet och tänker köpa den stora butiken på hörnan, där Nilsson höll på med sina gammeldags kläder. Vi ska rusta upp den, få den elegant. Anita är på gång och ritar nya kläder. I nästa vecka far hon och jag till Paris för att se på det nya modet.

Jag lyssnade. Det var en ny och stark Lisa som satt vid min säng. I den stunden avskydde jag henne. Hon spottade på min bror, ja. Men det värsta var att hon var fri och jag satt fast.

– Jag minns när Anna ringde mig och berättade om sin skilsmässa, sa hon. Jag gratulerade henne av hjärtat. Rickard Hård är ju en trollkarl, han också. Lik Ragnar. Herregud, Johanna, om jag haft kraft att göra som hon när jag ännu var ung.

Det var enda gången jag såg henne ledsen.

När hon just skulle gå sa hon:

– De gör polisutredning om jaktolyckan. Det mesta talar för att kamraten som sköt var oskyldig. Ragnar hade lämnat sitt pass och kom fram ur skogen strax bakom älgen. Det var vårdslöst.

När hon gått försökte jag skydda mig med onda tankar. På Anita till exempel, Lisas sonhustru som jag tyckte illa om. Hon var utbildad på Slöjdföreningen, hon gjorde snygga kläder, hon var snygg själv. Utan att tveka, nästan fräckt tog hon för sig av livet. Jag visste nog vem som skulle bli herre i Lisas nya företag och jag hoppades att det skulle gå åt skogen.

Sen skämdes jag och mindes vad Ragnar sagt. "Anita påminner om dig när du var ung och skötte Nisse Nilssons butik i hallen."

Den eftermiddagen fick jag feber och medicin. Jag sov över kvällsmålet och hela natten till klockan fyra. När jag vaknade var jag sval och klar i huvudet och hade god tid att tänka på allt som Lisa sagt. Men mest på mig själv, mitt beroende av män. På trollkarlar som Ragnar och Rickard. På Arne som inte var troll-karl och i många stycken mycket barnsligare än jag. På att jag visste det och ändå gjorde honom till kraftkarl, gav honom makten.

På Ragnar igen. Hade han gjort självmord?

Arne kom på besökstiden. Glad. Han hade talat med av-delningsläkaren som sagt att jag skulle få komma hem i nästa vecka.

– Det är så jävla tomt efter dig, sa han.

Anna hade ringt och frågat om han trodde att jag skulle orka ha barnen nästa sommar.

– Jag ska göra allt jag kan för att hjälpa till, sa han och jag kunde le mot honom och säga som jag kände, att visst skulle vi rå med det. Och roligt skulle det bli.

Jag berättade om Lisas besök, vilka storslagna planer hon och familjen hade. Och om vad hon sagt om polisutredningen. Han visste om det, det hade skrivits om det i tidningarna och gått vil-da rykten på stan om att Ragnars bolag var bankrutt. Men sen tystnade skvallret för åkeriet var solitt och änkan fick bra betalt vid försäljningen.

– Tror du att Ragnar . . . gjorde självmord?

– Inte. Om Ragnar ville göra av med sig skulle han aldrig välja ett sätt som satte en kamrat i knipa. Jag tror han var trött och förvirrad av sorg efter Hanna.

Det var en stor lättnad för jag insåg genast att Arne hade rätt. Efteråt tänkte jag länge på hur starkt bandet varit mellan horan och horungen. Och på att ingen hade begripit det.

Åren kom och gick, barnen kom och for. Det svåraste med att bli gammal är inte trötheten och krämporna. Det är att tiden rusar, så fort till slut att den inte verkar finnas. Det är jul och så är det påsk. Det är en klar vinterdag och sen en varm sommardag. Emellan är det tomrum.

Flickorna växte och utvecklades. Det verkade inte som om skilsmässan hade skadat dem. Och de behövde inte sakna sin pappa. Han bodde högst upp i samma hus och tog både ansvar och del i deras liv.

– Men mamma?

– Hon verkar nöjd. Det finns många skilsmässobarn där vi bor men våra föräldrar är annorlunda. De talar aldrig illa om varandra.

Så kom Rickard tillbaka, till Anna och till oss. De gifte sig igen. Jag sörjde, jag förstod inte. Men Anna lät som en sånglärka om våren när hon ringde och berättade att de skulle komma redan till pingst, Rickard från Italien och barnen och hon från Stockholm. Det var underligt att se honom igen, äldre men vackrare än någonsin. Mer lik katten.

Svårast var det för Arne. De hade ett långt samtal i källaren, han och Rickard, och efteråt sa Arne att han förstått bättre. Vad fick jag aldrig veta men jag minns att jag tänkte att trollkarlen svänger sin mantel igen.

Så fick Anna ett barn till, en pojke som dog. Då kunde jag ännu hjälpa.

Flickorna hann bli vuxna innan sjukdomen smög sig på mig.

Ni kanske tror att det började med glömska, med sånt som att man går ut i sitt kök för att hämta något och har glömt vad. Det hände allt oftare. Jag kämpade emot genom att skaffa mig bestämda vanor för vardagens alla sysslor: Först detta, så detta, så . . . Det blev som riter och det fungerade i stort, jag skötte mig och hemmet och höll min rädsla stången.

Några år.

Men sjukdomen började tidigare med att jag inte längre hade . . . några förbindelser. När någon talade till mig hörde jag inte vad som sas, såg bara munnen gå. Och när jag talade var det inte längre någon som lyssnade.

Jag var ensam.

Arne förklarade och förklarade. Anna sprang och sprang. Mor var död, Ragnar var död, Sofia var hos Gud. Greta var på dårhus och Lisa ville jag inte träffa.

De enda som hade tid och kunde lyssna var barnbarnen. Aldrig att jag begriper varför Anna fick så mycket snällare barn än jag.

Men också samtalen med Maria och Malin upphörde. Då hade jag varit ensam i så många år att ingen kunde veta var jag fanns.

Det sista jag minns är att de plötsligt stod runt mig, alla. De hade stora ögon, mörka av ångest, och jag ville trösta men orden som ännu fanns nådde inte fram till munnen. Sen var det en sjukhussäng med höga galler och en fruktansvärd skräck för att vara inspärrad. Jag skakade dessa staket nätterna igenom, ville slå mig fri. I början satt Anna vid min sida, hela långa dagarna. Hon grät. Hon hade slutat springa. Nu hade en förbindelse varit möjlig, men jag hade tappat alla mina färdigheter.

Det var för sent.

ANNA

Slutord

Det var råkall marsnatt utanför höghusens fönster. Torget nedanför skränade av popmusik och fulla ungdomar. Bildäcken tjöt mot den våta asfalten framför kiosken. Numera sov inte ens förorterna om natten.

När Anna drog för gardinerna stod hon en stund och såg mot storstan som glittrade vid horisonten. Hotfullt, tyckte hon. Där inne hade någon okänd skjutit statsministern för några veckor sedan.

Hon ville inte tänka på Olof Palme.

Återigen tog hon fatt i Johannas manuskript. Hon hade läst det, om och om igen, gripen och tacksam. Ändå var hon besviken som om hon velat något annat. Jag vill alltid något annat, tänkte hon. På mitt idiotiska undflyende sätt ville jag . . . vad då?

Lösa din gåta.

Så naivt. Ett liv låter sig inte tydas. Man kartlägger så gott man förmår och sen sitter man där och är oroligare än någonsin. Så mycket har rörts upp och rörts till. Men du var hemlighetsfull, jag var alltid medveten om det. Och det lyser igenom här och var i din berättelse. En skymt bara, kort och snart försvunnen. Som i en dröm. Sen återtar du rollen som den omsorgsfulla, ordnande och begripliga.

Jag får börja med det enkla, det jag tror mig förstå, tänkte hon. Jag skriver ett brev.

Hon slog på datorn:

Stockholm i mars 1986

311

Kära mamma!

I natt ska jag skriva ett brev till dig, säja sånt som jag aldrig skulle våga om du hade kunnat läsa.

Jag har gått igenom din historia, noga. På ett sätt har du kommit ner från himlen och tagit plats i en vanlig jordisk tillvaro! Det fanns inget överjordiskt i ditt liv.

Självklart var du inte heller den jag försökte trampa på när jag var ung och skällde dig för halvbildning och tvärsäkerhet. Du säger inget om den tiden som om den gått förbi dig utan att såra. Kanske du begrep att jag behövde de idiotiska akademiska försvaren som osäkra ungdomar ur klättrargenerationen tar till för att besegra sina föräldrar och förneka sitt ursprung.

Ett tag trodde jag att jag hade tagit makten från dig med min påfågelsbildning. Men när jag blev mor återtog du din plats. Kommer du ihåg när Maria skrek av hunger i vaggan? Det var hemskt men jag hade lärt, i en bok naturligtvis, att spädbarn skulle ha mat på bestämda tider. Och du sa:

– Men Anna lilla.

Det räckte.

Det är sent på natten och jag skriver i uppror, jag är ensam och upprörd. Åh, mamma, så frisk du var och så sjuk du blev. Så stark och så krossad.

Jag minns hur jag försökte skona dig genom att dra på mig pappas vrede. Som barn gör. Du lät det ske? Eller såg inte? Han sa att jag var lik hans mor, stolt och blond. Kanske bidrog det till att lyfta över tyngden från dig till mig?

Jag utmanade honom. Jag var mycket argare än du också, mer lik honom. Och när jag kom i tonåren och läroverket gjort sitt var jag snabbare i repliken och hade många fler ord än han.

Föraktfull? Ja. En klassfråga? Ja, det också. Outhärdligt för honom som inte kunde tåla ens den mildaste kritik. Och blev han kränkt, och det var lätt hänt, måste han få det ur sig. På andra. På oss.

Han hade fått mycket stryk som barn och som de flesta i hans generation talade han om misshandeln med stolthet. Han hade egendomliga sadistiska fantasier. Eftersom varken han eller någon annan förstod att de var sexuella kunde han fritt ge utlopp för dem.

Hatade han mig? Gud han lever, hatar han mig? Är hela hans ursinniga vrede riktad mot mig nu? Är det därför det är så svårt för mig att ringa? Och resa hem för att hälsa på?

Jag förenklar, han hade många goda sidor. Var trygg när det var svårt. Svek inte. Gav du pappa rätten att förolämpa dig för att han påminde dig om din far? Och vad vet du om mjölnaren från Värmland, om hans mörker och hans fyllor? Han var så långt jag förstår allt du hade. Nog blir barnet ängsligt i en sån relation. Var det den skräcken du förde över på Arne?

Och jag? Jag gör som du, underkastar mig, låter ske. Rickard är i London, på ett tremånaders vikariat som korrespondent. Där finns en kvinna, han ligger med henne. Han tror att det är mig han vill komma åt, min "oberördhet". Men det är alltid hon, den banala, iskalla Signe från Johanneberg.

Hon är död sen fem år. Men vad betyder döden för den som inte har markkontakt? Och hur får barnet det om den första verkligheten, som är mamman, sviker?

Rickard flyger, mamma, det är det som gör honom oemotståndlig.

Under arbetets gång har jag tänkt att Hanna var den starkaste av oss tre. Hon hade mening och sammanhang. Var realist. När jag tänker på hennes gudsbild häpnar jag över djärvheten, det envisa egna ställningstagandet. Och hon levde som hon trodde. Som din far säger på något ställe, hon räknade med oförrätter och därför samlade hon inte på dem.

Som du och jag gör.

Hon var arg för att hon inte kunde gråta. Vi båda har gråtit som om vi haft en ocean av tårar att ösa ur.

Inte hjälpte det.

Jag tvekar inte en sekund om att du är en bättre människa än jag, godare. Men jag är starkare, jag har ändå inte böjts till totalt beroende. Det är klart att det beror på tidsandan, utbildningen, att jag kan försörja mig och mina ungar. Men också på att jag fick min kraft från en mor, inte en far.

Så förvånad jag blev när jag förstod att du avundades mig skilsmässan, det anade jag inte. Den fick ju som du säjer inte växa till seger, jag föll tillbaka som jäkla klängväxt.

Det finns kanske inget oberoende.

När du berättar om sexualiteten blir jag ledsen för din skull. Det sinnliga är ändå så ljuvligt. Så storslaget, på nåt sätt allomfattande.

Det är därför det är så olidligt med Rickards otroheter.

I morgon ska jag skriva ett brev till London: "Jag tänker inte ta dig tillbaka . . ."

Ska jag?

Mamma, det är morgon, jag har sovit några timmar och är lugnare. Mindre klarsynt? Det är något enkelt och viktigt jag vill säja dig. Det du fick av din far fick jag av dig. I någon mån har jag givit det vidare till Maria och Malin och ibland vågar jag tro att de har större självaktning än du och jag. De är kanske inte lyckliga, vad det nu är? Men de har sina barn och sin självrespekt. Du träffade aldrig Stefan, Malins kille och Lenas pappa. Men han var lik Rickard. Och morbror Ragnar.

Jag läser din berättelse en gång till. I nyktert gryningsljus. Så konstigt det är att ett barn kan veta utan att veta. För jag visste på något sätt att där fanns, funnits, syskon.

Herregud hur stod du ut! Jag vet hur det känns, jag har mist ett barn och jag höll på att bli galen. Bokstavligen. Jag berättade inte för dig hur långt ute i gränslandet jag var. Ville väl inte skrämma.

Nästan ännu märkvärdigare är detta med kriget. Aldrig har jag tänkt på hur det satte sin prägel på min barndom, hur mycket skräck som har sin upprinnelse där. Ändå minns jag den tyske piloten som brann i luften ovanför oss och pappa som kom och for, var klädd i uniform och talade om ondskan. Och den utländska tidskriften som jag köpte i kiosken med pengar jag fått av Ragnar glömmer jag aldrig.

Det finns sånt som du inte har sett. Det gäller dina bröder. Du ser dem bara som mansgrisar. Men där fanns ett behov av hämnd när du tvingades ta rätt på deras fyllor, borsta deras skor och lyssna till deras löjliga sexskryt. De var svartsjuka på flickan som var vackrast och mest begåvad. Och som fick faderns hela uppmärksamhet.

Jag vet det för morbror August sa det till mig en gång: "Ho va fars docka, han kunne göre allt för'na. Oss såg han alri åt."

Men de fick sin mors intresse, kan du invända. Jag tror inte det blev så mycket värt.

Dels för att hon blev en anakronism så fort ni kom till stan, obildad och bondsk. Men också för att hennes omsorg kvävde dem.

Jag vet inte, jag trevar mig fram i en djungel av fördomar och psykologiskt allmängods. I morse vaknade jag i en dröm om ett tåg, jag var ensam i en vagn som stod stilla någonstans på ett stickspår. Den hade blivit bortkopplad av misstag. Glömd. Men det var inte otäckt, inget oroväckande. Tvärtom. Jag hade fått en tid att tänka i ett bortglömt rum.

Nu slår det mig att det kan finnas ett huvudspår som vi har missat.

Kärleken.

Kanske är vi fångar hos den, både du och jag.

Plötsligt minns jag en händelse för några år sedan, du var förvirrad men inte helt försvunnen. Du hade ännu ord och blev glad när jag kom, kände igen mig. Så blev pappa sjuk, måste opereras. Jag bodde ensam i huset och for dagligen mellan Sahlgrenska där jag hälsade på honom och långvårdssjukhuset där du fanns. Varje dag sa han:

– Du har inte tid att sitta här. Ge dig nu iväg till mamma.

Jag sa okej, jag sticker. Han log och vinkade när jag gick.

Efter någon vecka blev han utskriven, jag hämtade honom och körde honom direkt till dig. Du satt i rullstolen på väg till matsalen. När du fick syn på honom slog du ut med armarna som en fågel lyfter vingarna för att flyga. Du nästan ropade:

– Men där är du ju.

Sen vände du dig till flickan som sköt rullstolen och sa:

– Nu ska du se att jag snart blir bra.

315

Jag minns att jag blev svartsjuk.

Varför gör männen det så svårt att älska dem?

Ännu en tanke: Jag sa förut att jag var argare än du. Det konstiga är att jag aldrig är arg på Rickard. För dig var det tvärtom, du hade all din aggressivitet riktad mot Arne. Berodde det på att ni misslyckades med det sexuella? Att kärleken förblev oförlöst?

Vad ville jag med denna resa genom tre kvinnoliv? Var det att hitta hem?

I så fall misslyckades jag. Det fanns inget hem. Eller också kunde det inte återfinnas, i vart fall inte på den väg jag valde. Allt var så mycket mer sammansatt och motsägelsefullt, större, mörkare än barnet nånsin anat.

Jag vet inte ens om jag förstår bättre nu. Men jag har lärt mig mycket och jag tänker förbanne mig inte göra som du mamma, ge upp när sanningen sönderfaller i tusen sanningar.

Anna skulle just avsluta sitt brev när telefonen ringde. Häpen såg hon på klockan, knappt sju, vem ringer så dags en söndagsmorgon?

När hon sträckte ut armen och lyfte luren var hon rädd. Därför blev hon inte förvånad när den upprörda hemsamariten hos pappa i Göteborg ropade.

– Vi fann honom medvetslös och har just kört honom i ambulans till Sahlgrenska.

Anna klädde sig, packade en väska med det nödvändigaste, ringde sjukhuset. Det tog ett tag innan hon kom fram till akuten i Göteborg och en trött läkare sa:

– Hjärtinfarkt. Det är bäst du kommer genast, han har inte långt kvar.

Hon hann slå en signal till Maria också: "Så du vet vart jag tagit vägen."

Hon tog en taxi, fick en stand by-biljett på Arlanda och en ny taxi på Landvetter.

Strax före tio satt hon vid hans säng. Han låg på sal, medvetslös med ett dropp i handen.

– Nog har ni ett enskilt rum?

Jo, de höll på att göra i ordning. Hon skulle få in en stol och en brits där hon kunde sträcka ut sig.

Strax efteråt kom läkaren med den trötta rösten, lyssnade på hjärta och lungor:

– Det tillstöter lunginflammation.

Det fanns en fråga i rösten, hon förstod och sa:

– Kan han bli frisk?

– Nej. Hans hjärta är slut.

– Ingen antibiotika.

Han nickade, sa att de skulle se till att hålla den gamle smärtfri.

Så satt hon där, timmarna gick, huvudet var tomt. Hon var tömd på känslor också, konstigt oberörd. Avdelningssköterskan kom in på eftermiddagen och sa att vi sätter vakt här en timma så att du kan gå och äta. Det finns en servering i entréhallen, stanna där så vi vet var vi har dig.

Först då kände Anna hur hungrig hon var.

Hon fick en pyttipanna med två ägg och rödbetor. Och hann ringa till långvårdssjukhuset för att meddela att Johanna inte kunde få besök i dag. Ingenting hade förändrats när hon kom

317

tillbaka till sjukrummet och återigen tog den gamla handen i sin. Vid sjutiden på kvällen kom en syster och sa att hon hade telefon från London.

Hon blev oresonligt lättad.

– Hur är det, Anna?

– Det är konstigt nog . . . långtråkigt, sa hon och skämdes.

– Jag tar ett plan i morgon bitti. Jag är hos dig vid tolvtiden.

– Tack.

– Jag har talat med Maria. Hon försöker resa i morgon men har svårt att få barnvakt. Vi har inte fått tag i Malin som är i Danmark på nåt seminarium.

När hon satte sig hos den gamle igen grät hon. Tomheten vek, hon kunde känna. När hon tog tag i hans hand igen, viskade hon:

– Du har varit en sån fin pappa.

Det är sant, tänkte hon. Han fanns alltid och han höll alltid på mig.

Det var hans vrede som stod i vägen. Ilska, inte hat.

Klockan halv tre på morgonen rörde han oroligt på sig. Hon skulle just ringa på nattsyster när hon såg att han försökte säga något. De torra läpparna rörde sig men orden nådde inte munnen.

Hon strök honom över kinden, viskade att jag förstår, pappa.

Hans ögon såg rakt in i hennes, så drog han en lång suck och slutade att andas. Det gick fort, det var omärkligt. Så lätt som om det aldrig hände.

Hon tryckte på ringklockan och först när nattsystern kom och blev högtidlig förstod Anna att han var död. En stilla, vanmäktig smärta fyllde henne och hon insåg, att det var sorgen och att hon skulle få leva länge med den.

Nu kunde hon inte gråta.

Efter långa tysta minuter viskade systern att det fanns varmt kaffe på expeditionen, Anna skulle gå dit medan de gjorde i ordning den döde. Hon lydde som ett barn, drack kaffet och åt en halv smörgås. Sen fick hon gå tillbaka till rummet som var städat och fint. De hade tänt ljus på båda sidor om den döde, det låg en blombukett på hans bröst.

Hon satt där en timma och försökte fatta vad som hänt. Klockan fem på morgonen ringde hon Maria, berättade, sa att du behöver inte komma ner nu. Jag hör av mig igen när jag ordnat med begravningen.

Det var silvrig dimma över stan när hon tog taxi till huset vid havet. Där tjöt mistlurarna över kobbar och öar.

Hemtjänsten hade röjt undan spåren av den svåra natten när de fann honom. Hon gick från rum till rum och tänkte som så många gånger förr att hemmet förlorat sin personlighet sen mamma försvann. Där fanns inga krukväxter längre, inga dukar eller kuddar. Där fanns bara ordning och det slags torftiga saklighet som män ofta präglar sin omgivning med.

Det var kallt också. Hon gick ner i källaren och drog upp shunten på oljepannan, hon gick uppför trappan till sitt rum, drog fram täcket ur skåpet. När hon lagt sig tänkte hon praktiska tankar och upptäckte att det hjälpte.

Klockan elva vaknade hon. Oljepannan dundrade i källaren och det var nästan olidligt varmt. Men hon minskade inte värmen, hon slog upp alla fönster, korsvädrade. Det värkte i rygg och armar av trötthet efter den långa vaknatten, men hon fortsatte envist att tänka praktiskt: måste ringa Landvetter så Rickard får besked att han ska hit, inte till Sahlgrenska. Ett varmt bad. Finns här någon mat? Måste handla.

Det var när hon låg i hetvattnet i badkaret och kände stelheten lakas ur kroppen som hon fattade sitt beslut: Hon skulle stanna, hon skulle bo här. I vår, kanske alltid. Hon gick ut i trädgården. Min trädgård, tänkte hon för första gången och skämdes när hon såg hur vanskött den var. Solen bröt genom dimman, i det kalla marsljuset iakttog hon de förvuxna rosorna som inte blommat på många år, gräsmattan som mest var mossa och det halvmeterhöga ogräset från i fjol i rabatterna.

Sen hörde hon bilen och där var han och hon i hans famn.

– Går du i badrock ute i kylan. Och barfota i träskor, sa han när han släppte henne.

– Det är så varmt därinne, sa hon.

319

– Har du fått nån mat i dig?

– Nej, här finns ingen mat.

– Du är tokig, lilla tös, sa han och sen utan att hon förstod hur det gick till låg de i den smala sängen på övervåningen och han kysste hennes ögon och hennes bröst och sorgen utplånades och hon visste att det är här jag hör hemma.

Huvudspåret?

Men en stund senare när han hittat en burk med gammalt kaffe som han bjöd på tänkte hon att ingenting var enkelt utom just detta som Hanna kallade sängalaget.

Han frågade inte om döden, hon var tacksam för det.

– Vi måste till mamma, sa hon.

Han hade hyrt en bil på Landvetter, det var bra. De gjorde en inköpslista, hon sa att han kunde handla medan hon var på sjukhuset. Sen skulle de äta lunch i stan innan de uppsökte begravningsbyrån.

– Du är fylld av ordnandet som alltid när du är rädd, sa han och rösten var varm av hans ömhet.

När han släppte av henne framför långvårdssjukhuset kände hon panik.

– Vad ska jag säga till henne?

– Du måste säga som det är.

– Rickard, följ med mig.

– Ja, självklart, sa han och parkerade.

Han väntade medan hon talade med avdelningssköterskan. Hon sa också att Anna måste berätta.

– Sen får vi se vad hon förstår.

Johanna var långt borta som alltid, långt fjärran.

De satt en stund och såg på henne, Rickard tog hennes hand och Anna böjde sig över henne och sa med stor tydlighet:

– Mamma, hör på mig. Arne dog i natt.

Ryckte hon till, hade hon förstått? Nej, jag inbillar mig.

Men när de lämnade henne sa Rickard att han var säker, hennes hand hade reagerat.

De fick en tidig middag i den nya fiskrestaurangen bortanför Majnabbe, de handlade, de kom till begravningsbyrån. Herregud så många beslut som skulle fattas, Anna sa ja till ekkista, nej till kors i annonsen, ja till inbjudningsbreven, ja till nån urna. Hon förstod plötsligt vad som menades när folk sa att begravningsbestyren håller sorgen stången den första veckan. På hemvägen handlade de i mammas gamla Konsum. Sen for de om trädgårdsmästarn där Anna köpte blommor till huset. När de äntligen kom hem satt Malin på trappan, Anna log och Rickard skrattade högt av glädje. Maria hade fått tag i henne i Köpenhamn i går kväll, en vän hade kört henne till Helsingör och hon hade fått en plats på färjan.

– Men mamma, nu har du stängt in dig igen. Hur skulle det vara om du försökte gråta?

– Kan inte.

Anna låg på rygg i sängen och höll Rickard i handen, en kall hand som grep efter en varm. Hon var för trött för att sova. Han var orolig, hon kände det.

– En sömntablett?

– Nej.

– En whisky då?

– Okej.

Hon drack som ett barn dricker vatten och häpnade över hur fort det blev stilla inom henne. Sen sa hon, att jag skulle lätt kunna bli alkoholist och sen måste hon ha somnat. Hon vaknade av att kaffedoften trängde upp för trappan och hörde Rickard och Malin prata i köket. Det var vackert väder.

Jag måste säja det, tänkte hon när hon gick ner för trappan. Vid köksbordet fick hon en stor kopp hett kaffe, slog mjölk i och drack.

– Jag har tänkt att jag skulle stanna här . . . en tid. Nån måste ju besöka mamma.

– För min del passar det. Det är faktiskt närmare till Göteborg från London, sa Rickard.

– Det blir ensamt, sa Malin. Men vi får komma ner så ofta vi kan.

– Jag har tänkt att jag skulle ringa Maria och be henne köra ner min bil. Och ta datorn och skrivaren och alla anteckningar med sig. Och mina kläder.

Sen sa hon:

– Jag kan ju lika gärna sitta här och skriva.

Orden blev hängande under kökslampan. Samma ord som många gånger förr.

Då fällde hon huvudet mot bordet, gav efter och grät.

– Jag lägger mig en stund, sa hon, tog en rulle hushållspapper med sig och gick upp för trappan.

– Jag behöver vara ensam, sa hon till deras ängsliga ögon.

Så låg hon där i sitt gamla flickrum tills gråten slutligen ebbade ut och hon började skaka av kyla.

Gud så hon frös.

Hon vaknade ännu en gång av att det luktade gott. Mat. Stekt skinka, potatis, lök. Benen skakade när hon gick till badrummet, tvättade ansiktet i kallt vatten och tänkte att hon såg gammal och härjad ut. Men när hon kom ut i köket sa Rickard:

– Så underbart att du fått ögon igen.

– Inga tomma brunnar längre, sa Malin och log mot henne. Då kände Anna att hennes svarsleende kom inifrån.

– Det var ju bra att han fick dö, sa hon.

– Ja, bra för honom och bra för oss. Jag tycker du ska tänka på att han fick ovanligt långt och mycket liv.

Det fanns ju inget märkvärdigt i yttrandet men Anna hade varit så länge i meningslösheten att ord fått tyngd igen. Varje ord.

– Hur länge kan ni stanna?

– Över begravningen, sa båda.

– Tror du att du kan åta dig att få båten såld, Rickard? Det vore skönt att bli av med den. Och vi behöver kontanter.

Det tog honom inte lång stund att formulera annonsen och kontakta Göteborgs-Posten. Sen försvann han till båtvarvet och kom hem med en man som knackade runt skrovet, studerade inredningen och angav ett rimligt pris.

– Apropå kontanter borde vi kanske gå igenom hans räkningar och bankböcker?

– Det var bra. Jag ska visa dig hans lönnfack.

De fann den hemliga lådan, inbyggd i väggen bakom den gamles underkläder i garderoben.

– Det var slugt, sa Rickard beundrande. Men varför ser du så konstig ut?

– Jag kom att tänka på en sak.

– Malin, var är mina blommor?

– I källaren. Du bar in dem dit i går eftermiddag.

I källaren, tänkte Anna!

Malin och Anna putsade husets alla fönster, tvättade och strök gardinerna och köpte fler pelargoner till de tomma fönsterbrädena. Rickard sålde båten, var på banken och fick rätt på en boupptecknare, en rofylld kvinna som gick genom huset och satte lägsta möjliga pris på allt.

– Med tanke på arvsskatten, sa hon.

På torsdag eftermiddag kom Maria. Med bilen och barnen, och Anna kramade nästan andan ur småflickorna. Efter middagen bar Rickard in dator och skrivare.

– Vi får ordna en bra arbetsplats till dig efter begravningen.

Det kom mycket folk, många fler än de räknat med: arbetskamrater, partifolk, seglarvänner. Och så de få som fanns kvar av den gamla släkten. Både ceremonin i kyrkan och bjudningen efteråt försvann i overklighet för Anna.

Hon var ensam. Dagarna kom och gick.

Varje morgon ägnade hon åt sin bok. Det gick trögt, bara spridda tankar. Hon kunde bli sittande länge och tänka på Hannas mor som sett fyra barn dö av svält. Sen grubblade hon på Johanna och hennes missfall, på hur underligt det var att också de var fyra. Själv hade hon bara mist ett barn men det var nog för att veta.

Två barn! Aborten. Hur fick mamma reda på den? Vad var det för ett barn som inte fick födas? Pojke? Flicka?

Ryck upp dig, sa hon högt. Det är inte bra att lipa i tangentbordet.

Sen skrev hon: Tänk att jag aldrig vetat att jag sörjt det barnet.

Hon funderade på elfenbensdamen, Arnes mor och hennes farmor, och på att Johannas bild av henne inte rymde ens ett försök att förstå. Det var ovanligt, mamma strävade alltid efter att förstå och ursäkta. Hon måste ha hatat sin svärmor, givit henne skulden för allt det svåra och obegripliga hos pappa.

"Han blir mer och mer lik sin mor", sa hon de sista åren. Jag orkade inte lyssna: "Anna sprang och sprang."

Fanns det en mörk hemlighet i farmors liv, en skam som måste hållas utom synhåll med all denna förryckta stolthet?

Vid tolvsnåret åt hon sin fil med flingor och for till sjukhuset för att mata sin mor. De gamla på långvården skrämde henne inte längre. Som allt som blir vanligt fick de nåt naturligt över sig. Hon lärde känna andra besökare, den trötta lilla kvinnan som kom varje dag och matade sin bror, den gamle mannen som tog sig genom stan med sitt onda ben för att se till sin hustru.

Döttrar, många i hennes ålder.

De hälsade på varann, bytte ord om de sjuka och om vädret denna vackra vår och suckade när de diskuterade hur lång tid den ensamma gamla på femman hade kvar.

Anna berättade för Johanna om trädgården, hur hon arbetade varje eftermiddag för att läka och återupprätta. Hon funderade inte längre på om Johanna förstod.

– Det är värst med gräsmattan, kunde hon säga. Jag har rivit upp mossan och köpt jordförbättring. Så snart det blir regn ska jag så i.

Nästa dag:

– Vinbärsbuskarna tar sig. Jag har klippt ner dem hårt. Och grävt och gödslat.

En dag kom hon med en glad nyhet:

– Kan du tänka dig att rosorna knoppas! Det hjälpte att beskära och ge dem ny jord och lite gödsel.

– Allt ska bli som förr, mamma, kunde hon säga. Jag sår sommarblommor för det är bara en perenn som överlevt. Pionerna, de djupröda, du vet.

Till slut en dag kunde hon berätta:

– Det är nästan klart, mamma. Och det blir så fint.

När trädgården var färdig dog Johanna. En natt, i sömnen. Anna satt där som hos pappa och höll hennes hand.

När hon kom hem framåt morgonen och gick runt i trädgården kände hon ingen sorg. Bara ett stort vemod.

Familjen kom och hjälpte henne ordna för begravningen. Också den här gången blev det mer folk än de räknat med.

– Jag stannar ännu ett tag, sa Anna.

– Men Anna!

– Men mamma!

Rickard som var färdig med jobbet i London och måste hem till redaktionen blev ledsen, hon såg nog det.

– Hur länge?

– Tills de döda kallnat i jorden.

Han såg rädd ut och hon insåg att hon uttryckte sig som en galning. Deras kroppar var kremerade. Rickard och hon hade gemensamt ställt urnorna i Hannas grav, hon som var den enda som förberett sig för döden och köpt gravplats i Göteborg för kvarnpengarna.

– Det var ett konstigt uttryck, sa Rickard.

– Ja, hon nickade. Men höll fast:

– Det är rätt i all sin orimlighet.

Hon försökte förklara:

– Jag har nån vag idé att jag ska lära mig . . . att inte oroa mig. Vänja mig vid tanken på att nu får det bli som det blir med allt.

– Med vad då till exempel?

Med din kvinna i London för att nämna en sak. Jag struntar i vem hon är och hur hon ser ut och vad hon gör i ditt liv. Hon sa det inte men skrattade högt av glädje när hon kände att det kunde bli sant.

– Men vi måste ju vara realistiska. Jag har betalat handpenning på husen i Roslagen.

Hon nickade men var förvånad. Han hade inte talat om husköpet sen han for till England. Det fanns kanske ingen kvinna i London.

– Ni får ge mig tid.

Då avgjorde Malin saken:

– Jag tror det är rätt. Du är inte färdig med det här huset. Och jag tror inte du blir det förrän du är färdig med boken.

Det fanns en ordlös glädje i att vara ensam.

När hon hade krattat ihop fjolårslöv och skräp till en hög och tänt på blev hon stående länge och såg på elden. Högtidlig till mods, långt borta i tiden. Hon strövade längs stränderna, ibland sprang hon, klättrade i de branta bergen, rullade småsten utför stupen ner i havet.

– Du verkar lycklig, sa Rickard när hon hämtade honom vid flyget sent på fredagskvällen. Det var en fråga. Hon tänkte efter länge.

– Nej, sa hon till slut och visste inte riktigt vad hon menade.

– Jag är utan förväntningar, sa hon.

Lycklig? Frågan sysselsatte henne en del när han rest tillbaka till Stockholm. Den irriterade henne. Aldrig mer lycka, tänkte hon. Aldrig mer detta ljuvliga, sköra och ängsliga. Det är dömt att krossas och man gör sig alltid illa på skärvorna. Det blöder, man sätter på ett plåster, tar en albyl och tror att det läker.

Men det är som mamma säger: Allt sätter spår.

Och före varje oväder värker det i gamla ärr.

Maria kom och for. Hon kom närmare sanningen när hon sa att du har blivit så barnslig, mamma.

– Ja.

Malin kom hon också:

– Är du fri äntligen, mamma?

Jo, det låg något i det.

– Jag kanske är på väg, sa Anna och fnittrade. Just nu är jag i landet Ingenstans. Där kan man se utan ord. Det bästa är att där inte finns några adjektiv. Jag har inte sett på många år, inte träden eller havet, inte ens dig och Maria och barnen. För de förbannade adjektiven som jämt skymmer sikten.

Så småningom skulle Anna upptäcka vad som fanns i Ingenstans. Hon hoppades det. Men hon hade inte bråttom, hon var försiktig. Inte nyfiken. Hon skulle ta god tid på sig innan hon ens började ställa frågor. Tills vidare nöjde hon sig med att stanna inför intressanta detaljer.

Ansikten. Sitt eget i spegeln. Postfrökens, brevbärarens och det allvarliga barnets i grannhuset. Och Birgers, han som var den ende som kom på besök. Hans ljusa leende sysselsatte henne, det egendomliga mörkret i hans ögon skrämde henne inte längre. Tankar. Hon ägnade stor uppmärksamhet åt sina infall. De var inte många, de kom och gick. Men de överraskade och gladde henne som knopparna på den gamla rosenbusken.

När äppleträden blommade och surrade av bin gjorde hon en ny upptäckt. Hon kunde sluta tänka, det eviga tjattret i hjärnan tystnade. Plötsligt nådde hon dit hon strävat i åratal med sina meditationer.

Ting fascinerade henne. Drivveden längs stranden. Stenar, hon blev ständigt på nytt glad åt stenar. En dag hittade hon en polerad sten med underlig ådring, mjukt formad som ett foster. Då satt hon länge stilla och grät. Ett slag tänkte hon ta med den hem. Men ångrade sig, kastade den tillbaka i vågorna.

Ingenting går någonsin att förstå, tänkte hon. Men i det lilla kan vi ana.

När hon kom hem stod det en man och en kvinna vid hennes grind. Med blommor, en tung kruka med julrosor i. Utblommade. Det var något välbekant över kvinnan med det breda ansiktet och den öppna blå blicken.

– Det är längesen vi sågs, sa hon. Men jag är Ingeborg, Sofias dotter. Vi kom för att beklaga sorgen och lämna tillbaka julrosorna som min mamma fick av din när mina bröder blev borta i stormen.

– Det här är min man, Rune, sa hon och Anna la sin hand i en kraftfull manshand.

När Anna skulle tacka började hon gråta.

– Så snällt, viskade hon och letade i fickorna efter en näsduk, fann en, hejdade sig, sa:

– Jag har blivit en riktig lipsill. Snälla ni, kom in på en kopp kaffe.

De satt i köket medan Anna bryggde kaffe, tinade kanelbullar och sa:

– Om nån vet vad sorg är måste det vara du, Ingeborg.

– Jo, det är sant. Värst var det när far blev borta. Jag var så liten, jag kunde inte begripa det.

– Din mamma var en ängel. Vet du att hon kom hit varenda dag när mormor var döende.

– Ja. Hon var glad att kunna hjälpa.

– När min mor blev gammal rabblade hon ofta upp sina döda, den var död, och den var död och Sofia var hos Gud, sa hon.

330

Nu fick Ingeborg ta fram näsduken och Rune började se besvärad ut. Han skruvade på sig i kökssoffan, harklade och sa:
– I sanningens namn kom vi ju inte bara för att beklaga sorgen. Vi har ett ärende också.
– Men Rune!
Ingeborg lyckades hejda honom och över kaffebordet talade de båda kvinnorna om att de aldrig känt varandra.
– Det var tio år emellan oss och det är mycket när man är barn.
– Jag tyckte du var så stor och stilig. Och så hade du jobb i hallen. Som mamma.
– Du var ju lite märkvärdig med alla dina skolor.
Nu kunde de skratta. Sen gick de ut i trädgården och planterade julrosorna på deras gamla plats i en jordficka i bergets sydsluttning.
– Så fint du har gjort här.
– Jag hann bli färdig med trädgården innan mamma dog.
– Visste hon att din far . . . gick före?
– Jag tror det.

De gick husesyn, Rune sa att det var ett präktigt hus och nu måste de äntligen komma till sak.
– Det är så att vi vill köpa stället.
Tankarna snurrade i Annas huvud, runt, runt.
– Och en dag klappade verkligheten på hennes dörr, viskade hon och sen log hon befriat och sa högt:
– Jag kan inte tänka mig bättre lösning än att Sofias dotter . . . och måg tar hand om mammas hus och trädgård.
Rune talade om marknadspris, sa att de hade pengarna. Anna skakade på huvudet och sa att det viktiga för henne var, att det inte blev mexitegel och annan nyrik skit och Rune sa, att han var snickare och hade god hand med gamla hus och Anna log och sa att du påminner om min pappa och att jag tror att ni blir lyckliga här och Ingeborg sa, att hon hade drömt om det här stället ända sen hon var liten, att det varit som en bild av lyckan med den unga familjen och den söta lilla dottern.

331

Så kunde det också ses, tänkte Anna förvånad. Sen sa hon att hon måste tala med sin man och sina barn och Rune såg orolig ut.

Då sa Anna att Rickard kommer att bli glad och flickorna också.

– De vill ha hem mig.

– Rickard kommer till helgen. Då får vi träffas igen och göra upp om alla detaljer. Jag har sådana bekymmer för möblerna . . .

– För de fina mahognymöblerna?

– Som pappa gjorde, ja. Jag vill ju inte slänga bort . . .

– Slänga, sa Rune. Är du inte klok!

– Vill ni överta sånt som vi inte får rum med?

– Rubbet, sa Rune och Anna skrattade.

– De hör ju till detta huset.

Sen sa hon att det bara fanns en hake, hon måste bli färdig med sin bok.

– Tre veckor, sa hon. Jag lovar att jag klarar det på tre veckor.

När de gått stirrade hon på datorn. Inte en rad hade hon skrivit sen mamma dött.

Det är dags, sa hon högt till sig själv. Det jag funnit kommer jag inte att tappa bort.

Sen ringde hon Rickard. Hon hade nog väntat sig att han skulle bli glad men inte att han skulle skrika högt av glädje.

– Gud i himlen som jag saknar dig.

– Vi ses på lördag. Då får du göra upp med snickar Rune.

– Jag ska ringa en göteborgsmäklare och ta reda på prisläget. Hur går det med skrivandet?

– Det ska gå bra nu.

När hon lagt på luren blev hon stående länge vid telefonen. Kom till insikt. Det fanns ingen kvinna i London. Om jag inte fått de här veckorna för mig själv kunde jag ha blivit paranoid, tänkte hon.

Klockan sju nästa morgon satt hon vid datorn och tänkte häpen: Det drar ihop sig till happy end. Trots allt.

Beslutet att sälja tvingade henne till det länge uppskjutna, att

332

ta itu med huset, ordna och sortera. Hon använde eftermidda-garna och hon började på vinden.

Efter ett tag tänkte hon att huset hade mer att avslöja än Johannas berättelse. Som alla dessa böcker på norra vinden. De låg i en gammal sjömanskista och var alla trasiga. Sönderlästa. Hade mamma sparat dem för att hon inte hade hjärta att slänga böcker? Hade hon tänkt laga dem? Några var tejpade i ryggarna.

I hela sitt liv hade Johanna slukat böcker. All denna läsning måste ju ha satt spår. Ändå nämner hon det knappast, bara Lagerlöf i början och sen nånstans som i förbigående att hon lånade en packe böcker på biblioteket varje vecka.

Här fanns Strindberg, alla hans böcker så vitt Anna kunde bedöma. I billig, häftad upplaga. Giftas föll isär, flera blad fattades. Överallt understrykningar, här och var ilskna utropstecken. Störst intryck på Anna gjorde Dostojevskijs Idioten, ett bundet exemplar med anteckningar i marginalen. Det dröjde en stund innan Anna kunde läsa vad som skrivits i kanterna, hon fick ta ut boken i dagsljus och fann att Johanna vid sidan av varje understrykning präntat: "Så sant!"

Här fanns Hjalmar Bergmans Farmor och vår Herre, Karin Boyes Kallocain, Harald Forss dikter, Moa Martinson, allt häftat och trasigt.

Konstigt!

De kända arbetardiktarna, Lo-Johansson, Harry Martinson, Vilhelm Moberg stod i bokhyllan i vardagsrummet i fina bundna upplagor.

Varför pratade vi aldrig om böcker? Det var ju ändå ett stort gemensamt intresse.

För att du inte vågade!

Nej, så får det inte vara.

För att jag inte lyssnade? Ja.

Jag var inte intresserad av dig som person, bara som mamma. Först när du blev sjuk, försvann och det var försent, kom alla frågorna.

Nästa eftermiddag gick hon igenom mammas kläder, snygga,

333

välsydda i bra kvalitéer. Som Johanna själv. Ett smyckeskrin fanns, bara krafs. Hon tyckte inte om att pynta sig, att synas, utmana.

Fast du var så vacker, mamma.

Hon hittade en okänd låda med gamla fotografier. Så söt du var. Och detta måste vara Astrid på en brygga i Oslo. Anna hade hjärtklappning när hon bar ner bilderna och satte sig i soffan i vardagsrummet. Det fanns en bild av Astrid och Johanna tillsammans, Arne måste ha tagit den. Så lika de var.

Så olika Hanna, båda två. Det var här, i brytningen mellan det jordbundet tunga och det fjärilslätta, som hemligheten fanns. Det . . . överjordiska.

Anna tvekade länge inför ordet.

Fann inget bättre.

Det var något ni visste, ni båda.

Längst in mot taknocken stod ett åbäkes paket, jättelikt, väl inslaget i ett gammalt segel. Anna drog och slet, det var tungt men till slut lyckades hon få ut det och lossa repen.

Där var den: Hannas värmlandssoffa!

När Rickard kom på fredagen såg han tio år yngre ut. Han flög genom huset, så duktig du har varit.

De sov knappast alls den första natten. För första gången tänkte Anna att här är det ju, landet utan tankar.

Sen var de ohämmat praktiska, sorterade, körde till soptipp. Det var en imponerande modern anläggning, byggd för att ta rätt på det mesta. Garderober för kläder, stora lådor för böcker, papper hit, metaller dit.

Vid middagstid kom Rune och Ingeborg som uppgjort var. De var blygare nu, som om Rickard skrämde dem. Han var också osäker.

– Jag är ju ingen affärsman, sa han. Men jag ringde en mäklare här i stan och fick ett pris som verkar rena svindeln. Nån miljon, sa han.

– Det stämmer nog, sa Rune.

– Nej, skrek Anna. Det är oförskämt, Rickard.

– Visst, jag sa ju det.

– Det är läget, sa Rune. Sjöutsikt och stor tomt.

– Högst åtta hundra, sa Anna.

Nu var det slut på Runes blyghet:

– Jag tänker ta mig fan inte dra nytta av att vi har att göra med ekonomiska idioter, sa han och plötsligt började de skratta alla fyra.

Sen sa Ingeborg:

– Vi har ju ett kapital, Anna. Du förstår, vi har sparat försäkringspengarna på båten som försvann.

För Rune och Ingeborg var det naturligt, det var bara Rickard och Anna som slog ner blickarna.

– Nu beseglar vi köpet med en sup, sa Rickard som inte stod ut längre. Resten får vi göra upp på banken på måndag.

– Det blir bra, sa Rune och när Rickard kom med whiskyn la han till:

– De va inga dåliga grejer.

– Men Rickard, sa Anna när gästerna lämnat dem. Varför sa du inget om priset på huset till mig i går? Eller i natt? Eller i dag på förmiddagen?

– Vi hade det så fint, Anna. Jag ville väl inte ha något bråk.

– Är du rädd för mig?

– Ja, för ditt allvar.

Anna kände hur de idiotiska tårarna började rinna igen. Men Rickard blev arg och skrek:

– Varför kan vi aldrig nånsin vara som andra? Varför hurrar vi inte för att vi plötsligt blivit rika, varför sätter vi oss inte ner och planerar för allt vi kan göra nu med husen vid Risjön?

Då började Anna skratta och sa att du har alldeles rätt. Det är underbart med pengarna. Och det blir ingen arvsskatt för huset är mitt sen många år. Men vi har en skuld på omkring hundratusen på det.

– Eftersom du för en gångs skull är villig att diskutera livets realiteter så kan jag nämna att jag fick nittitusen för båten. Och på hans sparbanksböcker fanns över femti.

Anna gapade:

– Som han klagade för pengarna som inte räckte. Varför har du inget sagt?

– Anna lilla, varför har du inte frågat?

Han har rätt, tänkte Anna. En normal människa skulle ha varit intresserad. Jag måste ut i verkligheten.

– Det finns en annan trädgård som väntar på mig, sa hon.

– Just det, Anna.

De satt vid köksbordet hela kvällen, ritade och planerade. Anna insåg genast att han funderat länge.

– Vi ska bygga ett nytt stort kök i vinkeln mot norr. I ett nytt

336

hus, fattar du? Där får vi också plats med badrum och tvättstuga. Och garderober och annan förvaring.

– Men vatten och avlopp.

– Jag har talat med en byggmästare där ute. Det finns tekniska lösningar på sånt nu.

– Sen har vi glasgången mellan husen, jag skulle vilja bredda den, så här på mitten. Det kan blir som en vinterträdgård, fattar du.

Anna nickade het av iver.

– Där ska jag ha mormors värmlandssoffa, sa hon.

De var så engagerade att de hade svårt att somna och det var bra, för vid midnatt ringde telefonen.

Anna blev stel av rädsla, nej, viskade hon. Rickard sprang och svarade:

– Hej. Har du ingen skam i kroppen? Vet du vad klockan är?

Vem, tänkte Anna men lugn nu. Han lät glad.

– Ja det ska väl gå bra. Men vänta ett tag så jag får tala med min fru.

Han ropade uppåt trappan att det är Sofie Rieslyn, hon är på ingående från London och vill komma hit och visa sina bilder.

– Hon är välkommen, ropade Anna som var så häpen som en människa kan bli.

– Jag har glömt att fråga om din bok, sa hon när han kom tillbaka. Det är hemskt hur konstig jag varit.

– Det är ju över nu, Anna. Men jag behöver din hjälp med uppläggning och med . . . språket. Jag skulle vilja göra nåt annat än en reportagebok. Men vi tar det i morgon.

Så bra att jag är färdig med mitt manus, tänkte Anna när Rickard somnat. Men att jag kunde glömma att han tog vikariatet i London för att han ville göra en bok om stan.

Tillsammans med Sofie Rieslyn.

På gränsen mot sömnen insåg hon att det var den berömda fotografen hon varit rädd för. Paranoia, tänkte hon. Passa dig jävligt noga, Anna.

— Hon ser ut som en kråka, sa Rickard vid morgonkaffet. Anna organiserade som alltid när hon var nervös:

— Jag städar pappas rum. Bäddar åt henne. Och packar ihop mina papper. Så kan ni använda arbetsbordet och matsalen till jobbet. Du åker om Fiskekyrka och köper färsk piggvar.

— Ska bli.

Hon såg inte ut som en kråka, mer som en korp. Liten, intensiva ögon, iakttagande. Skarpa veck i ansiktet, vita slingor i det svarta håret.

— Du är inte alls lik dig från Rickards bilder, sa hon till Anna. Jag ska ta nya.

— Se upp, sa Rickard. Sofies hastighetsrekord när det gäller porträtt är fyra timmar.

— Men jag vill gärna, sa Anna. Jag skulle äntligen vilja veta hur jag ser ut.

— Vem du är, sa fotografen. Man blir intresserad av det när man sörjer.

Det blev en lång lat söndagslunch och sen sa Sofie att hon ville vila.

— Det förstår jag, sa Rickard. Du var ju uppe sent i natt.

I vanliga fall hade Anna svårt för journalistjargongen, den råa humorn. Men inte i dag, hon skrattade, kunde delta i skämten.

På eftermiddagen packade Sofie upp sina bilder, Rickard busvisslade av förtjusning. Och stönade: Hur i helvete skriver man texter till såna bilder?

Anna gick runt borden och det dröjde en stund innan de andra såg att hon var vit och sluten.

Här var en människa som visste, tänkte hon. Som alltid stannade i detaljen, i det lilla som kunde säga allt.

– Hur är det fatt, Anna?

Hon svarade inte, hon vände sig till Sofie och viskade:

– Har du alltid vetat?

– Jag tror det.

– Jag har just lärt mig. I tre veckor här på stranden har jag lärt mig.

– Bra, Anna. Du kommer inte att tappa bort det. Du vet, den som en gång sett . . .

– Jag förstår.

Efter en lång stund sa Rickard att han begrep att en enkel murvel inte skulle ställa några frågor.

– Just det, sa Sofie och Anna instämde i hennes skratt.

– Lea fruntimmer, sa Rickard och Anna ryckte ut med tröst som hon var van:

– Jag ska förklara sen, Rickard.

– Hallå där, sa Sofie och Anna rodnade.

Hon reste redan samma kväll, till sin försummade ateljé i Stockholm som hon sa. Vi ses igen, sa hon och Anna visste att det var sant, de två skulle ses igen.

På måndagen mötte de Rune och Ingeborg på banken som uppgjort var.

På tisdagen kom barnen från Stockholm. Gemensamt röjde de huset och städade det. Malin ville ha en byrå och två karmstolar, Maria som aldrig kunnat motstå böcker packade innehållet i bokhyllan i sin bil, båda ville ha det gamla porslinet, Rickard tog en del av verktygen i Arnes källare.

– Men du då, mamma? Ska du inget ha?

– Jo, jag ska ha värmlandssoffan på vinden.

– Herregud!

– Affektionsvärde?

– Det kan man säga.

Onsdag eftermiddag var de klara. Tidigt torsdag morgon skulle Ingeborg och Rune komma för att hämta nycklarna. Sen skulle de fullastade bilarna dra Väg fyrtio mot öster och sen E-fyran norrut.

Den långa resan hem, tänkte Anna.

Efter en lätt middag på kallskuret och lax sa hon:

– Nu ska ni höra på allesamman. För nu ska jag berätta en saga.

Småflickornas ögon lyste, de älskade Annas sagor. Men Malin blev ängslig:

– Jag står inte ut om du blir sentimental, morsan.

– Nu sitter du stilla och hör på, sa Anna.

Och så berättade hon om den gamla bygden på gränsen mot Norge, om forsen och kvarnen, om mjölnaren som kom från Värmland och friade till Hanna.

– Er mormors mormor, sa hon till barnen.

Hon fortsatte att tala om den rika gården, som Hannas stamfar en gång fått av själve kungen. Så fortsatte hon med nödåren, barnen som dog av svält och gården som delades i allt mindre och mindre lotter.

– När den siste storbonden dog var gården ännu värd en del, sa hon. Hans dotter skiftade arvet. Hanna fick ägorätten till kvarnen och gårdens djur, hennes bröder de mindre gårdarna.

– Men där fanns en syster till, en älvlik flicka som gift sig i Norge. Till henne gick den gamla släktens alla smycken. De var lika mycket värda som de andra arvslotterna, sas det.

Anna visade bilden av Astrid och minsta flickan sa:

– Hon är lik mormor Johanna.

– Tänk att du såg det, sa Anna.

Enligt traditionen skulle smyckeskatten gå från dotter till dotter i släkten, fortsatte hon och nu kunde alla känna spänningen. Men Astrid fick ingen dotter så hon bestämde att min mamma skulle få den. Det var krig i Norge när hon dog men på sommaren 1945 kom en advokat hit.

Den dan glömmer jag aldrig.

Och nu, Rickard, får du förse dig med lämpliga verktyg. För

nu ska vi hämta skatten i källaren.

Barnen var bleka av spänning, Marias ögon var stora och mörka och Malin fick anstränga sig för att behålla sin skeptiska min när de gick ner för källartrappan.

– Nu får du räkna, lillstinta, sa Anna. Det ska va sexton stenar från norra väggen.

– Hit, sa flickan.

– Bra, stå kvar där. Du Lena räknar fyra stenar från västra väggen.

– Där står en ölback, sa flickan.

– Då flyttar vi på den.

Tegelgolvet låg prydligt och orört under ölbacken men Anna fortsatte:

– Nu Rickard slår du in ett stämjärn i fogarna just där Lena står.

– Där är murbruk.

– Inte, det är modellera.

– Ja, ta mig fan.

Han lyfte den första stenen, den andra, en till.

– Ett kassaskåp, skrek han.

– Var är nyckeln, skrek Malin.

– Den har jag. Nu bär vi upp skrinet i köket.

Så satt de där och stirrade på glittret på köksbordet och Malin sa, att det är inte klokt och vad kan det vara värt och Anna sa, att det aldrig hade värderats, men att hon nog trodde att de stora röda stenarna i halsbandet var rubiner och glittret i brocherna briljanter.

– De dyraste smyckena hör egentligen inte till det gamla arvet. Det är sånt som Astrid fått eller köpt i Oslo. Hennes man blev rik med åren.

Så lyfte hon upp de två tunga guldringarna och berättade historien om krigarkungens tappade guldmynt och hur bonden som fann det låtit smälta ner guldet till ringar åt sina döttrar.

Sen började hon skratta och sa att nu är sagan slut. Bara en sak återstår. Jag har låtit göra en extranyckel till kassaskåpet så nu ger jag mina döttrar var sin.

De tog emot nycklarna men förmådde inte tacka.

341

– Je trur I har tappe målföre, sa Anna och fortsatte att skratta. Till slut sa Rickard att han inte var förvånad. Han hade alltid vetat att han gift in sig i en familj full av hemligheter.

I gryningen nästa morgon rullade de ut från huset. Ingeborg sa att ni är alltid välkomna att hälsa på och Anna tackade men tänkte som Hanna gjort den gången hon lämnade kvarnstugan: Jag ska aldrig hit igen.